THE FIRST PHONE CALL FROM HEAVEN

天堂来的第一个电话

MITCH ALBOM

米奇·阿尔博姆 著
钱思文 译

上海译文出版社

事情发生的那个星期

人间接到天堂打来的第一个电话的那天，苔丝·拉弗提正在拆一盒茶包。

丁零零！

她没理会电话铃，把指甲戳进塑料包装里。

丁零零！

她的食指爬过盒面上崎岖的部分。

丁零零！

终于，她划开一道口子，然后剥下包装，在手掌上捏成一团。她知道，如果下一声铃响之前不接起来，电话就会接到答录机上——

丁零零——

“喂？”

太迟了。

“啊，这破东西，”她咕哝道。她听见机器在她的厨房桌子上咔哒一声，播出录音。

“你好。我是苔丝。留下姓名和电话号码。我会尽快答复，谢谢。”

一声轻轻的嘟响。苔丝听见静电干扰的声音。

“……我是妈妈……我有话要告诉你……”

苔丝屏住了呼吸。听筒从指尖滑落。她母亲四年前去世了。

* *

丁零零！

警察局里吵吵嚷嚷的，第二个电话几乎都没能听见。一个职员中了两万八千美金的彩票，三个警官正在辩论要是自己也那么走运，会用这笔钱来做什么。

“付清账单。”

“这是不会做的事情才对。”

“买艘船。”

“付账单。”

“我才不会。”

“买船！”

丁零零！

杰克·塞勒斯，警察局长，朝他的小办公室走去。“付清账单，只会带来新的账单。”他伸手去接电话，留下他的评论引来众人一阵点头。

“科德沃特警察局，我是塞勒斯。”

静电干扰声。接着是一个年轻男人的声音。

“爸爸？……我是罗比。”

忽然之间，杰克耳边一阵寂静。

“你到底是谁？”

“我很快乐，爸爸。别担心我，好吗？”

杰克感到胃里一阵抽紧。他想起自己最后一次见到当兵的儿子，消失在机场安检通道里，正在第三次去服役的路上。

他最后的一次服役。

“不可能是你，”杰克喃喃道。

* *

咣！

沃伦牧师抹掉下巴上的口水。他刚才一直在“收获希望”浸信会教堂里，在他自己的沙发上打盹。

咣！

“来了……”

他挣扎着站起来。教会在他的办公室门外安了一个铃，毕竟以他八十二岁的年纪，他的听力已经很弱了。

咣！

“牧师，我是凯瑟琳·耶林。快点，拜托了！”

他蹒跚着走到门边，拉开门。

“你好，凯——”

可她已然越过了他，她外套的扣子开了一半，略带红色的头发乱蓬蓬的，仿佛是从家里跑出来的。她在沙发上坐下，紧张地站起来，然后又坐下。

“我非得和您谈谈不可，牧师。您得知道我并没有疯。”

“呃，亲爱的——”

“戴安打电话给我了。”

“谁打给你？”

“戴安。”

沃伦的头疼了起来。

“你已经去世的姐姐给你打了电话？”

“今天早上。我接起电话……”

她紧紧地抓着手提包，哭了起来。沃伦寻思着该不该找人来帮忙。

“她叫我别担心，”凯瑟琳哽咽着说，“她说她……很安宁。”

“这么说是梦了？”

“不是！不是！不是梦！我和姐姐说话了！”

泪水滑下女人的脸庞，落得太快，她都来不及擦掉。

“我们谈过这个，亲爱的——”

“我知道，可是——”

“你很想念她——”

“是的——”

“而且你情绪不佳。”

“不是的，牧师。她说她在天堂里……您难道不明白吗？”

她笑了，一种幸福的笑容，一种沃伦从没在她脸上见过的笑容。

“我什么都不怕了，”她轻声说。

*

丁零零。

警铃拉响了，沉重的监狱铁门沿着一条轨道滑开。一个身材高大、肩膀宽阔的男人走了出来。他名叫沙利文·哈丁，缓缓地，一步一步地走，垂着头。他心跳加速——不是出于开释的激动，而是因为害怕有人会把他给拉回去。

向前。向前。他始终紧盯着自己的鞋尖。直到听见石子路上有声音接近——轻轻的脚步声，来得很快——他才抬头打量。

朱尔斯。

他的儿子。

他感到两条小小的手臂绕住他的双腿，感觉自己的双手陷进男孩蓬松卷曲的头发。他望见自己的双亲——母亲穿了一件海军蓝的冲锋衣，父亲穿的则是一袭浅咖色西装——他们抱成一团的时候，两人的脸庞像是崩塌了一样。天气寒冷阴沉，街道因为下雨而湿滑不已。此时此刻只有他的妻子不在，然而她的缺席似乎也成了其中的角色之一。

沙利文想要说些意味深长的话，可从他唇间生出的只是一句低语：

“我们走吧。”

片刻之后，他们的车消失在路上。

这就是人间接到从天堂打来的第一个电话的那天。

接下来发生的事情，取决于你相信几分。

第二个星期

天空落下冰冷、迷蒙的雨滴，对九月的科德沃特来说并不出奇，小镇位于加拿大某些区域的北部，离密歇根湖只有几英里。

尽管天气寒冷，沙利文仍在步行。他本可以借父亲的车，不过在被监禁了十个月后，他还是情愿置身露天。他戴着一顶滑雪帽，穿着一件山羊皮旧夹克，经过二十年前上过的高中、去年冬天关门的木料场、渔具商店里供人租用的小艇宛如蛤蜊壳一般叠在一起，还有那个加油站，穿着蓝色连衫裤的服务员在朝手心里呵气取暖。

他到达了目的地，在一块写着“戴维森和子孙”的茅草垫上擦擦靴子。他注意到门框上面一架小小的摄像机，本能地拉下帽子，捋了一下他密匝匝的棕色头发，朝着镜头望去。过了一会儿，没有反应，他自己走了进去。

殡仪馆中的暖意几乎让人窒息。墙面镶着深色橡木板，米色的沙发上摆着厚实的靠垫，在门厅里排成一排。一张不带座椅的桌子上，放着一本打开的签到簿。

“我能为您效劳吗？”

馆长，贺瑞斯·贝尔芬，交叠双手站着。他看上去有六十多岁，皮肤苍白，眉毛浓密，发丝稀疏，都是稻草的颜色。

“我是沙利·哈丁。”

“啊，是你。”

啊，是你，沙利心想，那个因为坐牢错过妻子葬礼的人。沙利现在会这么做，把没说完的句子补全，他相信人们没说出口的话比说出来的那些更加响亮。

“吉赛尔是我妻子。”

“节哀顺变。”

“谢谢。”

“是个很温馨的仪式……我猜家属已经告诉你了。”

“我就是家属。”

“当然。”

他们默然地站着。

“她的骨灰？”沙利问道。

“在骨灰室里。我去拿钥匙。”

他去了办公室。沙利从一张桌上拿起一本手册。他把它打开，翻到关于火化的那一章。

火化后的骨灰，可以抛入大海，置入氦气球，从飞机上洒下……

沙利把手册丢了回去。从飞机上洒下。就算是上帝都不能如此残忍。

二十分钟后，他离开了大楼，拿着一只天使形状的瓮——他妻子的骨灰装在里面。他试过用一只手拿，却觉得那样太随意了。他试过把它托在手上，但那样又感觉像个供品。最终他把它紧紧地抱在胸前，双臂交叉，像孩子有时候抱书包的样子。他在科德沃特的街道上走了半英里，脚后跟溅着水花从雨水中蹚过。他在邮局门前发现一张长凳，便坐下来，把骨灰瓮小心地放在身旁。

雨停了。教堂的大钟声声报时。沙利闭上眼睛，想象着吉赛尔轻轻地触碰他，她大海般碧绿的眼睛，她甘草一样漆黑的头发，她纤瘦的体形、窄窄的肩膀，靠在沙利身上，似乎是在耳语，“保护我。”

他最终还是没有做到。保护她。这一点永远无法改变。他在长凳上坐了很久，悲伤得无法挪动。堕落的男子，瓷质的天使。仿佛他们两个正在等着一辆公车。

*

生命的消息经由电话传来。婴儿出生，恋人订婚，深夜高速公路上悲惨的事故——人生之旅的大多数里程碑，无论喜忧，先兆都是一阵铃声。

此刻，苔丝坐在厨房的地板上，等着那声响再度到来。过去的两个星期里，她的电话传来最让人震惊的消息。她的母亲还存在着，在某个地方，以某种方式。她第一百次回想最近的一次对话。

“苔丝……别哭了，亲爱的……”

“不可能是你的。”

“是我……我在这里，我很好。”

她的母亲出门在外的时候，总会打电话回来说这句话——从旅馆、温泉疗养地，甚至是去拜访一个距离她们半小时路程的亲戚。“我在这里，我很好。”苔丝从来没问过，不过她总是那么说。

“这不可能，”苔丝反对道。

“任何事情都是有可能的，亲爱的……我和上帝在一起……我想和你说说……”

“什么？妈妈？……说什么？”

“……天堂。”

电话没了声音。苔丝注视着听筒，仿佛握着一块人骨。这完全不合逻辑。她清楚。可母亲的声音是独一无二的，我们认得出她的每一声抑扬顿挫、高低起伏。毫无疑问。那就是她。

苔丝把双膝拉近胸口。自从第一个电话打来后，她就一直待在房里，只吃饼干、早餐谷物、煮老的鸡蛋，家里有什么就吃什么。她没去上班，没去购物，连信都没收。

她用一只手穿过没有洗过的金色长发。因为一场奇迹而被困在屋里。别人会怎么说？她盯着电话。她不在乎。天堂来的几句话，已经让人间的一切言语变得微不足道。

*

杰克·塞勒斯坐在书桌前，在那间陈旧的、如今改建成科德沃特警察局总部的白色砖房里。在同事们看来，他正在写报告。而事实是，他同样正等待着一声铃响。

那是他一生之中最离奇古怪的一个星期。两通由去世的儿子打来的电话。两次他以为永远不会再有的交谈。他还没有告诉他的前妻，多琳，罗比的母亲。自从儿子去世后，她就意志消沉。他要说什么呢？说他们的长子，战死沙场的那个，其实在什么地方活着？说天堂的入口就在他的桌面上？然后呢？

杰克自己也不知道这件事情该怎么解释。他只知道每次电话一响，他就像个快枪手似的抓过它。

他的第二个电话，和最初的那个一样，在一个星期五的下午来了。他听见了静电响，还有一阵细细的杂音，时高时低。

“是我，爸爸。”

“罗比……”杰克轻唤。

“我很好，爸爸。这里每天都很快乐。”

“你在哪里？”

“我在哪里你是知道的……爸爸，这里太棒了……”

继而“嗒”的一声。

杰克大喊，“喂？喂？”他注意到其他警官朝这里望过来。他关上门。过了一会儿，电话又响了。他看了看来电显示栏。和之前几次一样，上面写着“**未知**”。

“喂？”他低声说。

“对妈妈说，别哭……倘若我们知道了将要发生的事，就根本不会担心了。”

*

一旦有了姐姐，你就永远不会失去她，就算无法再见她，无法再触碰到她也一样。

凯瑟琳·耶林重新躺到床上，红色的秀发在枕上摊平。她交叉双臂，压着那只曾经属于戴安的浅粉色翻盖电话，三星的款式，背面有一张闪闪发光的高跟鞋贴纸。

“比我们梦想的还要好，凯斯①。”

戴安在第二个电话里这么说，和第一个电话一样——和科德沃特所有离奇的电话一样——是在一个星期五打来的。比我们梦想的还要好。这句话里，凯瑟琳最喜欢的词是“我们”。

耶林家的两姐妹有一种独特的关系，犹如拴在一起的孩子，攀登小镇生活上的高峰。戴安比她大两岁，曾经每天陪她去上学，创

---

① 凯瑟琳的昵称。

造条件让她加入幼女军和女童军①，她摘掉牙箍的时候，凯瑟琳的才戴上，而且，在高中的舞会上，她坚持不肯去跳舞，直到凯瑟琳也有了舞伴。两个女孩都双腿颀长，肩膀有力，夏季能在湖里游上一英里。她们都上本地的社区学院②。戴安结婚时，凯瑟琳是她的伴娘；三年之后的六月，两人交换了位置。她们各有两个孩子——戴安的是女儿，凯瑟琳的是儿子。她们的家相隔一英里。就算是离婚，时间相差也不到一年。唯一的区别在于健康状况。戴安有偏头痛、心律不齐、高血压，一颗突然而至的动脉瘤让她在四十六岁便过早地去世了。凯瑟琳则被形容为“这辈子从没生过一天病”。常年以来，她都为此感到愧疚。不过现在她明白了。戴安——温柔、纤弱的戴安——她蒙召是有原因的。上帝选中了她，用来表明心诚者得永生。

“比我们梦想的还要好，凯斯。”

凯瑟琳笑了。我们。此刻被她拥在怀中的粉色翻盖电话，让她重新找到了那个她永远也不会失去的姐姐。

而对于这件事，她不会默不作声。

---

① 幼女军（the Brownies），女童子军的一个分支，由七岁到十一岁的女孩组成。

② 社区学院（Community college），美国主要面向本地社区居民的学院，提供两年制课程，包括职业技术训练。

第三个星期

你得重新开始。大家是这么说的。可生活不是下棋，失去挚爱也永远无法真正的“重新开始”。更像是“失去之后再继续”。沙利的妻子不在了。她在漫长的昏迷之后去世。据医院所说，她在夏日第一天的雷雨中漂向了彼岸。沙利那时还在狱中，离刑满释放还有九个星期。他们通知他的时候，他全身都麻木了。那就像是站在月球上获知地球的毁灭。

现在他总在想着吉赛尔，尽管每想一次都会引来他们最后那一天的影子，撞车、大火，他所知的一切是如何因为一瞬间的颠簸而面目全非。无关紧要了。他将自己裹进她忧伤的回忆，因为这样最像是有她在身边。他把天使骨灰瓮放在沙发旁边的架子上，还有两个月就满七岁的朱尔斯正躺在沙发上酣睡。

沙利坐下来，陷进椅子里。他还在适应自由的生活。你以为，在铁窗后待了十个月的人，会为得到释放而欢呼雀跃。但身体和思维会习惯周围的环境，即使是恶劣的环境。白天，有些时候，沙利会感到从前的那阵绝望，无精打采地盯着墙面。他只得提醒自己，他可以站起身来走出去。他环视着这间不太熟悉的房间，二楼，没有电梯，用锅炉暖气片取暖。窗外有一丛松树，还有一条小沟，流向溪涧。他记得儿时曾在那里捉过青蛙。

他伸手去拿烟。他之所以回到科德沃特，是因为在自己受审和监禁期间，都是他父母在照顾朱尔斯，他已经打乱过这个孩子的生活，不想再给他造成更多的伤害。再说，他又能去哪里呢？他失去了工作和家庭。他的积蓄都被律师耗尽了。他端详着两只松鼠争先恐后地上树，哄自己说，吉赛尔说不定真会喜欢这里，只要她不在乎位置、大小、灰尘和剥落的油漆就行。

*

敲门声打断了他的思绪。沙利透过门上的猫眼朝外望。马克·艾什顿站在门外，拎着两袋食物和日用品。

马克和沙利曾是海军中队的战友。他们一起开飞机。沙利被判刑之后就没再见过他。

“嗨，”门打开的时候，马克说道。

“嗨，”沙利回答。

“地方不错啊——适合恐怖分子。”

“你从底特律开车来的？”

“是啊。能让我进来吗？”

他们迅速、笨拙地拥抱了一下，随后马克跟着沙利走进了主屋。他看见沙发上的朱尔斯，压低了声音。

“他睡着了？”

“是啊。”

“我给他买了点奥利奥。小孩子都喜欢奥利奥，对吧？”

马克把袋子放到厨房料理台上还没拆封的箱子中间。他看见一只装满烟头的烟灰缸，水槽里有几只玻璃杯，很小的玻璃杯，用来装酒，而不是装水的那种。

“这么说……”他开口道。

手上没了袋子，马克的注意力无处着落。他注视着昔日飞行搭档的脸，男孩般的外表，张着嘴巴的表情，表明他还是曾经那个随时能上场的高中橄榄球手，只是消瘦了，也衰老了，尤其是眼睛周围的地方。

“这是你长大的地方？”

“这下你知道我为什么从这里离开了。”

“你怎么样？”

沙利耸耸肩。

“听着。真的很不幸。发生在吉赛尔身上的事——”

“嗯——”

“我很难过——”

“嗯——”

“我还以为他们会放你出来去参加葬礼。”

“不是有句话嘛。‘用海军的规矩治海军。’”

“葬礼办得不错。”

“我听说了。”

“至于其他的……”

沙利抬头瞥了一眼。

“管他呢，”马克说，“大家都知道……”

他们知道你坐牢了，沙利心想，把没说完的句子补全。他们不知道你是不是罪有应得。

“我试过来看你的。”

“我可不想有人来。”

“兄弟们觉得有点怪。”

“没关系。”

“沙利——”

“别再提了。发生了什么事我已经说过了。一百万次了。他们不相信。就这样。”

沙利盯着他的双手，轻轻地把指节碰在一起。

“你接下来有什么打算？”马克问。

“你指什么？”

“工作？”

“我不知道。我会找事做的。怎么了？”

“我认识一个人，离这里不远。大学室友。我给他打了电话。”

“你来见我之前就打电话了？”

“我们都是互相帮忙的，不是吗？你需要工作。他那里说不定有个职位。”

“做什么？”

“销售。”

“我不是做销售的料。”

“很容易的。你只要让顾客续约、收支票、领佣金。”

“是什么生意？”

“报纸。”

沙利眨了眨眼。“你是开玩笑吧？”他想起所有报道过他那起“事件”的报纸，它们那么快就转到了那个最简单、最轻易的结论，人云亦云，直到将他吞噬，再转向下一个故事。在那之后他就很讨厌新闻。他再也没有订过报纸，将来也不会订。

“干这个工作不用你去其他地方。”马克说。

沙利走向水槽。他冲干净一只玻璃杯。他希望马克离开这里，好让他在杯子里灌满他想要的东西。

“给我他的号码，我会打电话的。”他说，心里清楚自己绝对不会去打。

*

苔丝盘起双腿，坐在柔软的红色靠垫上，凝视着凸窗外门前的大草坪，草坪已经几个星期没有修剪了。这是她从小长大的房子；她还记得，孩提时代的夏日清晨，蜷在这一模一样的地方，对着母亲，露丝·拉弗提抱怨，后者正坐在一张桥牌桌前，检查手头上承办酒席的活。

“好无聊啊。”苔丝会这么说。

“到外面去，亲爱的。”露丝会轻声嘟哝。

“没事可做。”

“到外面没事可做去。”

“有个妹妹就好了。”

“不好意思，这我可帮不了你。”

“你结婚的话就行了。”

“我已经结过婚了。”

“我就会有人一起玩了。”

“读书去。”

“所有的书我都读过了。”

“再读一遍。”

这种温和的、辩论一般的对话，以某种形式，持续了一次又一次，在少年、大学、成年的过程中一再重复，直到露丝生命的最后几年，阿尔茨海默症和精神错乱剥夺了她的思考逻辑，最终连说话的欲望也剥夺了。

此刻，苔丝就在这里，站在昔日的凸窗跟前，而且她和她过世的母亲又说起了话。一个小时之前，她又接到了一个不可思议的电话。

“是我，苔丝。”

“哦，天哪，妈妈。怎么会有这种事？”

“这里没有病痛……”

“您吃了那么多苦——”

“亲爱的，听我说……”

“我在，妈妈。我听着呢。”

“你所经历的痛……是为了脱离苦海而做的准备……你比自己想象的……要轻盈得多。”

仅仅是这些话语，就带给苔丝如同得到祝福一般的平静。你比自己想象的要轻盈得多。她是在说灵魂吗？此生是否真是灵魂会占据的两处居所之一？这是否就是露丝，生前那么尽职尽责照顾女儿的露丝，死后不知又用了何种方式与她联络的原因？

苔丝瞥了一眼手中的照片，她们两人的最后一张合照，在母亲八十三岁的生日聚会上拍的。疾病留下的痕迹清晰可见，露丝的双颊深陷，表情木然，焦糖色的毛衣垂荡在她骨瘦如柴的身躯上。

“妈妈，这怎么可能呢？你没有在用电话。”

“没有……”

“你怎么能和我说话的？”

“发生了一些事情，苔丝……有一个缺口……”

“一个缺口？”

“……目前是这样……”

“会留多久？”

一阵漫长的停顿。

“妈妈，它会留多久？”

“留不住的。”

*

奇迹每天都在安静地上演——在手术室里，在波涛汹涌的海面，在路边忽然出现的陌生人身上。它们很少被算进去。没人计分。然而时不时地，会有一个奇迹昭告天下。每当这样的事情发生，情况就会改变。

苔丝·拉弗提和杰克·塞勒斯或许对他们接到的电话守口如瓶，但凯瑟琳·耶林可不会。向全人类传福音①。《福音书》就是这么说的。

于是，一个星期日的早晨，科德沃特接到第一个神秘电话的二十三天之后，沃伦牧师站在“收获希望”的教堂会众面前，翻着《圣经》的书页，全然不知他的圣殿将被永远改变。

“我们一起阅读《马太福音》，第十一章，第二十八节……”他宣布，眨眨眼睛。印刷模糊不清，他的手指因为上了年纪而颤抖不已。他想到一句赞美诗。现在我年老发白，上帝啊，求你不丢弃我②。

“打扰一下，各位！”

人们转过头去。沃伦透过镜片仔细打量。凯瑟琳正站在第五排。她戴着一顶黑边的帽子，穿了一条薰衣草色的裙子。手里抓着一张纸。

“牧师，对不起。是上帝的意志使我说话。”

沃伦咽了咽口水，担忧着事件将如何发展。

“凯瑟琳，请就座——”

---

① 《圣经·马可福音》第十六章第十五节。

② 《圣经·诗篇》第七十一章第十八节。

“这件事很重要，牧师——”

“现在不是时候——”

“我见证了一场神迹！”

一阵轻轻的惊呼在教堂的长椅间荡漾开去。

“凯瑟琳，上帝与我们同在，但声称见到神迹——”

“——三个星期之前发生的——”

“——是一件非常严肃的事情——”

“——我在厨房里，星期五早上——”

“——最好留给教会的领袖去做——”

“——我接到一个电话——”

“——真的，我坚持认为——”

“——是我去世的姐姐打来的！”

又是一片震惊的吸气声。这下大家都注意到她了。圣殿如此安静，她展开那张纸的声音都听得一清二楚。

“是戴安。你们中的许多人都认识她。她两年前去世了，但是她的灵魂活在天堂里。她告诉我的！她听上去是那么……幸福。”

沃伦拼命不让自己颤抖。他的讲坛失控了，这是一种罪过，在他的心里，是最严重的罪过之一。

“我们第一次说话，是在那个星期五的早晨，”凯瑟琳接着念道，一边提高音量，一边用手背擦去眼泪。“是早上十点四十一分。接下来的那个周五，是早上十一点十四分，上个星期五是晚上七点零二分。她叫我的名字……她说……‘凯斯，我在等待。我们都在等待。’”

她转向圣殿的后方。“我们都在等待。”

会众窃窃私语。沃伦站在讲坛上，望着他们在椅子上动来动去，仿佛身旁正有清风吹过。

他用手掌敲击着诵经台。

“我坚持认为！”敲一下。“请听好……大家！……”敲，再敲！

“我非常尊敬我们的这位教友，但恕我直言，此事真假难辨——”

“这是真的，牧师！”

另一个声音从教堂后面传来。声音低沉沙哑，众人转过头去，只见一位高大魁梧的男人站了起来，他穿着一件棕色的运动外套，一双大手放在面前的长椅上。他的名字叫作埃利亚斯·罗伊，一位长期教友，非洲裔美国人，拥有一家建筑公司。谁都不记得他曾当众说过话——直到此刻。

他的眼睛动了动。再度开口的时候，他的声音几乎充满虔敬。

“我也接到电话了。”他说。

第四个星期

谁都不确定电话是什么人发明的。尽管美国的专利属于出生于苏格兰的亚历山大·格拉汉姆·贝尔，许多人却觉得他盗用了一个名叫伊莱沙·格雷的美国发明家的主意。其他人则坚持，功劳应该属于一个叫曼泽蒂的意大利人，或一个叫布瑟尔的法国人，或一个叫瑞思的德国人，又或是另一个叫梅乌奇的意大利人。

几乎没有异议的是，在十九世纪中期，所有这些人都在努力研究将声波振动从一处输送到另一处的主意。但最初一次使用电话的谈话发生在贝尔与托马斯·沃森①之间。他们分立在两个房间里，传递着以下的词句：

“到这儿来。我想见你。”

从那以后，在人类数不胜数的电话交谈中，这个念头从未自唇边远离。到这儿来。我想见你。急不可耐的爱人。远隔重洋的挚友。与孙辈对话的祖父母。电话里的声音只不过是一种诱惑，开胃菜中的一点面包屑。到这儿来。我想见你。沙利最后一次与吉赛尔通话的时候，说的就是这句话。

清晨六点，他在华盛顿的酒店房间里被一位高级长官叫醒，布雷克·皮尔逊，他本来应该执飞一架F-18大黄蜂式喷气机返回西海岸。他生病了。无法驾驶。沙利能顶替吗？如果他愿意的话，可以经停俄亥俄，与吉赛尔见上几个小时，然后继续飞行。吉赛尔和朱尔斯正在那里探望她的双亲，而沙利要服预备役不能前去，她还有点不高兴。

“你今天能到这儿来？”他打电话告诉她这个消息的时候，吉赛尔睡意蒙眬地说。

“嗯。差不多，四个小时之后。”

“你真的想来？”

“当然了。我想见你。”

要是他早知道那天会发生什么事，他就会改变一切计划，不起飞，不和布雷克说话，甚至不要醒来。然而，他同吉赛尔的最后一次电话交谈以与全球第一通电话相同的方式结束了。

“那你来吧，”她说，“我也想见你。”

*

此时此刻，在他转动父亲那辆别克君威的点火开关的时候，他想的就是这些，这辆车用了九年，大多数时间都放在车库里。那是他最后一次驾驶飞机。最后一次见到机场。最后一次听到妻子的声音。我也想见你。

他开出父母家的车道，驶向莱克街，镇上的主干道。他经过银行、邮局、泽达的面包房和弗里达的小饭店。人行道上空空如也。商店的主人站在门口。只有几千人全年住在科德沃特。夏天到湖里钓鱼，或是在蛋奶冻小摊前排队的游客已经走了。密歇根北部的大多数小镇到了秋天就门户紧闭，仿佛是在准备冬眠。

沙利发觉，这可真不是找工作的好时候。

---

① 即托马斯·奥古斯塔斯·沃森（Thomas Augustus Watson，1854—1934），电话专利获得者贝尔的助手。

*

艾米·佩恩正在期待一番大事业。电视台问她是否能在工作日上几天班的时候，她想的是，好，太好了，时政新闻——或者更好，一场诉讼——能把她从周末新闻的沼泽里拔出来的东西，不管是什么。她三十一岁了，在这一行里也不再是新人了（虽然朋友告诉她，她很漂亮，看起来像二十五岁），想要得到更重要的工作，她需要更大的新闻。可是，大新闻很难在周末的阿尔皮纳县找到，这个时间多半都留给了橄榄球比赛、慈善远足，以及各种水果节。

“或许这就是我的机会。”她兴奋地告诉里克，她的建筑师未婚夫。那是星期四的晚上。而到了星期五早晨，在她早早起床，选了一套黄绿色的裙装，吹好侧分的赭红色刘海，涂上一点点睫毛膏和醒目的唇彩之后，艾米发现自己坐在电视台一间没有窗户的办公室里，听着一个径直从周末稿件里拿出来的故事。

“在科德沃特有个女人，她说自己接到一个她死去的姐姐打来的电话，”菲尔·博伊德说，他是电视台的新闻总监。

“真的？”艾米问，因为对这样的事情你能说什么呢？她看着菲尔，一个胖胖的男人，邋里邋遢，略带红色的胡子，让艾米想起维京人。她纳闷着他是不是认真的——对于这个故事，尽管那胡子也让她起疑。

“科德沃特在哪？”

“向西大概九十英里。”

“怎么会知道她接到电话的？”

“她在教堂里说的。”

“其他人什么反应？”

“这得要你去弄清楚。”

“这么说我该去采访那个女人。”

菲尔扬了扬眉毛。“那只是开个头。”

“要是她疯了怎么办？”

“把录像带回来就行。”

艾米扫了一眼她的指甲。她为了这次会面特意做的。

“你清楚这事不是真的，菲尔。”

“尼斯湖水怪也不是。可关于它的报道有多少？”

“是啊。好吧。”

艾米站起身。她猜想，一旦证明这故事很好笑，他们就会把它毙掉。

“如果是浪费时间怎么办？”她问。

“这不是浪费时间。”菲尔回答。

只在她起身离开之后，艾米才开始猜测他的意思。

并不浪费时间，因为去的是你。他们又没派什么重要的人去。

*

菲尔没有透露，而艾米也没想起来要问的，是“九行新闻”怎么会知道这么远的地方发生的事情。

是因为一封信，它蹊跷地来到菲尔的桌上。信上没有署名，没有回邮地址。信是用打字机打的，两倍行距，只写了这些：

一位女士被选中了。得到人间天堂的赠礼。这将会是全球最大的新闻。科德沃特，密歇根。向别人打听上帝。一个电话便能证实一切。

作为新闻总监，菲尔对疯言疯语的邮件习以为常。他多半都不予理睬。可阿尔皮纳并不是一个能把“全世界最大的新闻”扔掉的地方，起码不能扔掉那个或许能帮助提高收视率的，菲尔的职位还指望它呢。再说，离他的下一场会议还有两个小时。于是他拉出一张位于科德沃特的教堂清单，还打了几个电话。最初的两个电话转到了语音信箱。可他的第三次尝试，“收获希望”浸信会教堂，一位秘书接了电话，然后——向别人打听上帝——菲尔要求与主管的牧师通话。

“您怎么知道的？”惊讶的牧师问道。

*

埃利亚斯·罗伊爬下楼梯，抓起他的写字板。寒冷的天气很快就会让他的建筑工作转入室内，一旦冬季来临，这次的改建就是为数不多能带来收入的工作之一。

“我们星期一可以开始砌石膏墙。”他说。

房子的主人，一位名叫乔西的中年女子，摇了摇手。“整个周末都有家人来。他们要星期一才走。”

“那就星期二？”

“这样好一点。”

“我会给砌墙的人打电话的。”

埃利亚斯从他的皮带扣上抓起电话。他还没拨号，电话就响了。

“抱歉，乔西，稍等……喂？”

乔西发现埃利亚斯的表情变了。他的脸颊陷了下去。音调压低。

“你怎么会打电话给我？”他轻声说。

他转过身向前倾。

“住嘴。不管你是谁。别再打电话给我了。”

他把挂断钮捏得太过用力，电话从他的手中弹出来，滑到地板上。乔西望着他的一双大手。

它们正在颤抖。

*

科德沃特有五间教堂：天主教、循道宗、浸信会、新教，以及不限教派的教堂。在沃伦牧师的一生中，还从没有过一场五家教堂的集会。

直到今天。

倘若凯瑟琳·耶林没有在那个星期日的早晨起立，在科德沃特发生的事情或许就会像许多其他的奇迹一样过去，留在静谧中，裹进低语里。可一旦被公之于众，奇迹就会改变局面。人们议论纷纷。教会人士尤其如此。于是五位领头的教士聚在沃伦的办公室里，普尔特夫人，教堂的秘书，正给每一位倒上咖啡。沃伦扫视众人的脸庞。他是最年长的，至少比其他人大了十五岁。

“您能否告诉我们，牧师，”天主教牧师，威廉·卡罗尔神父，一个戴着教士硬白领的健壮男人首先开口，“星期天有多少人参加了礼拜？”

“可能一百个吧，”沃伦说。

“有多少人听见了那位女士的证词？”

“全听见了。”

“他们看上去相信她吗？”

“信。”

“她有幻觉倾向吗？”

“据我所知没有。”

“她服用药物吗？”

“我觉得没有。”

“那么这件事情真的发生了？她接到了什么电话？”

沃伦摇摇头。“我不知道。”

循道宗的牧师向前探身。“我这个星期已经有七次预约了，人人都问我与天堂联络有没有可能。”

“我这里的人问的是，”新教的牧师补充道，“为什么这件事发生在沃伦的教堂，而不是我们的。”

“我这里也是。”

沃伦环视在座的人，发现每个神职人员都举起了手。

“你还说有个电视台下星期会派人到这里来？”卡罗尔神父问道。

“制片人是这么说的。”沃伦回答。

“好吧。”卡罗尔神父合起手掌。“问题是，我们要怎么办？”

*

比起离开一个小镇，唯一更可怕的事情就是永远待在那。沙利曾经这么对吉赛尔说过，向她解释他去州外上大学的原因。那时候他以为自己再也不会回来了。

而现在他又回到了科德沃特。星期五的晚上，把朱尔斯送到父母家后（“今晚我们会照看他的，”他的母亲说，“你去放松放松。”）沙利进了一间叫作“泡菜”的酒吧，从前他和高中时的朋友们努力想溜进去的地方，这努力其实毫无意义，因为酒吧老板认识大多数人的家长。他坐到角落里的一张高脚凳上。他先点了啤酒，然后是威士忌，一杯，又一杯，再一杯，喝完之后，他付了酒钱，步出门外。

他已经找了三天的工作。一无所获。下星期他要到附近的镇上试试。他拉上夹克的拉链，走了几个路口，穿过无数袋等人来收的落叶。远远的，他看见了灯火。他听见人群的回声。他还不打算回家，于是朝着那个方向走去，走到一个高中的橄榄球场边。

他从前的球队正在比赛——科德沃特老鹰队，穿着深红与纯白相间的制服。照眼前的情况来看，这个赛季战况不佳。看台只有两成半满，大多都是一家人，小孩子在台阶上跑来跑去，家长们拿着望远镜，在撞到一起的人堆中搜寻自己的儿子。

沙利少年时代打过橄榄球。那时候的老鹰队也没好到哪里去。科德沃特比其他对手的学校小一些，大多数时候，能组队参赛就算走运了。

他朝看台走去。他瞥了一眼计分板。第四节，科德沃特落后三个触地得分。他把手插进夹克的口袋，看了一回合。

“哈丁！”有人喊了一声。

沙利转过身。是谁啊？酒精让他感觉迟钝，他已经忘了有人可能会在他过去的学校把他给认出来——就算已经过了二十年。他环顾人群，却没人回应他的目光。或许这是他臆想出来的。他扭回头看着球场。

“杰罗尼莫！[①]”有人笑着嚷道。

沙利咽了咽口水。他没有转身。他一动不动地站了大概一分钟。然后走开了。

---

① 杰罗尼莫（Geronimo），美国伞兵跳伞时用语，口语中表示确认、完成。

第五个星期

一辆消防车呼啸着驶过卡斯伯特路，红色的车灯灯光洒落在十月的夜空。科德沃特第一志愿消防公司的五个人开始有条不紊地向拉弗提家楼上冒出的火焰发起进攻，一栋有三间卧室、漆成奶油色的殖民风格建筑，房前有一个小小的门廊，还有红色的木质护窗。等到杰克把科德沃特唯一一辆巡逻警车停下来的时候，他们已经把一切都控制住了。

除了尖叫不止的女人。

她长着长长的金色鬈发，穿着一件淡绿色的毛衣，被杰克的两名手下，雷和戴森，按在草坪上，他们对她胡乱挥舞的手臂躲躲闪闪，看上去快按不住了。他们在水枪的声响中冲着她尖叫。

“这样不安全，女士！”

“我非得进去不可！”

“不行！”

杰克走上前去。那个女人身体轻盈，非常漂亮，多半在三十五岁左右。她怒气冲天。

“放开我！——”

“小姐，我是警长。请问——”

“求你了！”她猛地把脸甩向他，圆睁双眼。“没时间了！它现在可能就在烧！”

她的声音那么尖利，连杰克都吓了一跳，他真的以为自己已经见识过了对火灾的所有反应：有人在湿漉漉的草地上抽噎，有人像动物一样长嚎，有人大骂消防队员用水毁了他们的家，好像那火会自己灭掉似的。

“非进去不可——非进去不可。”女人歇斯底里地反复嚷着，一边使劲挣脱戴森的手。

“您叫什么名字，小姐？”杰克说。

“苔丝！放开我！”

“苔丝，这东西是否值得您冒生命危险——？”

“值！”

“里面有什么东西？”

“你不会相信我的！”

“您说说看！”

她吐了一口气，低下头。

“我的电话，”她终于开口道，“我需要它……我接到了电话……”

她的声音越来越轻。雷和戴森面面相觑，翻着白眼。杰克默不作声。有那么一瞬间，他定住了。终于，他对两人摆摆手——“我来处理，”他说——把这个疯女人留给杰克负责，他们求之不得。

等他们走远了，他把双手按到她的肩上。

“电话在哪？”他问道。

*

到那时候为止，杰克已经和去世的儿子交谈了四次。都是在星期五，在他警察局的办公室里，他说话的时候弓起身体，听筒压在耳朵上。

听见罗比声音时的震惊已经被欣喜所取代，甚至是期盼，而每次谈话都让杰克对儿子身处的环境更加好奇。

“这里太棒了，爸爸……”

“看上去是什么样子？”

“见到的不是物体……是内在……”

“你说的是什么意思？”

“就像我的童年……它就在我的身边……”

他笑了，这让杰克差点失声痛哭。儿子的笑声。那么久没听见了。

“爱……一切都在我身边……爱——”

最近的一次电话就是这么结束的——所有的通话都很短暂——杰克在桌前待了一个小时，只怕万一电话再响起。最后，他开车回家，感到一阵阵的快乐，跟着是疲劳。他知道他应该把这件事告诉多琳——说不定还有其他人。然而那会是怎样的情景？小镇的警长，告诉别人他在与往生之人交谈？再说，对于天堂的感受人们向来都秘而不宣，因为害怕它会消失，宛如孩童手中拢着的蝴蝶。到那时候为止，杰克已经觉得他是唯一的一个，因为某种自己无法理解的原因而被选中。

可现在，面对着一座烈火熊熊的房子，他想着这个尖叫的女人，还有她对电话的依恋，开始怀疑自己也许并非只是一个人。

*

喜乐哀伤俱溶于水。沙利把浴缸里的泡沫朝儿子身上推去的时候，这句歌词在他的脑海中响了起来。浴室和公寓的其他地方一样陈旧，有硬币形状的圆形地砖，连同柠檬绿色的墙壁。地上放着一面镜子，等着沙利把它挂起来。

“我不想洗头发，爸爸。”

“为什么？”

“洗头发的东西会弄到眼睛里。”

“你总要洗的。”

“妈妈会让我跳过不洗的。”

“一直不洗？”

“有的时候。”

“我们今晚跳过吧。”

“太棒了！”

沙利轻轻地碰碰泡沫。他又想起了吉赛尔，朱尔斯还是婴儿的时候，他们怎样帮他洗澡，她怎样用毛巾把他揩干，裹在一件连帽的毛圈布浴袍里，紧紧抱着。好像每块肌肉的每个动作都连着沙利对她的思念。

“爸爸？”

“嗯？”

“你对那架飞机说再见了吗？”

“对飞机说？”

“你跳出来的时候。”

“我没跳。我给弹出来了。”

“有什么区别？”

“就是有区别，仅此而已。”

他在镜子里看见自己的映像——乱糟糟的头发、充血的双眼、下颏盖满胡茬。他又花了一个星期在科德沃特附近找工作，在莫斯希尔和邓莫尔。大家并不乐观。经济不好，他们说。而且木材厂关门了……他一定得找到工作。他在海军待了十一年，服了一年预备役，坐了十个月的牢。他要工作申请表的时候，人人都要问一个关于犯罪记录的问题。他又怎么能瞒得住？再说了，这附近有多少人知道呢？

他想起橄榄球场上那个大喊大叫的人。杰罗尼莫！也许整件事情都是他幻想的。他喝醉了，不是吗？

“你想那架飞机吗，爸爸？”

“嗯？”

“你想那架飞机吗？”

“你不会想念东西，朱尔斯。你想念的是人。”

朱尔斯盯着自己高出水面的膝盖。

“这么说你没有说再见。”

“我没办法说。”

“怎么会？”

“事情发生得太快了。就像这样。”

沙利把手从浴缸里抽出来，“啪”地捻了一下自己沾满肥皂的手指。他望着泡沫下沉。

丈夫失去了妻子。儿子失去了母亲。喜乐哀伤俱溶于水。

就像这样。

*

小镇的起点都是一块指示牌。上面的文字就如同故事的标题一样简单——“欢迎到霍默维尔来”，“开始进入克劳森”——可一旦穿过去，你就进入了那个故事里，你的一举一动都会成为传说的一部分。

艾米·佩恩开车经过那块“科德沃特村，始于1898年”的标牌，她绝对没有意识到，在今后的几个星期里，它将如何改变自己，自己又将如何改变它。她唯一知道的是，她外带的咖啡早就喝完了，广播静默无声，她已经从阿尔皮纳出发，开了将近两个小时，始终觉得一切都在萎缩，四车道减少成单车道，红灯跳成黄灯，立交桥上的广告栏被空阔田野上的木牌所取代。

艾米纳闷，如果天堂中的灵魂在与活着的人取得联系，为什么它会发生在遥远的这里。然后她想起了鬼屋。鬼屋从来都不会在城市里，不是吗？总是在山上某个让人毛骨悚然的、荒凉幽静的地方。她开始在心里给科德沃特拍照，搜索能架设相机的地方。有一块墓地，围着一圈低矮的砖墙。一个消防站，只有一间车库。一家图书馆，漆成了白色。莱克街上，有些店铺用木板封了起来，其余的似乎只是因为随机被选中才没有倒闭：一家市场、一家感恩赈济所[1]、一家锁匠店、一家书店、一家银行、一座改建过的殖民风格住宅，门廊上竖着一块标牌，写着“律师”。

大多数时候，艾米经过的是房子，老旧的房子，科德角式的，或牧场式的，狭窄的沥青车道，矮小的通往正门的灌木丛，她正要去凯瑟琳·耶林家，她之前打过电话去（她的号码登记在册），她听上去有些太过兴奋，很快就提供了住址，艾米已经把它输进了她的导航系统里：坎宁安路24755号。对于一个发生奇迹的地方而言，这是多平凡的一个地址，艾米心想。可话又说回来，这不是奇迹。这是在浪费大把的时间。尽你所能。表现专业水准。她让车转弯——车边上标着“九行新闻”——发现街上不是每栋房子都有门牌。

“这下好了，”她嘀咕着，“让我怎么找到那地方？”

结果表明她根本不需要担心。她开到那幢住宅的时候，凯瑟琳正站在门廊上，挥着手。

---

① 感恩赈济所（Bead Shop，或 Bead House），所内受施者需为施主祈祷。

*

信仰，据说要胜过信任，因为信任是其他人在思考。沃伦牧师的信仰丝毫未减。信任则越发强烈。“收获希望”教堂的出席率上升了，会众也有了全新的活力。人们不再低着头祈求找到工作，而是越来越多地寻求原谅，承诺改善言行。这次复兴，显然是受到凯瑟琳所说的与天堂通讯的激励。

然而沃伦依旧颇为苦恼。他已经和阿尔皮纳电视台的那个人谈过了（消息传得多快啊！），可对方要他解释一下这种现象的时候，他无言以对。仁慈的主为什么会准许他这里的两位成员与往生进行神圣的通话？为什么是那两个人？为什么是现在？

他摘下阅读时戴的老花镜，揉了揉太阳穴，让手指从整齐的白发中穿过。他下颌的赘肉松松垮垮地垂着，活像一只年老的猎犬。他的耳朵和鼻子似乎每年都在变大。与存在主义角力的日子早就已经过去了，那还是他在神学院时的事情。不是现在，不在八十二岁的他把假牙装进玻璃杯的现在。

这个星期的前几天，他把凯瑟琳叫到办公室里。他告诉她阿尔皮纳电视台来打听过情况。提醒她要加倍小心。

“那埃利亚斯·罗伊呢？”她问。

“那天礼拜之后我就没有他的消息了。”

凯瑟琳看上去几乎有些欣喜。

“‘收获希望’不是无缘无故被选中的，牧师。”她站了起来。“每当一家教堂被选中，它就应该引领信仰的前行，而不是去阻碍它，难道您不这样认为吗？”

他望着她戴上手套。这话听起来更像威吓，而非问询。

*

那天晚上，埃利亚斯顺道去了弗里达的餐厅——科德沃特唯一一家营业时间超过九点的饭店。他坐进角落的雅座，点了一杯牛肉大麦汤。店里几乎空无一人。他很高兴。他不希望有人对他问长问短。

从他在教堂里起立，做出那个简单声明的那一刻开始——“我也接到电话了”——他就觉得自己在奔波逃命。那时候，他只是想说凯瑟琳没有疯。说到底，他同样接到了一个从另一边来的电话——到现在已经有五个了——一言不发地否认似乎是一种罪过。

可他并不喜欢这些电话。打电话的不是离他而去的爱人，而是过去一个愤世嫉俗的工人，名叫尼克·约瑟夫，一个盖屋顶的工人，跟着埃利亚斯已经十年了。尼克喜欢喝酒作乐，他会打电话给埃利亚斯，为他的迟到，或是不像样的活，找一个又一个的借口。他常常醉醺醺的到工地上来，而埃利亚斯就会不付工钱，让他回家。

有一天，尼克来的时候明显喝醉了。在房顶上的时候，他和别人激烈争吵，左摇右晃，然后摔了下来，摔折了一条手臂，后背也受了伤。

别人告诉埃利亚斯的时候，他心里的愤怒盖过了同情。他下令让尼克做毒品测试——尽管尼克对着同事大吼大叫，让他们什么人也不许叫来。救护车来了。测试也做了。尼克没有通过。结果，一分钱的工伤补偿也没拿到。

尼克再也没有干过活。他在医院里进进出出，一直为了他的保险限额，为了无法负担的支出苦争。

那次事故之后一年，尼克被人发现死在他的地下室里，看上去是心脏衰竭。

那是十八个月之前的事。

现在，忽然间，埃利亚斯接到了电话。

“你为什么要这么做？”第一个电话是这样开始的。

你是谁啊，埃利亚斯问道。

“我是尼克。你知道是我。”

埃利亚斯颤抖着挂掉电话。他看了一下来电显示，可是那里什么都没有，只有一个词语**“未知”**。

一个星期之后，在乔西——他的客户面前，电话又响了。

“我需要帮助。你为什么不帮我？上帝都原谅我了。你为什么不行？”

“住嘴。不管你是谁，别再打电话给我了，”埃利亚斯当时这么吼道，翻上翻盖挂断，把电话也掉到了地上。

为什么会发生这种事？为什么是他？为什么是现在？女服务员端来了汤，他吞了几勺，强迫几个星期来都没有胃口的自己吃下去。明天他会换一个电话号码。如果这些电话真的是上帝显灵，他也完成自己的任务了。他证实了这件事。他再也不想要这种奇迹了。

第六个星期

在他发明电话的前两年，亚历山大·贝尔冲着一只死人的耳朵喊了一声。

那只耳朵、耳膜以及相连的骨骼，由贝尔的朋友，一位外科医生，从一具尸体上割了下来，好让贝尔——那时是一位年轻的演说术教师——研究耳膜传递声音的方式。他在上面系了一根稻草，另一头竖了一片烟色玻璃，外面放上一只漏斗。

贝尔朝漏斗里喊的时候，耳膜振动，牵动稻草，在玻璃上留下了痕迹。贝尔最初是希望这些纹路能帮助他失聪的学生们学会说话——包括他未来的太太，一位名叫梅布尔·哈伯德的年轻女士。不过，他很快就发现了更加重大的意义。

如果声波能如同振动稻草一般去振动电流，那语言就可以像电一样快速传播。唯一需要的，就是两端各有一种机械的耳膜。一具死尸的头颅引发了这份顿悟。因此，死亡业已是电话的一部分，在电话出现前两年就是了。

*

在密歇根的北部，秋天的树叶很早就落下了，到十月中旬，树木已经一片光秃。这让科德沃特的街巷有了一种空旷感，仿佛一股强大的力量从中扫过，清空了小镇。

这种情况不会维持很久。

在全世界获知科德沃特奇迹的几天之前，杰克·塞勒斯站在苔丝·拉弗提家的厨房里，他刚刚刮过胡子，穿着一件洁净挺括的蓝色衬衣，往常乱蓬蓬的头发直直地向后梳好，他努力掩饰自己觉得她无比迷人的事实。他看着她在已经冲满的杯子里又倒上一勺速溶咖啡。

“这样能多点咖啡因，”她说，“我努力保持清醒，万一电话很晚才打来呢。”

杰克点点头。他环顾四周。大火对底层的影响还不是那么严重，尽管浓烟的熏烤让棕黄色的墙壁看上去像烘成半熟的面包。他看到台面上有一台旧的电话答录机，从大火里抢救出来的，当然也少不了苔丝那部珍贵的电话，米色的科泰牌①挂壁式电话，装回了原来的位置，就挂在柜子的左边。

“这么说你只有这一部电话？”

“这里从前是我母亲的房子。她喜欢这样。”

“你的电话也总是星期五打来吗？”

“是啊，”苔丝顿了顿，“这不是，唔，警方调查吧，是吗？”

“不，不是。”杰克摇摇头。“我和你一样迷惑不解。”

“哦。”

“很奇怪，对吗？”

“确实。”

“你没在工作的地方接到过电话吗？”

“我都没到那里去。我经营一家日托中心。员工们一直在顶我的班。”她用一只手把头发往后拢。“老实说，我都没出过家门。

---

① 科泰（Cortelco），美国通讯公司，始于1897年。

这样很傻。可我不想错过她的电话。”

“我能问你一个问题吗？”

“嗯。”

“她第一次来电话的时候说了些什么？你的母亲？”

苔丝笑了。“第一次是一条留言。第二次她和我说了天堂。第三次，我问她那里是什么样子，她就一直说‘这里很漂亮’。她说我们所承受的痛苦，只是为了让我们对将来心存感激。”

苔丝停了一下。“她还说这不会维持很久的。”

“什么？”

“这种……连接。”

“她有没有说会持续多久？”

苔丝摇了摇头。杰克抿了一口他的咖啡，试着限制自己频繁望向苔丝脸庞的次数。他是出于礼貌，顺路过来检查一下火灾造成的损失，他是这么告诉她的——在科德沃特这样的小镇，警察和消防部门在一起工作——但他们两个都知道这是骗人的。毕竟，他叫人把她的电话从火场里取了出来。要不是明白它的不寻常之处，他为什么会这么做呢？

十五分钟之内，他们就互相坦白了。就像是在分享全世界最迫切的秘密。

“你告诉过别人吗？”苔丝问道。

“还没有。”

“连你太太都没有？”

“我们离婚了。”

“可是……她是他的母亲啊。”

“我知道。”杰克耸耸肩。“我要对她说些什么呢？”

她垂下了眼睛。她注视着自己赤裸的双脚。她已经两个月没修过脚了。

“你什么时候失去他的？你儿子？”

“两年前。阿富汗。从他搜索的一栋房子里出来，一辆车在距离他六英尺的地方爆炸了。”

“太可怕了。”

“是啊。”

“可是……你把他安葬了。有葬礼吗？”

“我见到了遗体，如果你明白我的意思的话。”

苔丝蹙起眉。“对不起……只是……”她又低下头，轻声说，“你觉得这是真的吗？”

杰克盯着自己的杯子。“我不知道。以前我有个朋友，他说他去世的妻子来找他，对他说和新女朋友结婚没关系。”

杰克停了一下。“当然了，他也可能只是说说而已。”

苔丝咧开嘴笑了。他们两个都端详着墙上她的电话。大家都会教你，在你小的时候，说你可能会到天堂去。但他们从来没教过天堂可能会到你这里来。

“你觉得只有我们两个吗？”

杰克望向别处，自己突然与这个小他十岁的漂亮女人产生了关联，让他窘迫不已。她说出“我们两个”的语气。

“或许是，”他回答，又觉得必须加上一句，“或许不是。”

*

艾米驾驶她的“九行新闻”汽车开上高速公路匝道。她踩下油门，路面扩展成三车道的时候，她吐出一口气。

在科德沃特待了三天之后，她感觉自己仿佛重回现实。她的摄像机在后备厢里。旁边放着一个帆布包，里面是她的录像带。她回想着自己与凯瑟琳·耶林的对话，那个长着红色头发、刷蓝色眼影的女人，高中时代多半是她最美的时候。除了那辆老旧的福特车，还有自家做的咖啡蛋糕，对艾米来说她还是有点热情过头了。她们的年纪差得并不太多——凯瑟琳四十多岁，艾米三十一岁——可艾米怀疑，她对任何事情，都不会有凯瑟琳对来生所勃发出来的热情。

“天堂正等待着我们。”凯瑟琳说。

“我来把摄像机架好。”艾米说。

“姐姐说那里壮丽辉煌。”

“这真是太好了。”

“你信教吗，艾米？”

“这件事和我信不信教没关系。”

“可是你信的，不是吗，艾米？”

“是啊。当然。我信。”

艾米叩了叩方向盘。撒了个小谎。那又怎样？她完成了访谈。她不会再回来了。她会把手上的材料编辑好，看看菲尔是否连播都不会播，然后继续寻找更好的工作。在她的脑海中，科德沃特已经成了后视镜里的一个小点。

然而，最能改变小镇的便是一个外人。她后备厢里的录像带将会证明这一点。

四天后

新闻报道

九频道，阿尔皮纳

（科德沃特电话线杆的画面）

艾米：第一眼看上去，这里，和其他小镇一样，有电话线杆和线路。但据科德沃特的一位居民所说，这些电线连通的或许是比电话公司更加高高在上的力量！

（凯瑟琳出现在镜头前，握着电话）

凯瑟琳：我接到一个电话，是我姐姐，戴安打来的。

（戴安的照片）

艾米：意外之处就在这里。戴安大约两年前就因为动脉瘤去世了。凯瑟琳·耶林上个月接到第一个电话，她说，从此以后，自己每个星期五都会接到电话。

（凯瑟琳出现在镜头前）

凯瑟琳：没错，我肯定那就是她。她告诉我她在天堂很幸福。她说她……

（镜头推进，凯瑟琳哽咽）

……她在等我，他们在等着我们所有人。

艾米：您认为这是个奇迹吗？

凯瑟琳：当然。

（艾米立在“收获希望”教堂前）

艾米：凯瑟琳上星期日在教堂将她接到电话的事公之于众。大家的反应是震惊与希望交织。当然了，并非每个人都对此深信不疑。

（卡罗尔神父的画面）

卡罗尔神父：谈论永生的时候，我们必须非常谨慎。这些事情最好留给——我这么说您别介意——更高级的权威来处理。

（艾米在电话线路下行走）

艾米：至少还有一个人自称收到了从另一个世界打来的电话，虽然他选择不对我们谈及此事。尽管如此，在科德沃特，人们都在好奇，自己是否可能成为下一个接到天堂来电的人。

（艾米停下脚步）

我是艾米·佩恩，九行新闻。

*

沃伦神父关上电视机。思绪让他的脸沉了下来。或许看到报道的人并不多，他告诉自己。报道很简短，不是吗？而且大家对于新闻都是看过就忘的。

他很高兴自己没有与那名记者交谈，尽管她固执地尝试了好几次。他非常耐心地对她解释，牧师不能对这种事情发表评论，因为教会尚未正式表态。他乐意让卡罗尔神父做一个大体上的声明，其他牧师也一致同意。他锁好办公室，走进空无一人的圣殿。他缓缓跪下，双膝疼痛，闭上双眼，念了一句祷文。这样的瞬间，他觉得与主最为亲近。孤身一人在主的家中。他任由自己想象全能的上帝业已掌控了眼前的情况，一切将到此为止，一位突然发言的教堂会众、一个好奇的电视台记者，仅此而已。

出门的路上，他把围巾从挂钩上拿下来，紧紧地缠在脖子上。下午五点早就过了，也就是说电话已经关上了。沃伦走的时候没有注意到，此刻普尔特夫人桌上的每条线路都在闪烁。

*

在梦里——这个梦沙利每星期都要做上好几次——他又回到了飞机的驾驶舱里，戴上头盔，拉下护目镜，氧气面罩也就位了。他感到一阵可怕的撞击声，飞机摇摇晃晃。仪表舟全都定住了。他拉了一下操纵杆，座舱顶盖飞了出去。一枚火箭弹在他身下爆炸。他全身的骨架都在痛苦地大叫。然后一切归于寂静。他看见一小团火光，远远的在他下面，是他那架飞机的残骸。他又看见一处火焰。比之前的更小。

他朝着地面飘下来的时候，一个声音喃喃道，“不要下去。留在空中。这里很安全。”

吉赛尔的声音。

他惊醒过来，大汗淋漓。他的眼睛飞快地扫视四周。他在自己房间的沙发上，喝下两杯伏特加和蔓越莓果汁之后睡了过去。电视开着。九频道，阿尔皮纳台。他惊愕地见到一名女记者，站在一间看上去颇为熟悉的教堂跟前。是“收获希望”，距离沙利现在的位置有一英里。“尽管如此，在科德沃特，人们都在好奇，自己是否可能成为下一个接到天堂来电的人。”

“肯定是开玩笑的吧。”沙利咕哝着。

“爸爸？”

他抬起头，看见朱尔斯靠在沙发旁边。

“对不起，亲爱的，”沙利说，“爸爸在睡觉。”

“你总是在睡。”

沙利找到他的玻璃杯，喝下一大口这会儿已经变温的酒。

“你还好吧，孩子？”

朱尔斯从他的运动鞋上拉下一块松脱的橡胶。沙利意识到他得给这孩子买新鞋了。

“爸爸？”

“怎么了？”

“妈妈会打电话给我们吗？”

*

该适可而止了。虽然苔丝一直给工作的地方发邮件，说她需要时间独处，请不要给她打电话，可住宅失火的消息还是传到了她的同事那里，其中的两个人——露露和萨曼莎——开车到了她家里。她们砰砰地拍门。苔丝打开门，挡住眼睛躲开阳光。

“我的天哪。”露露倒抽了一口气。她们的朋友比上次见面时还要消瘦，还要苍白。她金色的长发向后梳成一根粗粗的马尾辫，让她的面容看上去更加憔悴了。

“苔丝，你没事吧？”

“我没事。”

“我们能进来吗？”

“当然。”她往后退了一步。“抱歉。”

苔丝的朋友们进了门，四下张望。底层似乎和往常一样整洁，只是墙上散落着烟熏的污渍。楼上黑漆漆的，还有着过火的痕迹。一间卧室的大门烧焦了。两片木板在一个方形木框中交叉，封住了楼梯。

“这是你弄的吗？”萨曼莎问道。

“不是。那个人弄的。”

“哪个？”

“警察局的一个男人。”

萨曼莎瞥了苔丝一眼。她们相识多年，合作开了这家日托中心，一起在里面工作。萨曼莎常常替苔丝顶班，她得独自一人照顾风烛残年的母亲。葬礼上她们一起痛哭。她们分享每一份悲伤和遗憾。一个男人？一场火灾？她居然毫不知情？萨曼莎向前一步，抓住苔丝的双手说，“嘿。是我啊。出什么事了？”

*

接下来的两个小时里，苔丝对她的同事们说了几个星期之前似乎都还不可想象的事情。她告诉她们第一个电话，还有随之而来的电话。她解释了那场火灾，地下室的锅炉熄了，她没去修，因为在地下室里听不见电话铃声，所以她就在家里到处放上取暖设备，其中一个在她睡着的时候短路了，有一个火星——呼啦——二楼就烧着了。

她告诉她们杰克·塞勒斯把电话和答录机从火场里抢救了出来，告诉她们自己有多害怕再度失去她的母亲，她如何祈祷、断食，还有，接到三天后的一个电话，她听见母亲声音的时候——“苔丝……是我……”——她跪倒在地。等她说完，她们都哭了。

“我不知道该怎么办。”苔丝低声说。

“你百分之百肯定吗——？”

“是她，露露。我发誓。”

萨曼莎难以置信地摇了摇头。“镇上都在谈论‘收获希望’的那两个人。原来这段时间，你也接到电话了。”

“等等。”苔丝说，咽了一下口水。“还有其他人？”

“新闻里报了。”露露证实。

三个朋友交换了一下眼色。

“让人忍不住想知道，”萨曼莎说，“还有多少人遇到了这件事。”

*

电视台新闻播出两天后，清晨六点，凯瑟琳·耶林被门廊上的嘈杂声吵醒。

她一直梦见戴安，还有她去世的那一夜。她们本来计划出门去听古典音乐会的。结果凯瑟琳却发现戴安躺在客厅的地上，在玻璃咖啡桌和皮革软椅之间。她打了911，大叫着说出地址，然后抱着姐姐的身体，握着她渐渐冰冷的手，直到救护车抵达为止。动脉瘤是主动脉的一处肿胀；一旦破裂，几秒钟内就能让人丧命。凯瑟琳后来断定，倘若有什么东西要把她美丽、幽默、珍贵的姐姐带走，那是因为她的心是那么大，大得爆炸了。

在梦里，戴安奇迹般地睁开了眼睛，说她想用电话。

“电话在哪，凯斯？”她问。

继而凯瑟琳被一种声音弄醒了……那是什么声音啊？嘎吱声？嗡嗡声？

她穿上睡袍，惶恐不安地走下楼。

她拉开客厅窗户上的窗帘。

她深吸一口气，一只手按到胸前。

在她家的草坪上，清晨的阳光中，她看见五个人，穿着长大衣，屈膝跪坐，手拉着手，紧闭双眼。

这就是吵醒凯瑟琳的嘈杂声。

是人们在祈祷。

*

艾米又一次选了她最好的套装，仔细化妆，可她与菲尔·博伊德一同坐下的时候并没有任何期待。她的天赋他不以为然，她清楚。然而从这次谈话一开始，她就察觉到一种全新的口吻。

“呐，你觉得科德沃特怎么样？”

“唔……是个很小的城镇。挺普通的。”

“那里的人呢？”

“相当友善。”

“你和这个人关系怎么样”——他扫了一眼记录本——“凯瑟琳·耶林？”

“不错。我是说，她把整件事情都告诉我了。是怎么回事。她觉得是怎么回事，至少是。”

“她信任你吗？”

“我觉得是的。”

“你到她家里去了？”

“是啊。”

“你在那里的时候电话响了吗？”

“没有。”

“但你见到电话了。”

“是个手机。粉色的。她去哪都随身带着。”

“还有另外一个男人？”

“他不愿多谈。我问过了。我去了他工作的地方——”

菲尔抬起手掌，好像是在说，别担心，这种事是会有的。艾米很惊讶，他对一个在她看来空洞无物的故事那么理解——或者说那么感兴趣。难道大家不是经常号称接到了“另一边”的信号吗？人们在花园的墙上见到圣母马利亚，或者在英式麦芬上看到耶稣的脸。到头来都没有结果。

“你觉得再去一次怎么样？”

“去科德沃特？”

“没错。”

“去报道另一件事？”

“去报道同一件事。”

她扬起眉毛。“你是说，等着他们接到另一个死人打来的电话？把它当成新闻……报道？”菲尔的手指击打着桌面。“我给你看样东西。”他把椅子拉到电脑显示屏前，敲了几个键，然后把显示器转过来。

“发在网上的报道，你看过吗？”

“还没。”艾米说，略去了原因，昨晚她一回到家，她的未婚夫，里克，就和她摊牌，两人之间发生了又一场关于她有多重视事业，相比之下又有多重视他的争吵。

“看看评论。”菲尔说。他几乎是面带笑容。

艾米用一只手把刘海捋回来，向前探身。在“**科德沃特居民自称与天堂取得联系**”的标题下面，有一列通过邮件发来的回应。她看到数量多得填满了屏幕——这很不寻常，因为她做的报道一般都是零回应。“这不错嘛，不是吗？”艾米问道，“有多少呢……五、六……八条回复？”

“看仔细点。”菲尔说。

她照做了。在列表顶部，她见到了自己错过的东西，让她颈后一阵战栗的东西。“评论：第 8 条，共 14 706 条。”

*

沙利用勺子把土豆舀到儿子的盘子里。这是星期四的晚上。和他的父母一起吃饭。他们经常请他过去。他们知道他在努力省钱。他还是没有找到工作。还是没把那些箱子打开。他没有兴趣做任何事情，除了喝酒、抽烟，带朱尔斯去学校——还有思考。

他真希望自己能别再胡思乱想了。

“我能再吃点吗？”朱尔斯问。

“这些够了。”沙利回答。

“沙利，再让他吃点——”

“妈妈。”

“怎么了？”

“他不能浪费食物。”

“我们浪费得起。”

“好吧，不是人人都浪费得起。”

沙利的父亲清了清嗓子，让这场对话停了下来。他放下自己的叉子。

“今天我看见那辆阿尔皮纳的新闻车了，”他说，“停在银行前面。”

“大家都在谈论那篇报道。”他的母亲说。

“吓死人了。死人打电话来。”

“得了吧。”沙利嘟囔道。

“你觉得他们是编的？”

“你不觉得吗？”

“唔，我说不准。”她切了一块鸡肉。“迈拉认识教堂的那个男人。埃利亚斯·罗伊。她家就是他给造起来的。”

“然后呢？”

“她说，有一次他发现她的账单上有个错，把差额开了一张支票给她。一路开车送来的。还是晚上。”

“这么说的意思是……”

“他很诚实。”

沙利戳了戳他的土豆。“一件事归一件事。”

“你觉得呢，弗雷德？”

沙利的父亲吐了一口气。“我觉得大家都相信他们愿意相信的事情。”

沙利静静地想着这句话和自己的关系。

“唔，要是能让那个可怜的女人对失去姐姐这件事情好过一点，又有什么坏处呢？”他的母亲说，“我姨妈从前一直跟鬼魂说话呢。”

“妈妈，”沙利不耐烦了。他朝着朱尔斯的方向点了点头，然后轻声说，“您别说了行吗？”

“哦。”她答道，声音轻柔。

“管他呢，《圣经》还说上帝在燃烧的灌木丛中间讲话呢，”弗雷德说。“这不是和电话一样奇怪吗？”

“我们能换个话题吗？”沙利问道。

他们把银餐具弄得叮当作响，一言不发地咀嚼着。

“我现在能再吃点土豆吗？”朱尔斯问。

“把你盘子里的吃完。”沙利说。

“他没吃饱。”他的母亲说。

“他和我一起的时候也吃饭的，妈妈。”

“我不是这个意思——”

“我能供我儿子吃穿！”

“别激动，沙利。”他父亲说。

又是沉默。沉默似乎就摆在他们之间的桌面上。

终于，朱尔斯放下叉子问道：“‘供’是什么意思？”

沙利盯着他的盘子。“就是把东西给别人。”

“奶奶？”

“什么事，亲爱的？”

“您能供我一只电话吗？”

“为什么？”

“我想打电话给天堂里的妈妈。”

*

“你去泡菜酒吧吗，杰克？”

今天的当班时间结束了。大家要去喝杯啤酒。科德沃特没有晚上当班的警察。

紧急情况由 911 处理。

“我到那里找你们，”杰克说。他等着大家都走了。这会儿只有戴森在这幢楼里了，在有微波炉的休息室里。杰克闻到了爆米花的味道。他会在那里待上一段时间的。

“爸爸，是我……”

“你在哪儿，罗比？”

“你知道我在哪的。现在你可以把真相告诉他们了。”

“什么真相，我的孩子？”

“死亡并非结束。”

这是杰克不到一小时前经历的这次交谈的内容。这下已经是连续六个星期五了。六个电话，由他下葬的一个男孩打来的。他按下按钮，调出已接电话的列表。最近的一个，罗比的电话，标着“**未知**”。又一次——就像他已经做过的无数次一样——他按下“回拨”，听着一连串短促、尖利的嘟嘟声。然后什么也没有。没有接通。没有语音信箱。连录音都没有。只有静默。他再次想到——照电视上说的，既然，除了苔丝和杰克之外，还有其他人也接到了电话——他是不是该着手调查一下。可他怎么能既展开调查，又不去承认自己也是当事人？他甚至都还没告诉多琳。再说，这里是科德沃特。他们只有一辆巡逻警车、几台电脑、用旧的金属档案柜，还有能支持他们每周上六天班的预算。

他拿起外套，把它穿上身，在装着地图的玻璃镜框里瞥见了自己的倒影，曾经与儿子如出一辙的、轮廓分明的下巴。他们都很高大，声音洪亮、笑声震天。“我的大块头杰克们，”多琳以前总是这么叫他们。杰克回想起那一天，罗比问他关于加入海军陆战队的事。

“我不知道，儿子。”

“你打过仗，爸爸。”

“不是每个人都合适。”

“可我想做点贡献。”

“你觉得自己不去行吗？”

“不，不行。”

“那我猜你已经有答案了。”

多琳火冒三丈。她说那样太危险了。她坚持认为杰克本可以劝服罗比不要去，而不是那么傻呵呵地为儿子的勇气自豪。

最终，罗比入伍了——而杰克与多琳分手了。四年之后，两名士兵带来坏消息的时候，他们还得在两人的住处中选一个。他们先去了杰克那里。多琳始终没有原谅他，仿佛那也是他的错，与罗比牺牲在千里之外一样。

“死亡并非结束。”

杰克坐下来，穿着他的外套，又一次按下电话上的“回拨”按钮。一成不变的嘟嘟声。一成不变的静默。他拨了另一个号码。

“喂？”他听见苔丝的声音。

“我是杰克·塞勒斯。你今天收到电话了吗？”

“收到了。”

“我能过来坐坐吗？”

“好啊。”

她挂断了。

*

十九世纪七十年代早期，亚历山大·贝尔给梅布尔的父亲——他未来的岳父——一张清单，是他计划中的发明。加德纳·G·哈伯德对其中大多数都印象深刻。但贝尔提到一根能传递人类声音的电线的时候，哈伯德嗤之以鼻。

“你这是在胡说八道。”他说。

星期六的早晨，沙利，听够了天堂电话的胡言乱语，把父亲的车停在一间他在小镇外围找到的标着“罗伊建筑”的活动房前。直面这件事情很重要，要把它击落，免得造成更大的伤害。悲伤已经够辛苦的了，沙利心想。为什么他还得对孩子解释那些骗人的谎话？他很生气，怒火中烧，这么长时间以来，他除了哀悼外一无所事，这倒让他觉得像是个目标。在海军服役的时候，他在自己的中队调查过案件。事故，设备故障。他很在行。他的指挥官甚至叫他试试进军法署里去，做个全职的法务人员。可沙利太喜欢飞行了。

他走近活动房，房子坐落在一片泥地上。两艘小划艇、一辆挖土机，还有一辆福特小货车停在屋后。

沙利踏进房里。

“嗨……罗伊先生在吗？”

桌子后面坐了个敦实的女人，头发向上包在头巾里。她打量了一下沙利，然后才回答。

“对不起。他不在。”

“他什么时候回来？”

“他出去工作了。您是有活找他做吗？”

“那倒不是。”

沙利环顾四周。活动房里塞满了设计蓝图和文件柜。

“您要留个姓名和电话吗？”她问道。

“我晚点再来。”他说。

他回到车旁，上了车，骂了几句。开始发动车子的时候，他听见了一声引擎响。他朝后视镜中望去，看见一个男人坐在福特小货车的驾驶座上。他刚才一直在那？沙利停下车，跳出来，向货车跑去，挥着手臂，直到车子停下来。他走近窗口。

“不好意思，”他说着，气喘吁吁地。“您是埃利亚斯·罗伊吗？”

“我认识您吗？”罗伊反问。

“我母亲认识您的一个熟人。听着。”他吐出一口气。他该怎么说呢？“我是个父亲，明白吗？一个单亲父亲。我的妻子……去世了。”

“对不起，”埃利亚斯说，“我得——”

“我儿子……他还没缓过来。我在努力帮他。可是这桩天堂来电的事情……你是其中之一……你说你接到电话了？”

埃利亚斯咬了咬嘴唇。“我不清楚我接到的是什么。”

“看见了吧。问题就在这。你不清楚。可是你有常识，对吧？你肯定得相信，这不是死人打来的电话，对吧？”

埃利亚斯盯着方向盘。

“我的儿子。他觉得……”沙利的心脏怦怦直跳，“他觉得他妈妈现在就会打电话给他。就因为你说的那些。”

埃利亚斯咽了咽口水。“对不起。我不知道该怎么帮你。”

“你能帮我——你能帮上他——如果你告诉大家这不是真的。”

埃利亚斯握了握方向盘，又说了一遍“对不起”，这次，他踩下了油门。货车向前一冲，拐到了马路上，留下沙利站在原地，双手摊开，孤零零地站着。

*

那天晚上，埃利亚斯开车去了密歇根湖的一个公共码头，等到天空中最后一丝亮光熄灭。他想着之前把他拦下的那个男人。他想着那人说起的他的儿子。他想着尼克、凯瑟琳、沃伦牧师和那座圣殿。最后，当夜幕落下，他走出货车，走到岸边，把电话从口袋里掏了出来。他记得自己还是孩子的时候，母亲会把他们吃剩下的饭菜送给施食处。有一次，他问过，为什么他们不能像大多数人一样，把饭菜扔出去就行?

“上帝赐给你的东西，”他的母亲那时候说，“你不能浪费。”

埃利亚斯看着他的电话，咕哝说，“倘若我此刻是在浪费您的礼物，那么，原谅我，天父。”然后他把电话朝水中丢去，丢得又高又远。黑暗中他失去了它的踪迹，却在它划破湖水表面的时候，听见了一声轻轻的“扑通”。

他在那里站了一会儿，双拳紧握。接着他回到货车里。他已经决定从科德沃特离开一阵，让他的工头监督工作。他不想再有别的陌生人跑到自己面前，寻求帮助。他已经注销了这个号码，注销了账户，还把真正的电话也扔了。他开出小镇的时候觉得筋疲力尽，仿佛刚刚顶着暴风骤雨关上了一扇大门。

第七个星期

日子一天天过去，凯瑟琳注意到人人都在盯着她看。在银行里。在星期日的礼拜上。甚至是在这个科德沃特的市场，她已经买了几年东西的地方。丹尼尔，那个上货的工人，看着她被她发现的时候，把目光转向了别处，而泰迪，肉摊后面那个蓄着胡子的男人，望见她的目光，急急地说，“嗨，凯瑟琳，最近好吗？”在过道尽头，有两个上了年纪的女人，穿着长袍，大摇大摆地对她指指点点。

“你就是那个人，是吗？”她们问道。

凯瑟琳点点头，不清楚该怎么回应才好。她迅速把手推车推走。

“愿上帝保佑你。”其中一个说。

凯瑟琳转过身，十分诧异。“也愿上帝保佑您。”她说。

凯瑟琳努力阻止自己谦卑的冲动，就像《圣经》上说过的一样，也阻止自己在一片荣耀之中大声呼喊的冲动，就像《圣经》上也说过的一样。这让每次相遇都成了挑战。她根本不知道电视访问怎么能让人这么……显眼。

在收银台前，她排在一个超重、秃顶、穿着底特律雄狮队[①]队服的男人后面。他把东西从篮子里取出来。看见她的时候，他瞪大了眼睛。

“我在电视上见过你。”他说。

“是我，谢谢你。”凯瑟琳回答。

“你有一次给我们看过一栋房子。我和我老婆。”

“是吗？”

“太贵了。”

“哦。”

“我失业了。”

“我很难过。”

“没办法的事。”

收银台后面的女人盯着他们两个，她把男人屈指可数的几件东西都输进了出纳机里，一大袋薯片、黄油、两罐吞拿鱼，还有一份六瓶装的啤酒。

“他们让你和别人说话吗？”男人问。

“啊？”

“他们打电话给你的时候。随便是鬼魂还是别的什么。如果你想的话，能和其他人说话吗？”

“我没听懂。”

“我爸爸。他去年去世了。我在想……”

凯瑟琳咬住嘴唇。男人低下头。“没关系。”他说。他递给收银员一大捆一美元的钞票，拎起他的袋子，然后走了。

---

① 底特律雄狮队（Detroit Lions），美国橄榄球联盟（NFL）中的球队之一。

三天后

新闻报道

九频道，阿尔皮纳

（艾米站在教堂前）

艾米：正如我们一开始在“九行新闻”里告诉您的一样，一切都从这个小镇开始，一位名叫凯瑟琳·耶林的女士，向她的教会报告了一个电话，来自一个最不可能的地方——她的姐姐，戴安，一个两年前已经去世的人。

（凯瑟琳与艾米的特写）

凯瑟琳：到现在她已经打过六次电话给我了。

艾米：六次？

凯瑟琳：没错，总是在星期五。

艾米：为什么是星期五？

凯瑟琳：我不知道。

艾米：她有没有说过她为什么会这么做？

凯瑟琳：没有。她只是告诉我她爱我。她和我谈起天堂。

艾米：她说了些什么？

凯瑟琳：她说，我们在这里失去的每个人，都会在那里失而复得。她说我们的家人都在一起。

（有人在凯瑟琳家的草坪上）

艾米：自从“九行新闻”首次报道了这些奇异的电话，就有许多人蜂拥到科德沃特来见凯瑟琳。他们会等上好几个小时，就为了和她说话。

（凯瑟琳与他们交谈，大家站成一圈）

年长的女士：我相信她是被上帝选中的。我也失去了姐姐。

艾米：您自己期待类似的奇迹吗？

年长的女士：是啊。（她开始哭泣。）能再和姐姐说上话，要我拿什么来换都可以。

（艾米立在屋前）

艾米：我们应该注意的是，到目前为止，还没有人能够证明这些电话属实。不过有一件事情是肯定的。（她指指人群。）许多人相信，奇迹的确会发生。

（她望向镜头）

这里是科德沃特，我是艾米·佩恩，“九行新闻”。

*

沃伦牧师拉上帽子，朝外走去，轻轻地向普尔特夫人挥了挥手，她正在接电话。她放低了电话听筒，低声说，“您什么时候回来——”却又被另一路响起的电话打断。“‘收获希望’……是的……能请您稍等一下吗？……”

沃伦很兴奋，摇了摇头。有好几年，教堂整个早上都不会接到一个电话。现在可怜的普尔特夫人几乎连上厕所的时间都没有。他们收到来自全国各地的电话。他们问能不能通过互联网参加他们的星期日礼拜。他们问教堂的会众有没有用什么特别的祈祷书——尤其是听见上苍福音的那几位。

沃伦沿着街道蹒跚而行，探进秋日的风中。他注意到教堂的停车场里有三辆不太眼熟的车，他转头的时候，车里的人正凝视着他。陌生人在科德沃特总会引人注意。几家人在这里住了好几代。房产和生意传给孩子。长住居民都葬在本地的墓园里，墓园的历史能追溯到二十世纪早期。有几块墓碑磨损褪色得太过严重，上面的字再也读不出来了。

沃伦回忆起那些日子，他认识镇上的每一个教友，身体也够硬朗，能步行去拜访他们中的大多数人，偶尔听见“早安，牧师！”的喊声从门廊传来。这种熟悉始终让他感到慰藉，犹如一曲低低的、沉稳的哼唱。可是最近，哼唱变成了尖叫。他深感忧虑——不仅仅是因为停车场里陌生的汽车，或是圣殿里的新闻记者，也是因为他内心正在经历的挣扎。

此生第一次，沃伦的信仰不如周围的人强烈了。

*

“牧师，请坐。”

镇长，杰夫·雅各比，指着一张椅子。沃伦坐下来。镇长办公室离教堂只有两个路口，在第一国家银行的后面。杰夫也是银行的行长。

“激动人心的时刻啊，不是吗，牧师？”

“嗯？”沃伦说。

“你的教堂。两次新闻报道！科德沃特上次发生这种事是什么时候？”

“唔。”

“我是从房产圈里认识凯瑟琳的。她姐姐的死对她打击很大。用这种方式让她回到身边……哇哦。”

“您觉得她姐姐又回来了？”

杰夫咯咯地笑了。“嘿，你才是专家。”

沃伦端详着镇长棱角分明的脸，他的浓眉毛、蒜头鼻、一个迅速绽开的微笑，露出箍过的牙齿。

“听着，牧师，我们接到很多电话。有传言说不只是凯瑟琳，或是另外那位老兄，他叫什么来着？——”

“埃利亚斯。”

“没错。他跑哪去了？”

“我不知道。”

“好吧，不管怎么样，我在想，开个市民大会，会有好处的，你明白吗？只有科德沃特的各位参加。回答些问题。看看接下来怎么办。我是说，这件事闹得挺大的。有人告诉我莫斯希尔的旅馆都住满了。”

沃伦摇了摇头。旅馆住满了？十月份？那些人都想干什么？他瞥了一眼杰夫的鞋子，柔软的棕色皮革，鞋带系得完美无缺。

“我觉得您应该主持这个会，牧师。”

“我？”

“是在您的教堂里发生的。”

“那又不是我干的。”

杰夫拿起一支笔，按了两下。

“我发觉您没有出现在那些电视新闻里。您不对媒体说点什么吗？”

“凯瑟琳说得够多了。”

杰夫暗笑。“那个女人真能说。不管怎么样，我们得计划计划，牧师。不用我告诉你，我们镇一直挺困难。这个小小的神迹可能意味着真正的机遇。”

“机遇？”

“是啊。旅游之类的？游客又得吃饭。”

沃伦双手交握，放在腿上。

“你相信这是个奇迹吗，杰弗里？”

“哈！你问我？”

沃伦沉默不语。杰夫放下笔。他又亮出了箍过的牙齿。

“好吧，说老实话，牧师？我不知道凯瑟琳出了什么事。我不清楚这到底是真的还是编的。不过你看到那里的人流吗？我是个商人。我可以告诉你。”

他指向窗口。

“这对生意有好处。”

*

她们最近的一次通话只有一分钟，但苔丝却念念难忘。

“你在天堂还有感觉吗？”

“……有……爱……”

“除此之外呢？”

“……是浪费时间，苔丝……”

“什么是浪费时间？”

“……除此之外……”

“我没听懂。”

“……愤怒……后悔……担忧……都消失了……别让自我……迷失在自我之中……”

“妈妈。对不起。”

“为什么说对不起？……”

“为了所有的事情。为了吵架。为了不去教堂。”

“苔丝……这些事情……都到了宽恕……”

“是吗？”

“……只要你宽恕自己……”

“哦，妈妈……”

“……苔丝……”

一阵长长的停顿。

“……你记得做饼干的事吗？……”

电话断了。

苔丝哭了。

*

饼干——还有其他点心——帮忙将苔丝和露丝连在了一起。她们对事情的看法难得一致，但从她还是个小女孩的时候起，苔丝和母亲便只有彼此。露丝与丈夫离了婚，埃德温，那时苔丝五岁，她几乎未置一言，除了“一个人的忍耐是有限度的”。埃德温飞快地跑去了艾奥瓦州，都没费心争夺一下抚养权。镇上的人翻翻白眼，窃窃私语，“现在她还有个拖油瓶了。”那些年，苔丝问起父亲的时候，露丝就会说，“为什么要谈些不愉快的事情呢？”过了不久，苔丝就不问了。

但就像大多数来自破裂家庭的孩子一样，苔丝渴望着她失去的东西。单亲母亲在科德沃特并不常见，之后那些年里不管苔丝去哪儿，大家都会问她“你母亲怎么样？”仿佛离婚是某种流连不去的疾病，需要定期检查。露丝经营承办酒席的小生意，而且，因为雇不起任何帮手，她一有机会就叫上苔丝帮忙。露丝叫她“我的饼干师”，因为她善于用花生酱和巧克力豆做东西。婚礼上——她们最常接的活——她们在厨房里整理点心，仿佛相伴的壁花一样，在屋外的乐声中面面相觑。这些婚礼上几乎人人都成双成对，褐色头发的露丝和金发的苔丝也好像成了一对；拉弗提夫人有人陪，这让大家都舒服了一点。天主教会就不那么有同情心了。离婚在那里还是让人看不惯，露丝默默地忍受其他女人的非难，随着苔丝长成娉婷少女，男人和她打招呼时好像都会拍她肩膀，非难也越发严厉。苔丝厌倦了这种伪善，高中一毕业就不去教堂了。露丝恳求她回去，可她却说，“这就是个笑话，妈妈。她们根本都不想让你到那去。”

最后，露丝坐轮椅的时候，苔丝不肯带她去参加弥撒。然而现在，她坐在客厅里，萨曼莎坐在她对面，琢磨着自己是否该打电话给从前的牧师，卡罗尔神父。

“我几年没给他打电话了。”她说。

“假如你想的话，我可以打过去。”萨曼莎主动说。

苔丝低下头，意识到自己的双腿正紧张得发抖。她有点想让与母亲的这些对话一直保持低调，是私人的，就像梦境永远都是私人的，只要不说出来就行。

另一方面，她已经告诉萨曼莎和露露了。而且有什么超自然的事情正在科德沃特发生。电视上的那个女人。他们说起的另一个男人。杰克·塞勒斯。不只有她一个。这实在太过复杂难解。

她一直过得井井有条，公然挑战科德沃特漂亮姑娘的生活方式，她搬走，保持单身，开业做自己的生意。母亲的生命开始流逝的时候，她同样安排好一切，搬了回来，照顾她的点滴需求，为她刷牙，安顿她上床睡觉，然后关上灯。

但是现在，世界完全颠倒了。她需要弄明白自己理解范围之外的东西。

“这些事情……都得到了宽恕。”露丝说过。

她看看萨曼莎。

“打给神父吧。”

*

杰克把车停在车道上。他的心怦怦直跳。

他决定把电话的事告诉多琳，今天就说，一点也不耽搁。他已经打过电话去，说有些事情要商量，也打算一走进去就直奔主题，不要等到她被什么事情分了心，他也没了勇气的时候。他不在乎她的新丈夫梅尔在不在。儿子是他们两个的。她有权知道。杰克猜想自己拖了这么久才告诉她，她会很生气。可他已经习惯她生气了。而且他每等一天都雪上加霜。

科德沃特正在改变，有访客到来，突然间人人都向教堂冲去。人们甚至在一个女人家里的草坪上祷告。杰克和雷如今每天都要开到什么地方去解决一宗投诉，一点停车的麻烦，访客无证宿营。已经安排了一次全镇大会来讨论这一现象。至少他能告诉多琳他们也是当事人之一。他走上门廊，深吸一口气，然后抓住了门把手。门开着。他自己走了进去。

“嘿，是我。”他大声说。

没人回应。他去了厨房。走到前厅。

“多琳？”

他听见一声抽噎。他跨进客厅。

“多琳？”

她正坐在沙发上，握着一张罗比的照片。泪水从她的脸颊上滑落。杰克咽了咽口水。时机不好。他只得等一下了。

“你没事吧？”他柔声问道。

她眨眨眼睛，把眼泪压回去。她紧抿着双唇。

“杰克，”她说，“我刚刚和儿子说话了。”

*

“我是哈丁，要见罗恩·詹宁斯。”

前台拿起电话，沙利很快坐了下来，不想惹人注意。

《北密歇根公报》是一家规模不大的报纸。开放式的设计显示出不可避免的地理划分，新闻记者、编辑在一边，商务在另一边。左侧，桌上乱糟糟的，文件成堆，一名白头发的记者耳朵里正听着电话。右侧的桌子更整洁，领带系得更紧，而且有一间办公室明显大过其他所有的房间。此刻从那间办公室里冒出来的，是出版人罗恩·詹宁斯，梨形身材、头发稀疏，戴着彩色镜片的眼镜。他对沙利挥挥手，打着手势让他过来。沙利起身，把自己的脚一只一只地向前挪动，就像他出狱的时候一样。

“马克跟我说你会过来，”詹宁斯说着，伸出手。“我们一起上的大学，我想他已经告诉你了。”

“是啊，谢谢您见……”沙利的声音忽然干涩得哽住了。他咽了一下口水。“……见我。”

詹宁斯仔细打量着沙利，沙利很不喜欢他自以为看见的东西；一个即将申请一份自己厌恶的工作的人。他有什么办法？他需要工作。走投无路。他勉强笑笑，踏进办公室，觉得自己与战斗机飞行员的距离远得不能再远了。

销售，他闷闷不乐地想着。一份报纸。

他好奇他们有没有报道过他。

*

“我们现在挺忙的，”詹宁斯说，咧嘴笑笑。“这个‘天堂来电’的报道忙得我们脚不沾地。”

他举起最新的一期，念了一下标题。“‘另一个世界的鬼魂？’谁他妈的知道啊，不是吗？不过对报纸是好事。我们最近的两期都加印了。”

“哇哦。”沙利客气地说。

“看见那个人了吗？”他朝那个白头发的记者点了点头，他穿着西装，系着领带，电话凑在耳畔。“埃尔伍德·朱佩斯。这里三十四年来唯一的记者。写的是暴风雪、万圣节游行、高中橄榄球赛。突然间就报上了有史以来最大的大事。能得普利策奖的那种。”

“他刚刚采访了一个超自然现象的专家，说是大家偶尔从收音机里听到死人的声音已经好几年了。我从来都不知道，你呢？”

沙利摇摇头，抿紧嘴唇。他讨厌这段对话。

“不管怎么样……”

詹宁斯拉开抽屉。他拿出一个文件夹。

“马克说你对我们的代理工作有兴趣？”

“是的。”

“我有点吃惊。”

沙利没有回话。

“这工作可不光鲜。”

“我知道。”

“就是接广告。佣金。”

“马克就是这么说的。”

“我们是个小公司。我们每周出版一次。”

“我知道——”

“可不是飞战斗机什么的。”

“我不是要找——”

“我明白你不想去谈那整起事故。我懂。我相信人人都能重新来过。我就是这么告诉马克的。”

“谢谢。”

“你太太的事，我很难过。”

“嗯。”

“他们一直没找到空管人员的录音吗？”

我还以为我们不会谈这个，沙利心想。

“没有，一直没找到。”

詹宁斯点点头。他看了看抽屉。

“不管怎么说，这不是什么很高级的工作——”

“没关系。”

“报酬也不——”

“不要紧的，真的。”

两个男人不自在地看着彼此。

“我得工作，”沙利说，“我有个儿子，你知道吗？”

他试着想找点其他的话来说。吉赛尔的脸庞浮现在他的脑海里。

“我有个儿子。”他又说了一遍。

*

他们结婚几年之后生下了朱尔斯，沙利挑了这个名字，取自一个叫朱尔斯·希尔的歌手，他写了吉赛尔最喜欢的歌曲之一，《如果她知道她想要什么》。

儿子一出生，他就知道这正是她想要的：一个家庭。吉赛尔和朱尔斯就像是一体同心。他摆弄玩具的动作中有她与生俱来的好奇心，他拥抱其他孩子或是轻拍小狗的样子蕴藏着她温柔的天性。

“开心吗？”有天晚上，沙利问吉赛尔，当时他们三个在沙发上搭着彼此，小小的朱尔斯在她的胸口睡着了。

“哦，天哪，当然，”她迫不及待地回答，“谢谢你，宝贝。”

“我们可以再来一次的，你明白的，”他笑着说，“只要你准备好……”

可是，此刻他在这里，一个人，刚刚接受了一份周报推销员的工作。他点上一支烟，上了车，飞快地向酒铺驶去。曾经，和妻子在一起时，他常常思考未来。而今，他只会回想过去。

*

只要有宗教信仰，就会有护身符：吊坠、戒指、硬币、受难像，每一件都被认为是注满了神圣的力量。而就像古代信徒紧紧握住的那些护身符一样，凯瑟琳·耶林现在也抓着那只浅粉色的手机。

白天她把它捏在手里。晚上她和它一起入睡。她去上班的时候，把电话放进自己的包里，铃声调到最大，包则紧紧地按在肩头，像个足球一样捧在胸前。她不断地给电话充电，给备用电池又买了一块电池备用，怕万一其中一块充电板会故障。她吩咐所有人别再去拨那个号码，而是用她从另一个供应商那里买到的新电话。她原先的那个电话——戴安原先的那个电话——只留给戴安一个人。

凯瑟琳到哪，电话就到哪。而现在，不管凯瑟琳去哪里，“九行新闻”的艾米就跟到哪里。艾米请凯瑟琳吃了一顿丰盛的晚餐（菲尔的建议；他甚至还付了饭钱），没完没了地听她讲她亲爱的姐姐的故事，保证她自己和阿尔皮纳电视台的每个人想的都只是把奇迹的消息传递出去。凯瑟琳也同意，如此神圣的事不该局限在小小的科德沃特，局限在它有限的边界里，而艾米的电视摄像机——

她像件行李一样到哪都扛着它——在这个现代世界中，实际上，就是上帝的工具。就这样，在一个星期二的早晨，她们两人，一起抵达了科德沃特联合房产的办公室，办公室在科德沃特邮局隔壁，科德沃特市场对街。她们走进大门的时候，等候处有四个人，每个都对那名年轻的前台说："我们要见凯瑟琳·耶林。"问他们由别人来接待行不行的时候，他们说不行。

*

办公室里的其他三个房产经纪人可接受不了这样，路、杰瑞和杰拉尔丁，他们的新客户寥寥，前途渺茫。那个星期二，凯瑟琳来上班之前，他们三个围在一张桌子旁边，抱怨大家对他们同事所说的天堂小题大做。

"我们怎么知道这是真的？"路说。

"她一直没从戴安的事情上恢复过来。"杰拉尔丁说。

"人会有幻觉的。"杰瑞说。

"他们在她家的草坪上祈祷啊，我的天哪！"

"她拉来的生意从来没这么多过。"

"那又怎么样？要是他们都是冲她来的，那有什么好啊？"

交谈如此继续着，怨言又加上路现在得养活和他一起住的孙辈，杰拉尔丁从来就不喜欢凯瑟琳唠唠叨叨的做派，而杰瑞则在琢磨对三十八岁的他而言，现在换工作是不是太迟了。

接着凯瑟琳进来了，艾米在她身后。对话终止，露出了并不由衷的微笑。你也许会以为，将天堂的证据带来的人总会被欣然接纳。然而就算是在奇迹面前，人心也会自问，"为什么不是我？"

*

“早上好，凯瑟琳。”杰拉尔丁开口。

“早上好。”

“有新的电话吗？”

凯瑟琳笑了。“今天没有。”

“上一个电话是什么时候？”

“星期五。”

“四天前。”杰拉尔丁评论道。

“嗯哼。”

“真有意思。”

杰拉尔丁看了看艾米，仿佛在说：“你在这可能一无所获。”凯瑟琳扫了一眼她的同事，吐了一口气，然后从包里拿出一本《圣经》。

还有，当然了，她的电话。

“我该开始见客户了。”她说。

第一个是个中年男人，他说他想找一间在凯瑟琳家附近的房子，说不定在那里他也会接到“电话”。随后是一对从梅塔莫拉[①]来的夫妇，他们谈起自己的女儿，她六年前死于一场车祸，以及自己有多希望能在科德沃特与她重新取得联系。第三个客户是个希腊女人，围着深蓝色的围巾，她甚至都没提到房子。她只是问凯瑟琳，能否与自己一同祈祷。

“当然了。”凯瑟琳用近乎道歉的口吻回答，艾米退到后面，不去打扰她们，拿着她硕大的电视摄像机。它真是重得离谱；她总觉

① 伊利诺伊州一城市。

得自己是在拖着一件灌铅的行李。她对自己保证，有一天她要为一家会派一个真正的摄影师与她同行的电视台工作。有一天，比如说她的下一份工作。

“沉甸甸的哈？”路看着艾米砰的一声把它摆到桌上。

“是啊。”

“还以为到了现在他们会把它做得小一点呢。”

“确实如此。不过我们没有那些型号。”

“留给纽约和洛杉矶了？”

“差不多——”

她停了下来。路的脸色变了。他的脑袋转了过去。杰拉尔丁和杰瑞也是。等到艾米意识到原因的时候，一股肾上腺素窜入了她的静脉。

凯瑟琳的电话在响。

*

每个故事都有一个转折点。接下来在科德沃特联合房产办公室里发生的事情，迅疾、混乱，全都被艾米断断续续、摇摇晃晃的镜头给记录了下来。事情不足一分钟，但不久就会被全球的千百万人看见。

凯瑟琳拎起正在响着的电话。每个人都转过身。那个希腊女人开始用自己的母语祷告，前后摇晃着，双手盖在口鼻上。

“我们的天父……”①

---

① 原文为希腊语主祷文。主祷文，天主教又称天主经，是耶稣传给门徒的祷辞（见《马太福音》第六章九到十三节），天主教、东正教和基督教礼拜仪式中通用的祷辞。

凯瑟琳深吸一口气，在椅子上往后一挺。路咽了一下口水。杰拉尔丁窃窃私语，“这下又怎么了？”艾米已经手忙脚乱地抓起摄像机，把它打开，正努力在肩膀上端平，透过取景器看着，一边移近，这时——咚！——她撞上了一张桌子，摄像机掉了下来，带子还在转，艾米则摔在一张椅子上，下巴撞到了桌面上。

电话又响了。

“……愿你的名受显扬。”

希腊女人低声祈祷。

“等等！先别按！”艾米大喊。

但凯瑟琳按下了通话键，低声说，“你好？……哦，天哪……戴安……”

“愿你的名受显扬……”

凯瑟琳的脸庞焕发出神采。

“是她吗？”路问道。

“上帝啊。”杰拉尔丁低声说。

艾米站直身体，大腿因为撞击怦怦地抽搐，她的下巴在流血。她把凯瑟琳拍进镜头的时候，她正好在说，“好的，哦，好的，戴安，好的，我会……”

“愿你的旨意奉行在人间。”

“真的是她吗？”

“如同在天上。求你今天赏给我们。”

“戴安——你什么时候再打给我……戴安？……喂？……”

凯瑟琳放下电话，慢慢地坐了回去，仿佛被一只看不见的枕头推着一样。她目光呆滞。

“日用的食粮；求你宽恕我们的罪过……”

“出什么事了？”艾米问道，扮演记者的角色，摄像机扛在肩上。“她对你说了些什么，凯瑟琳？”

凯瑟琳直勾勾地看着前方，她的双手放在桌上。“她说，‘时间到了。别把这当成秘密。告诉所有的人。善良的人将在天堂受到欢迎。’”

那个希腊女人把脸埋进手中，潸然泪下。艾米把镜头拉近她，然后又拉近那部电话，凯瑟琳把它掉在了桌上。

“告诉所有的人。”凯瑟琳恍惚地复述，她都没意识到自己在这么做，幸好艾米摄像机上那盏闪烁的红灯记录下了这一幕。

第八个星期

历史表明，亚历山大·贝尔的电话确实是在一夜间成名的。

差点就没能实现。

一八七六年，美国正在庆祝建国一百周年。一场百年纪念展览在费城举行，展示着最新的发明，那些在未来一百年中标志着伟大的东西，包括一架四十英尺高的蒸汽机，以及一台打字机的雏形。在最后一刻，贝尔那简陋的通讯设备在一堵墙壁和一排楼梯之间的狭窄场所得到了一张小桌子，在一个叫作教育部门的大厅里面。它在那放了几个星期，没得到什么真正的注意。

贝尔住在波士顿。他没有计划——也没有钱——去参加展览。但在一个星期五的下午，他去火车站送他的未婚妻，梅布尔，她正要去费城见她的父亲。她想到要离开他就落泪，坚持让他也去。火车开动的时候，贝尔为了安慰她，跳了上去——没买车票。

因为那一时的冲动行事，两天后贝尔来到展会上，在一个炎热的星期日下午，一个筋疲力尽、大汗淋漓的评审代表团正巧从附近经过。他们中的大多数人只想回家。可是其中一个人——德高望重的巴西皇帝唐·佩德罗·德·阿尔坎塔拉，认出了这位深色头发的发明家，他知道他为失聪学生做的工作。

“贝尔教授！”他说，张开双臂与他打招呼。“你在这里干什么？”

贝尔说明情况之后，唐·佩德罗同意现场看看这项发明。疲乏的评审们只好再多待几分钟。

一条电线穿过房间挂好。贝尔去了发送端，皇帝则站到接收端。正如他几个月前与托马斯·沃森一起完成的一样（“到这儿来。我想见你。”），贝尔对着他的设备说话，而皇帝把听筒举到耳边。他忽然喜笑颜开。

在众人的侧目中，皇帝震惊地宣布：“我的天哪！它会说话！”

这改变了一切。第二天，这项发明被移到了一个显要的位置。成千上万的人围拢过来察看。全世界被此前不可想象的事情点燃：与无法相见的人说话。

要不是因为一个男人对一个女人的爱，贝尔的电话或许永远不会出现。而它一经出现，地球上的生活就永远改变了。

*

鸡蛋。鸡蛋不够了。弗里达·帕达帕罗斯把一张五十美元的纸币往侄子手里一塞，说：“市场里有多少全买来。快。”

弗里达从来不是拥护神迹的人，但她可不会拒绝这突然增加的生意。星期一很忙。星期二更忙。今天，她的饭店实在太过喧闹，大家都要高声叫喊才能听得见。停车区域拥堵不堪。雅座里挤满陌生的脸。而且这是第一次，在一个星期三的早晨，她的门外排起了长龙。都还没到八点钟呢！“再来点咖啡吗，杰克？”弗里达问。杰克还来不及回答，她就倒上了，然后一溜烟跑向其他人。

杰克从杯子里呷了一口，像个藏着秘密的人一样低下了头。他那天故意没穿制服。他想旁观一下这愈演愈烈的朝圣——现在一段因特网上的视频已经让整个小镇翻了天。他发现三个带着电视摄像机的人，至少还有四个在他看来也是记者的人——外加那一大群陌生的新面孔，老老少少，一直在问到哪儿能找到凯瑟琳·耶林、那座教堂，或是那间房产公司。他看见两对印度夫妇，还有一张桌子边挤满了年轻人，穿着他认不出来的宗教服饰。

“对不起，嗨，您是这里的人吗？”一个穿蓝色滑雪外套的人问道，挪到杰克的凳子旁边。

“什么事？”

“我是底特律四频道的。我们在采访大家关于奇迹的事情。您知道的。那些电话？我们能请您上镜一下吗？不会耽误很久的。”杰克瞥了一眼门口。其他人正鱼贯而入。早晨在弗里达的店里喝杯咖啡，这么长时间以来都是他的日常习惯，他能从家里走到柜台，从头到尾都不睁眼。但这让人很是尴尬。他还没有把罗比给他打电话的事情告诉多琳——要先和她说过才行。出于某种原因——他体内的那个司法人员，莫非？——他感到自己需要的是听，而不是说。多琳说罗比告诉她他很好，他在天堂，他很幸福，还有“死亡并非结束”。她问他觉得那是什么意思的时候，他回答，“我不知道，你高兴吗？”而她哭了起来，说，“我不知道，高兴，我的上帝啊，我一点也搞不懂这是怎么回事。”

他不想让这些记者知道多琳。他不想让他们了解她。他想起了苔丝。他也不想让他们知道她。“您会上电视的。”穿滑雪外套的男人劝道，仿佛在努力做成一笔交易。

“我只是经过而已。”杰克说，放了两美元到台面上，朝门口走去。

*

杰森·特克把戴尔-泰克电话中心员工入口的锁打开。他大声打了个呵欠。他四肢瘦长，二十七岁，二头肌上有个菲力猫的纹身，又一次玩电子游戏玩到很晚，因而筋疲力尽。他从一只小冰箱里抓了一罐可乐，喝了几大口，然后打了个嗝，想起女朋友常常说的："杰森，你的习惯真让人讨厌。"他走进办公室，脱下毛衣，穿上蓝色与银色相间的短袖工作服，上面写着"戴尔-泰克"。他翻了翻昨天的信件。一封公司总部寄来的。又一封总部寄来的。一本清洁服务的小册子。

蜂鸣器响了。他看了一眼手表。早上八点十分。他猜想是其中一个开货运卡车的司机。但他打开后门的时候，却看见一个穿着旧山羊皮夹克的高个子男人。

"嗨。我是沙利。《公报》的。"

"哦……你好。我是杰森。"

"你好。"

"你是新来的吧。"

"是啊。上个星期开始的。"

看上去对工作不太满意嘛，杰森心想。

"进来吧。"

"你看，我们希望能再续订三个月——"

"推销的话就不用讲了，"杰森摆摆手说，"老板已经把支票给我了。"

他在抽屉里寻到支票。"上几次派来的那个女孩子去哪了？维多利亚？"

"我不知道。"沙利说。

太可惜了，杰森心想。她很漂亮。

"不管怎样吧，给。"他把标着"《公报》：十月到十二月"的信封交给了沙利。

"谢谢。"沙利说。

“不用谢。”杰森喝下一大口可乐，然后把罐子递了出去。“唔。你要喝一点吗？”

“不用了。我这就走——”

嘣！

他们转过头。

“什么声音？”杰森问道。

“不知道。”沙利回答。

嘣！

听上去像是一只鸟撞上了玻璃。不过等等。

又来了。嘣！然后又是一下。嘣！接踵而来，越来越响，像是击鼓声。

嘣嘣嘣嘣嘣！

“搞什么鬼？……”杰森嘟囔着。沙利跟着他出来，走到店堂里。眼前的景象让他们两个人都呆在了原地：店铺门外，至少有几十个人，挤在橱窗前面，都裹在他们的大衣里。一看见杰森和沙利，他们就向前拥去，如同投下食物后争相浮出水面的鱼群。

嘣嘣嘣嘣嘣！

两人躲回到办公室里。

“那是怎么回事？”沙利喊道。

“谁他妈的知道啊？”杰森回答，翻找着钥匙。离预定的开门时间还有一个小时，而且他们又没有搞减价促销什么的。

“你要让他们进来吗？”

“我想……是吧？”

“你想让我待在这吗？”

“不。我是说。说不定。好啊。就在这等一下，好吗？这太他妈的古怪了。”

杰森走了出去，钥匙拿在手里。他靠近正门。他迟疑了一下。人群推挤得更近了。

他打开了门锁。

“对不起，我们还没开——”

人们跑了进来，横冲直撞着从他身边经过，向着陈列架飞奔过去。

“嘿，等等！”杰森喊道。

“你们有这个型号吗？”一个穿皮革外套和灰色毛衣的男人嚷着。他把一张打印出来的纸举到杰森面前。杰森看到的图像是一个女人，握着一只粉色电话。

“是三星的吧，我觉得。”他说。

“你们有的？一模一样的？”

“多半有——”

“你们有的我全要了！”

“不行！”“大家平分！”“我要一个！”“我要三个！”

顷刻间，杰森就被包围了。他感觉有只手按到了他背上，跟着一只手搭到了他肩上，随即有人抓住他的手臂，有人在他眼前挥舞着一张纸。他在众人之间被推来搡去，给丢进了一片波涛起伏的身体之海里，继而有人吼了一声“等一下！”，有人叫道“给他腾点地方！”然后——

“全都给我让开！”

是沙利，此刻正在杰森身前，摆出一个保护的姿势，双臂像面盾牌似的伸出来。他的叫喊让大家都静了下来，他们往回挪了几英寸，好让杰森透口气。

“你们这些人都是怎么了？”沙利大声问。

“就是，怎么回事？”杰森气喘吁吁地说，有沙利在身边，他觉得胆量也添了几分。“我们都还没开门呢。你们要什么呀？”

一个身材瘦削、上了年纪的女人挤到前面。她的眼睛下有黑眼圈，头缠在一条围巾里。她看上去身体很不好。

“那个电话，”她说，声音沙哑，“能打到天堂的那个。”

*

由艾米那条视频所引发的事情，与现代世界里的许多条新闻一样。被扔上了因特网，飞速窜入虚拟空间。没有筛选，没有剪辑，没有审查，没有核实，有人看了，又传出去，这过程不是被重复了一遍、两遍，而是成千上万次，甚至都不及水烧开的时间。视频上的标签促进了它的迅疾传播。“天堂打来的电话。”摇摇晃晃的拍摄风格——包括艾米绊倒，镜头变得让人目眩的那一刻——却反而创造出了一种怪诞的真实气氛。

最初它在阿尔皮纳新闻台播出，随后立刻变成了“九行新闻”网站历史上观看次数最多的视频，还让艾米收到菲尔打来的一个祝贺电话。“保持下去。”他告诉她。宗教团体给视频打上标签，不久，凯瑟琳的脸庞、正在祷告的希腊女人，还有桌子上的电话，这些图像在全球被重播了无数次。这是贝尔的发明在百年纪念展引发轰动的现代版本。只不过进展的速度异乎寻常。

不出一个星期，“科德沃特，密歇根”就成了因特网上搜索频率最高的地点。

*

沃伦牧师朝圣殿里偷看了一眼。几乎挤满了来礼拜的人——还是在一个星期三的下午。一些人把头埋进双手，其他人双膝跪地。

沃伦注意到两个戴着渔夫帽的人，肩并着肩，在祷文中摇晃着身体，可伸出的手中握着的不是《圣经》或者赞美诗集，而是……他们的电话。

沃伦让大门无声地阖上。他回到办公室，科德沃特的其他四位神职人员正在那里等着。“抱歉，”沃伦说着，坐下来。“我在看那些人。”

“你的教众，”卡罗尔神父说道，“越来越多了。”

“不是我的教众。他们来这里是因为一个教友的故事。”

“他们来这里是因为上帝。”卡罗尔神父说。

“是啊……是啊……”传来一阵赞同声。

“我们一定要记住，沃伦。信徒投奔我们——而不是反过来。”

“我知道。”

“下星期的全镇大会，我们应该强调这一点。用它来启迪其他人。难道我们不都已经厌倦了追着别人点燃他们的信仰吗？”

“他说的对。”

“没错。”

“这次的复兴是一份恩赐，超越任何一种可能从天堂对我们说话的声音——”

“可能没说。”沃伦打断他。

“说不定。”牧师回应道。

沃伦端详着卡罗尔神父的表情。他似乎不太一样。更加平静。几乎是面带着微笑。

“你相信这个奇迹吗，神父？”

教士向前探身。圣文森特是镇上最大的教堂。卡罗尔神父的看法非常关键。“我保持……怀疑态度，”他说着，语气谨慎。“不过我已经打电话给我的主教，请他安排一次来访。”

众人瞠目对视。这可是重大消息。

“恕我冒昧，神父，”沃伦说，“这两位教友……他们在我们的教会里已经很久了。浸信会。您是知道的。”

“我知道。”卡罗尔神父说。

“也就是说主教——要到这里来——他不会和他们说话的，和非天主教徒。”

“没错。”

卡罗尔神父放低下巴。他把双手交叉，放到大腿上。大家都明白了。

还有别人。

*

卡罗尔神父没有透露的是，两天之前，他收到一条口信，是别人代替一位从前的教徒传来的，苔丝·拉弗提。他能到她家里去吗？是万分重要的事。

直到那时候为止，他一直把这些“超越现世”的说法当成是胡诌。骗子。与此相对的情况他接受不了；上主，睿智无穷的上主，向人间展示他那座永恒天堂的时候，抛弃了天主教会——而且还宁可选择那位笨手笨脚的沃伦牧师，还有他那小小的浸信会教众也不选他。苔丝·拉弗提改变了这一切。在她家的厨房里——这间厨房最近经历过一次烈火的考验，这个身材消瘦、丧失信仰的女人透露说，她同样也与另一头的世界取得了联系——她去世的母亲。更重要的是，根据计算，她的第一个电话是早上八点二十分打进来的，比凯瑟琳·耶林的还早几个小时。对卡罗尔神父来说，这真是令人高兴的消息，一个他打算与这急切盼望的世界分享的消息。

倘若天堂的灵魂正在联络俗世的凡人，苔丝——一个天主教徒，是第一个被选中的人。

*

星期四下午，沙利到学校接朱尔斯。他从门口出来的时候，他们碰上了。

“嗨，孩子。”

“嗨。”

“今天怎么样？”

“挺好的。彼得和我一起玩了。”

“彼得就是那个没有门牙的孩子？”

“是啊。”

他们走到车旁。沙利低头一瞧，看见一件浅蓝色的东西从儿子的外套口袋里露了出来。

“那是什么？”

儿子没有回答。

“朱尔斯，你口袋里是什么东西？”

“没什么。”

沙利打开车门。“这可不叫没什么。”

“老师给我的。我们回家好吗？”

朱尔斯爬进后座，用手臂盖住口袋。沙利叹了口气，把他的手臂移开。

是一只塑料的电话听筒。

“啊，朱尔斯。”

男孩想抓住它，可沙利把它抽了回去。

“这不是你的东西！”朱尔斯大喊，声音响得让附近的家长侧目。

“好吧，好吧。”沙利说，递过听筒。朱尔斯把它塞回口袋里。

“是为了妈妈？”

“不是。”

“你是因为这个才要来听筒的？”

“不是。”

“老师和你说什么了？”

“她说如果我愿意的话，就可以和妈妈说话。”

“怎么说？”

“我可以闭上眼睛，用这个电话。”

“然后呢？”

“然后说不定妈妈会打电话给我，就像其他那些人一样。”

沙利目瞪口呆。老师怎么会这么说？这孩子伤心不已就够糟的了。还要让他心存奢望？没有电话打来怎么办？这整个小镇都疯了吗？电话商店里的那一大群人，因特网上的视频，在凯瑟琳·耶林家的草坪上祷告的疯子，仿佛她是个什么先知似的。

“朱尔斯，我希望你别留着那件东西，好吗？”

“为什么不呢？”

“那是个玩具。”

“那又怎样？”

“它不会像你想的那样起作用的。”

“你怎么知道？”

沙利把车开上车道，重重地呼了一口气，重到他觉得自己的胸口都陷了下去。他们在沉默中开往他父母的家。他们到那的时候，朱尔斯拉下把手，从门口冲了出去。

*

十五分钟后，沙利沿着八号公路行驶，将科德沃特与外界相连的两车道线路。他仍旧怒气冲冲。他想要飞快地开回学校，抓住那个老师大叫，“你知不知道自己在做些什么？”明天。明天他就这么干。现在他得去工作，拜访一个广告商，一家莫斯希尔的家具店。下了一场雨夹雪，路面潮湿，他打开雨刮器，把经过车辆溅起的污泥清走。

等到他出了弯道，开上那片叫作兰克斯空地的开阔区域时，沙利看见了从前的指示牌，“现在离开科德沃特——多谢来访”。

他眨了眨眼睛。

一张标签横贯指示牌底部。**“您得到救赎了吗？”**指示牌后面的空地上，至少停着几十辆野营车和拖车。有硕大的白色帐篷，还有三四十个人在那里转悠，有人读书，有人挖坑生火，有一个人在弹吉他。在沙利看来，这像是一场宗教朝圣——只不过那些朝圣是在印度的恒河，或是墨西哥城的瓜达鲁普圣母[①]之类的地方举行的。不是兰克斯空地，一个从前他骑着自行车和同学放鞭炮的地方。

不能再这么下去了。沙利告诉自己，一边放慢车速。异教信徒？超自然专家？接下来会是什么？

他停下车，摇下车窗。一个长着鹰钩鼻，长发梳成一个马尾辫的中年男人朝他的方向走了几步。

“出什么事了？”沙利喊道。

“你好，兄弟。”男人说。

---

① 墨西哥的守护神。每年 12 月 12 日，墨西哥都会举行为期一个月的纪念庆典活动。

“这都是怎么回事啊？”

“这是个圣地。上帝在对这里的孩子说话呢。”“孩子”这个词，让沙利十分恼火。

“谁告诉你的？”

男人摸透了沙利的表情，然后咧嘴笑了。“我们能感觉得到。你想和我们一起祷告吗，兄弟？说不定你也会感觉到的。”

“我其实就住在这里。你们搞错了。没人在对谁说什么话。”

男人合拢双手，仿佛祷告一般，然后又笑了。

“上帝啊。”沙利嘟囔一句。

“这就对了，兄弟。”男人说。

沙利踩下油门，嗖的一声开走了。他想要一个一个朝那些愚蠢的信徒大喊，那个挖火坑的，那个弹吉他的，朱尔斯学校的老师，买电话的客人。他想说，醒醒吧！活人不可能和死人说话！要是可能的话，难道你觉得我不会去说吗？难道我不会用自己接下来的一百次呼吸去换妻子的只字片语吗？这是不可能的。没有一个上帝会做这种事。没有天堂。科德沃特没有奇迹。这是某种把戏，一条诡计、一场骗局，一个巨大的恶作剧！

他受够了。他会去和朱尔斯的老师摊牌。如果必要的话，他会和整个该死的学校委员会摊牌。还有其他的。他要去抨击这虚假的天堂。暴露它必然的虚假本质。他或许进过监狱，或许名誉扫地，或许只是勉强维持着这全新的破日子，可是他还有脑子。他还知道真相与谎言之间的区别。而他会为他的儿子——还有其他应对着真正丧亲之痛的人——做一件从未有人替他做过的事。

把事情查得水落石出。

第九个星期

“再说一遍。”

“三千零十四。”

“一家店里？”

“一家店。”

“它们一般能卖多少？”

“四个。”

“我再打给你。”

泰瑞·乌尔里奇，地区副总裁，挂上电话，匆匆记下几个数字。密歇根，科德沃特的电话-泰克经销店给一种型号的电话下了一笔疯狂的订单，三星5GH。这并不是什么特别的电话。翻盖手机，能打电话，另外，要是选对套餐的话，可以连上因特网。但仅此而已。如今的电话有那么多功能——拍视频，玩游戏。为什么会有一家商店卖出几千部不太重要的型号？刚刚有人告诉泰瑞答案，因为三星福莱尔5GH是一个自称与天堂通话的女人用的电话。

而她是在科德沃特的店铺里买的。

泰瑞用两根手指摩挲着下巴。他看了看窗外芝加哥的天际线。单这一份订单的利润就会接近六位数。他转回电脑面前，上网搜索，找到了一系列关于科德沃特事件的报道。他在阿尔皮纳“九行新闻”看了一个视频，他觉得那段视频很做作。

可他看到了视频的点击量，他抓起电话。

“让市场营销部的人到这儿来。快。”

*

亚历山大·贝尔的母亲是听障人。别人对她说话，都要通过一根橡皮耳管。但亚历山大不这么做。从很久以前开始，他就察觉到，如果他把自己的嘴靠近她的前额，用低沉、浑厚的声调说话，她就更能理解自己的意思。用这种方法，他声波的振动能更好地被吸收——这条原理，某天将会成为他开发电话时不可或缺的东西。

吉赛尔住院的时候，沙利就是这样和她说话的，他的嘴唇贴近她的额头，他放低的声音随着他能记起的每一丝回忆而震颤。

“还记得我们的第一间房子吗？……记得那个黄色的洗脸池吗？……还记得意大利吗？……记得开心果冰淇淋吗？……还记得朱尔斯出生的时候吗？……”

他会这样继续下去，有时候会说上一个小时，希望她能收到他的振动。从前他总能逗她笑。他梦想着能找到一段让人乐不可支的记忆，乐得她从昏迷中惊醒，然后说：“哦，天哪，我记得……”

她始终没有。沙利始终在哭。即使是在狱中，他也会独自坐着，双眼紧闭，一一历数着回忆，仿佛他的心思能用什么方法飞去她医院的床头。从坠机的那天，到她去世的那天，他唯一真正渴望的就是听见她的声音。

听见她的声音。

从来没有听见。

这就是为什么科德沃特的这些说法让他如此的愤然。也是为什么他从《公报》的储物柜里拿了记事本和文件夹，还买了一只小小的磁带录音机，着手开始了他自己的调查。

这些人宣称的事情，他已经试过了。他呼唤过吉赛尔。没有回音。根本没有天堂。死了就是死了。

是时候让大家都接受这一点了。

*

科德沃特最大的室内集会地是高中的体育馆。撤走露天看台，在地板上排好折叠椅，能坐下差不多两千人。

到了星期二晚上六点钟，那些椅子统统坐满了。

靠着后墙竖起了一个小小的讲台，上面是一面美国国旗和一条红白两色的横幅，写着“科德沃特篮球队——地区冠军，1973，1998，2004。”坐在讲台上的是卡罗尔神父、沃伦牧师，还有一位地区的立法委员，他的腹部重重地垂在皮带上，时不时用手帕擦一下额头。杰克·塞勒斯也坐在上面，穿着蓝色的警服，提醒大家必须保持庄重得体。

镇长杰夫·雅各比，穿着一件领口敞开的衬衫和海军蓝的运动夹克，踏上讲台，把双手放到麦克风上。他的开场白——“晚上好”——发出尖厉的啸叫。人们捂住了耳朵。

“喂？……测试，测试……这样好一点吗？”

会议只限科德沃特居民参加。在门口要出示驾驶证。媒体被排除在外，不过记者们却等在外面，坐在车里，发动机没熄火。那些露营的人也在现场，聚在停车场的一盏路灯下，或是在金属垃圾桶里燃起的火堆旁暖手。警察局的雷和戴森轮流在周围巡逻，尽管他们两个都在琢磨，要是人群失控了，他们该怎么办，两个警员，对抗所有这些人。

室内，镇长已经解决了麦克风的问题。“好了，”他开口道，

“我想我们都清楚来到这里的原因。发生在科德沃特——还有你身上的事，凯瑟琳——着实非比寻常。”

凯瑟琳坐在第一排，谦恭地点点头，众人轻声咕哝表示同意。

“但这也带来了许多挑战。”

又是一阵窃窃私语的声音。

“我们现在得应付游客、交通堵塞、公共安全，还有新闻媒体。”

人们议论得更响了。杰克在位子上动了动。

“这是我们今晚要处理的一部分问题。首先，卡罗尔神父，由您开始吧？”

卡罗尔神父走向麦克风，调节了一下高度。沃伦牧师望着他，等待着。他已经告诉镇长，对世俗的人群讲话让他觉得有些尴尬。卡罗尔神父更擅长这类事情。连他的动作也是，简直像个君王，沃伦心想。

“首先，让我们来祈祷，”卡罗尔神父开口道，“愿仁慈的主在今晚赐予我们力量……”

众人低下头去的时候，沙利坐在靠近过道的位子上，把手伸到外套的口袋里，摸了摸采访笔记本的书脊。探进另一只口袋，按下了小小磁带录音机上的“录音”按钮。“我的朋友们，我们并不总是明白上帝的安排，”卡罗尔神父接着说，“《圣经》里满是不理想的英雄，不愿意听从召唤。”

“摩西不想面见法老。约拿躲着不见上帝。年轻的约翰·马可抛下保罗和巴拿巴①。恐惧是我们性格中的一部分，这一点上帝知道……”

---

① 见《使徒行传》第十五章。

人们频频点头。有几个喊道，“阿门。”

“今晚我在此想请求的是：不要害怕。你们身处友侪之中。你们身处邻人之中。经文教导我们定要传播福音。而这正是福音。”

沃伦牧师望向与他同辈的教士们，困惑不已。难道卡罗尔神父不只是献上祝福而已？“因此，作为开场，我要问……我们中间有谁收到了天堂的消息？或者自认为收到了？告诉我们您是谁，是如何受到祝福的。”

室内一阵嘈杂。这着实出人意料。为了神迹当众点名？人们左右张望。

凯瑟琳·耶林，坐在第一排，骄傲地站起来，双手交握。

“我的姐姐，”她宣告，“戴安·耶林。赞美天主！”众人颔首。凯瑟琳，他们知道的。大家转头查看其他人。埃利亚斯·罗伊在哪？苔丝，坐在五排之后，望向讲台。卡罗尔神父点点头。她闭上眼睛，见到母亲的脸庞，吸了一口气，然后站了起来。

“我的母亲，露丝·拉弗提！”她郑重宣布。

人们倒抽一口气。凯瑟琳满脸通红。她觉得大家都盯着自己，用力咽了一下口水。

然后，从会场的左边，另一个声音。

“我的儿子！”

众人转过头去。杰克瞪大了眼睛。

“罗比·塞勒斯。他牺牲在阿富汗。”多琳说。她站着，双手压在臀部。她看着讲台上的杰克，他忽然感到仿佛整个礼堂的人也都在注视着他。他瞥了一眼苔丝，迎上他目光的时候，她望向了别处。人们窃窃私语。三个？现在有三个人了？

靠近前排的地方，一个印度人立了起来。

“我的女儿给我打电话了！赞美主！”

往后数几排，一个年长的男人学着他的样子。

“我的前妻！”

接着一个少女站了起来。

“我最好的朋友！”

一个穿西装的男人。

“我从前的生意伙伴！”

每个声明都引来更大声的反响，就像老旧的电影院里，紧张气氛升级时奏起的风琴。沙利已经拿出了笔记本，正飞快地写着，试着把这些面孔记在心里。

等到惊呼声停下来的时候，一共七位科德沃特的居民，站在那里，像一片低矮草地里蹿出的杂草，每个人都自称做到了之前不可想象的事情：与天堂对话。

体育馆陷入静默。卡罗尔神父咽了咽口水。杰夫把他拉到一边。

“我的天哪，神父，”镇长低声说，“我们现在怎么办？”

四天后

ABC 新闻

主持人：最后，今晚我们要去一个位于密歇根的小镇，市民们称自己与所爱之人用一种最不寻常的方式重逢了。阿兰·杰里米发来报道。

（科德沃特的画面）

阿兰：此地人口不到六千。最显眼的地标是一家苹果酒厂。科德沃特，密歇根，与美国社会里成千上万的小镇并无二致——或者说，至少过去如此，直到人们开始收到他们自称是从天堂打来的电话。

（原声片段）

苔丝：我母亲已经打了好几次电话给我。

多琳：我儿子定期与我联络。

少女：我的朋友去年死于车祸。三个星期之前，她打来电话，对我说应该停止哭泣。

（已故人们的照片）

阿兰：共同点是，所有那些打来电话的人都不在了，有些已经离世好几年。这看似不可能发生的事情，让本地的神职人员百思不解。

卡罗尔神父：我们必须对上帝的神迹保持开明的态度。许多人听说电话的事情之后又重返教堂。说不定这正是上帝的旨意。

（众人祈祷的画面）

阿兰：科德沃特正迅速成为信徒的麦加，即兴而起的礼拜仪式在停车场和空地上举行。当地警方大伤脑筋。

（警长杰克·塞勒斯的面部画面）

杰克：我们部门很小，只有三位警官。我们分身乏术。我们只是请求大家，尊重公民的隐私，在合适的时间进行祷告，您明白吗？不要弄到半夜之类的。

（资料画面）

阿兰：从通灵透视到占卜板，人们早就声称能与亡者交谈。电子语音现象的研究人员认为，听见另一世界的声音，科德沃特并非第一次。

（伦纳德·科普莱特，超自然专家）

伦纳德：记下亡者之音的录音带，扫描无线电信号收到奇异事物的机器，这些都由来已久。但这么频繁地用到电话还是第一次。这只是我们与另一世界沟通的另外一步。

（三星广告牌的画面）

阿兰：随着消息传开，连三星也赶上了这趟时髦。这座广告牌如今挂在八号公路上，一团迷雾，一位幸运的接收者用的电话，还有唯一的一个词，“神圣”。

（三星经理，泰瑞·乌尔里奇的画面）

泰瑞：我们设计这款电话并非出于这一目的，不过我们很高兴它被“选中”了。我们非常荣幸，深感自己的渺小。我们也已经确保这款机型在各处都能买到。

（科学家的画面，坐在桌前）

阿兰：正如您所料，批评人士摒弃了科德沃特的传言。丹尼尔·佛罗曼，来自华盛顿特区的国际任责科学家组织。

（科学家特写，与阿兰交谈）

佛罗曼：电话服务是人工的活动。使用的卫星是人造的。路由设备是人造的。常识说明，这些人暗示的联络，不但是不可能的，而且是可笑的。这件事大家真的不该当真。

阿兰：那您怎么解释那些电话？

佛罗曼：你是说那些人自称接到的电话？

阿兰：您是说他们在撒谎？

佛罗曼：我是说处于悲痛中的人会幻想很多事情。这让他们觉得好过。却不会让这些事情成真。

（阿兰站在一顶大帐篷边上）

阿兰：尽管如此，信徒们正成群结队地赶到科德沃特，带着他们的电话和人生信条。

（银发男人的面容）

银发男人：这是一种预兆。永恒存在着，天堂存在着，救赎存在着——不过各位，可别得罪了主！审判日就要到了！

（阿兰的特写）

阿兰：无论是真实还是想象，冬季就要来临的时候，有什么事情正在这座中西部的小镇上发生着。但究竟是什么呢？不出意料，这里的许多人都说……他们需要为之祈祷。科德沃特，阿兰·杰里米报道。

（切回演播室）

主持人：所有 ABC 新闻的观众……晚安。

第十个星期

十一月的第一天，科德沃特就已经被挤满了。汽车堵住了道路。没有地方停车。长龙般的队伍排在市场、银行、加油站，以及任何提供吃喝的地方。星期二的晚上，沙利匆匆走入莱克街上的人潮，双手插在口袋里，经过一群年轻人，他们坐在车篷顶上，唱着灵歌。他正要去科德沃特公共图书馆，一幢白色的砖楼，只有一层，正面入口旁有一面美国国旗，还有一块挂出来的招牌，上面的留言每星期都不同。这个星期写着："献出感恩！庆祝感恩节，捐献一本二手书吧！"已经快到晚上八点钟了，沙利很高兴见到灯还亮着。他自己家里上不了网，用《公报》的电脑又是不可能的——他不想让任何人知道自己在干什么，尤其是那些记者——这里是他做调查最好的、也是唯一的选择；他小学时曾经写过读书报告的地方。

他踏进门去。看上去似乎空无一人。

"有人吗？"

他听见脚步声从角落里的一张桌子传来。一个年轻女人——大约二十岁？——探进了视野。

"外面冷吗？"

"冰天雪地，"沙利说，"您是图书管理员吗？还有人管别人叫图书管理员吗？"

“看情况。还有人称呼别人读者吗？”

“我想有吧。”

“那我就是图书管理员。”

她笑了。她的头发染成了一种茄子的颜色，带着一束艳丽的红色，剪成了短短的、男孩般的发型。她戴着浅粉色的眼镜。她的皮肤光滑细腻、完美无瑕。

“你看上去有点年轻啊。”沙利说。

“在我之前，是我奶奶在做这个工作。她更像是那种老图书管理员的类型。”

“啊。”

“埃莉诺 · 乌德尔。”

“你的名字吗？”

“我奶奶的名字。”

“我在这里长大的时候，有个老师，乌德尔女士。”

“科德沃特小学吗？”

“对。”

“三年级？”

“唔……”

“那就是她。”

“哦，天哪。”沙利闭上了眼睛，“你是乌德尔女士的孙女。”

“我猜这下我是真的很年轻了？”

沙利摇摇头。

“你们有台电脑的，对吧？”

“嗯哼。在那里。”

他朝角落望过去。一台米色的立式型号①。看上去很古老。

“可以用一下……？”

“当然。请便。”

他脱下大衣。

“丽兹，顺便说一句。”

“嗯？”

“我的名字叫丽兹。”

“哦。你好。”

沙利动了动桌上的鼠标——带线的鼠标，他注意到——但屏幕一点反应也没有。

“这有什么窍门吗？”

“稍等。你得登录才行。”

丽兹站起身。沙利双击了一下。尽管她的脸显得很年轻，一副吸引人的健康模样，她的左腿却弯曲着，她走起路来也晃得厉害，右脚踩得很重。她的手臂相对躯干而言，似乎略有些短。

“来，”她说着，缓缓地挪过来，“让我进去。”

沙利让到一边，速度快得过头。

“我有多发性硬化症，”她说，又笑了。“免得你以为这是最新的舞蹈动作。”

“没有……我知道……我……”

沙利觉得自己像个傻瓜。她输了一个密码，屏幕完全显现出来。

“你是要调查来世？”

---

① 立式型号（Tower Model），电源、主板、硬盘存储设备都一一堆叠在搁架上的型号，与将其压缩在一起的台式机不同。

“为什么这么问？”

“得了吧。科德沃特现在就像天堂热线似的。”

“我不是为了这个来的。”

他伸手去拿香烟。

“图书馆里不能吸烟。”

“对。”

他把烟推回口袋里。

“你去那个大会了吗？”丽兹问。

“什么会？”

“在高中开的那个。真是疯了。这些人都接到死去的亲人打来的电话。”

“你信吗？”

“不信。太古怪了。出什么事了吧。”

“比如说什么事呢？”

“我不知道。”

她动了动鼠标，注视着指针在屏幕上掠过。“不过挺好的，对吧？如果能和每个过世的人都聊聊？”

“或许吧。”

他情不自禁。她的话让他想起吉赛尔。他们相识的时候，她差不多也是这个年纪。一点一滴他都记得。一个星期四的晚上，朱塞佩匹萨店，就在校园附近。吉赛尔在那里当服务员。她穿了一件紧身的紫色制服上衣和一条黑色的裹裙。她眼中跃动着那么美妙的活力，弄得沙利当着所有朋友的面就向她要电话号码。她笑着开口：“我不和大学生约会。”不过她递账单给他的时候，他看见背面写着一个电话号码，还有一句“除非是帅哥”。

“不管怎么样吧……”丽兹说。她用手在大腿上拍了两下。

“谢谢。”

“不客气。”

“你们几点钟关门。”

“今晚和星期二是九点。其他时候六点。”

“好的。”

“有什么需要的就叫我。虽然照规矩你应该要……”——她放低了声音——“轻声说话。”

沙利笑了。她返回自己的桌旁。他望着她令人心疼的跛脚，她年轻的身体上那笨拙的扭曲。“沙利，”他说，“我的名字叫沙利·哈丁。”

“我知道。”她回答，没有回头。

*

几小时之后，凯瑟琳一个人待在自己的卧室里，拉起床罩，钻到底下。她盯着天花板。她哭了起来。

她几天没去上班了。她没有对草坪上敬拜的人们发表讲话。她感觉遭到了亵渎。背叛。曾经她一个人所拥有的上帝的祝福，如今成了一场闹剧。她依然能看见体育馆里的人群，他们从她身旁经过，簇拥着其他自称与天堂取得联络的人。场面嘈杂又混乱，镇长一直对着麦克风大吼，“我们将另行安排一场大会！……请到镇办公室查看时间！……”门外的情况更糟。电视摄像灯刺眼的亮光、喧哗扰攘的喊叫、祈祷声、兴奋的对话，人们指指戳戳，点着头，拉住彼此，互相细数刚刚听说的消息。

其他六个人？不可能。他们明显是妒忌她与戴安的联系，才不顾一切杜撰出了自己的故事。瞧瞧埃利亚斯·罗伊吧。他说了一次就消失了，十有八九是因为撒谎而无地自容。一个十几岁的朋友？

一个生意上的伙伴？这才不是天堂会承认的血缘纽带。凯瑟琳琢磨着这些人里面究竟有没有谁是去过教堂的。

她听着自己越来越快的呼吸声。冷静，她告诉自己。擦干眼泪。想想戴安。想想主。

她闭上眼睛。她的胸脯起伏不平。

她的电话响了。

*

第二天早晨，苔丝站在镜子前面，把她的头发拉进一只塑料大发卡。她扣好最上面的一颗纽扣。没有涂口红。与天主教的主教见面需要仪表庄重。

“这样看上去行吗？”她一边问，一边走进厨房。

“不错。”萨曼莎说。

萨曼莎现在常常和苔丝待在一起。苔丝走开的时候，她就留心听着电话。因为电话不再只有星期五会来了，苔丝担心错过哪怕是一声铃响。她觉得自己有点傻，一心扑在一只电话上。可每当她听见母亲的声音，胸中就会升腾起至高无上的幸福之情，生活中的苦难被冲刷殆尽，伤口不药而愈。

“别太担心了，苔丝。”上星期的对话里，母亲对她说。

“妈妈，我得告诉别人。”

“你在等什么呢，亲爱的？……告诉众人。”

“我给卡罗尔神父打了电话。”

“这是开了个头……”

“我这么久没到教堂去了。”

“但是……你到上帝这里来了……”

苔丝大吃一惊。她每天晚上都在内心祷告。就她所知，母亲从来都没觉察到。

“妈妈，你怎么知道的？”

“我爱你，亲爱的女儿……”

门铃响了。

*

苔丝和萨曼莎与卡罗尔神父以及同行的人打了招呼，罗马天主教盖洛德教区的伯纳德·希宾主教，一个脸盘宽大的男人，气色红润，戴着金丝边眼镜，脖子上挂着胸十字[1]。苔丝请他们进来的时候，注意到一小群人在街道对面张望。她迅速关上了门。

“你们要喝点咖啡或者茶吗？”她问。

“谢谢，不用了。”

“我们可以坐在这里。”

“好。”

“那，”苔丝看着他们，“要怎么做呢？”

“最简单的方法，”希宾主教开口，“就是告诉我发生了什么事。从头开始。”

调查所谓的奇迹事件是主教的职责——并且要保持怀疑的态度，因为大多数奇迹都被证明是巧合或者夸大其词。如果他认为神圣的事情真的发生了，他将及时向梵蒂冈汇报，他们会转而交给宣圣会[2]来调查。

苔丝说起她母亲因阿尔茨海默症不幸逝世。她细述了那些电

① 自中世纪起主教用于表明身份的标识，如今仅限罗马教皇佩戴。

② 宣圣会（Congregation for the Causes of Saints），教廷枢密院下专门监督册封圣人的分支。

话，照着时间的次序。虽然未置可否，希宾主教仔细聆听着一些线索。这个女人是否将自己视为“被选中的”？她是否相信是自己引发了这一事件？全中。那些为数不多的神迹似乎会自己挑选见证人，而不是倒过来。

“跟我讲讲你的童年吧，”他问道，“有没有听见过什么声音？”

“没有，”苔丝说。

“从前见过异象，或者经历过天启吗？”

“我从未感到自己与主如此紧密相连，老实说。”

“那您的工作是？”

“我经营一家日托中心。”

“为穷人开的？”

“有些是。我们会收家长付不起费用的孩子。生意上来说不算高明，不过，您知道的……”

她耸耸肩。希宾主教做了记录。对于这些电话是不是教会事务，他一直持怀疑的态度。神迹和超自然现象之间是有区别的。童贞马利亚雕像上的血迹？圣女大德兰[1]遭遇挥舞着长矛的天使？这些至少还与神圣的接触有关。听见鬼魂的声音则并非如此。另一方面，对于科德沃特的这些事情，存在一些非常严重的担忧。这才是希宾主教之所以会来，也是他的上司们暗自期待着迅速收到回报的最大原因。

要是人们真的相信自己在与天堂交谈，离他们指望听见上帝的声音还要多久呢？

---

① 圣女大德兰（St. Teresa of Avila. 1515—1582），十六世纪西班牙宗教改革者、学者、神秘学家、灵修学家。

*

一个小时过去了。

“这些交谈里，”主教问，“你的母亲说起过基督吗？”

“嗯。”苔丝回答。

“那圣父呢？”

“说了很多次。”

“神的恩典？”

“她说我们都得到了赦免。那些电话都很短。”

“她让你怎么处理这些……讯息？”

苔丝看了看萨曼莎。“告诉众人。”

“告诉众人？”

“对。”

他与卡罗尔神父交换了一下眼神。

“我能看看那个电话吗？”

苔丝拿给他看了。她播了从前的电话答录机，里面录着第一条讯息和她母亲的声音。他们听了好几遍。在教士们的要求之下，苔丝搜集了几张家庭照片，还有母亲去世时，发表在《公报》上的讣告。在那之后，卡罗尔神父和希宾主教收好他们的东西，道了再见。

“谢谢您花时间接待我们。”

“不客气，”苔丝说，“接下来会怎么样？”

“我们为之祈祷吧？”卡罗尔神父建议。

“没错。”希宾主教说。

两人笑了笑。然后道了别。

他们把门打开的时候，一群电视台记者正在人行道上等着。

*

警察局的生活发生了戏剧性的变化。自从全镇大会之后，电话铃声就没停过。要不是因为人多拥挤、噪音扰民、车停到了草坪上，或是镇外的人打来问路，就是一家电台或者报纸要他评论一下前妻的声明，或者请她去一家教堂或一个关于往生的会议演讲。多琳的手机号码没有公开，但“科德沃特警察局”却很容易找到。

他们第一次问他“有人联络您吗，警长？”的时候，他就撒了谎。在那之后，他别无选择，只能继续骗下去。他的每一天都混合着自己个人的、以及职业上的拒不承认——告诉人们散掉、走开、冷静下来，同时却清楚他们怀疑的事情是真的。一天结束的时候，他觉得自己就像条毛巾一样，被拧干了。

让这一切变得可以忍受的——唯一让它变得可以忍受的——便是罗比的声音。电话没有中断，定期打来，杰克则意识到自己有多怀念与儿子交谈，以及自从葬礼之后，他有多努力掩盖自己的痛苦。再次听见他的声音，仿佛是补上了心中的一个空洞，用新生的血管和组织将它覆盖。

“儿子，你妈妈告诉了所有的人。”杰克在他们最近的一次通话中说。

“我知道，爸爸。”

“整个镇上的人都在。”

“是啊。”

“她这么做对吗？”

“上帝希望人们知道……”

“知道什么？”

“不要害怕……爸爸，我打仗的时候那么害怕……每天每日，都为自己的生命忧心，害怕会丧命……不过现在我明白了。”

“明白什么？”

“生命正是在恐惧中流逝……每次逝去一点点……我们交付给恐惧的东西，都是从信仰那里……剥夺去的。”

这话让杰克直起鸡皮疙瘩。恐惧。信仰。他的信仰在哪里？为什么他不敢做多琳做过的事——挺身而出？他的名声，对他就这么重要吗？

“罗比……”

“……爸爸？……”

“你会一直打电话给我的吧，是吗？”

“不要害怕，爸爸……死亡并非结束。”

电话断了。死亡并非结束。杰克感到眼泪落了下来，但他没有去擦。眼泪也是这奇迹的一部分，他希望将两者都留在身边，越久越好。

*

沙利点击鼠标。他揉揉眼睛。图书馆里已近上午十点，他把朱尔斯送到学校后就一直待在这里。光是调查“与往生联络”所找到的东西就让他大开眼界。有这么多说法！从梦境中传来的声音到自称能看见死人的通灵师，再到写下鬼魂世界讯息的“灵媒”。有大量的研究挖掘 ABC 新闻提到过的这个“EVP”——电子语音现象——亡人之音不知怎的通过录音磁带或是所谓的“鬼盒”记录下来。沙利读到一位半个世纪之前的瑞典画家，他在录鸟叫声。回放的时候，听见了过世妻子的声音。

沙利点了另一个链接。

一小时之后，他从屏幕前往后一靠，叹了口气，盯着他那本黄色笔记本上的字迹。在体育馆里站起来的有七个人——他对谁都没有头绪。他唯一拥有的只是一丝怀疑，怀疑这些电话并非是真实的。但它们又是什么呢？而且，如果天堂没有打来这些电话，那又是谁打的呢？

就像他在军队的日子里所做的一样，沙利搜集信息，分析其中的模式。要思路清楚，有条不紊，海军是这么教他的。那时候研究的是地图、天气、飞机故障、情报数据。这会儿他归拢了七个人名，通过地方记录查询他们的地址，用图书馆的网络找到了大多数人的电话号码，然后，在午餐时间，他与《公报》的罗恩·詹宁斯闲聊了一会儿，收集了不少个人信息。他把所有这些都记在笔记本的左手边，继而在右手边设了一个类目，标着“联系？”

他们彼此之间是不是有联系？他们是不是住在同一条街？他们是不是去同一家教堂？不。他们是不是从事相同的行业？几乎不。相同的性别？不。相同的年纪？不。他们的姓氏首字母是不是相同？他们是不是都有孩子？

不。不。不。不。

沙利漫无目的地用笔在纸上划着。他瞥了一眼坐在桌子后面的丽兹，她的耳朵里塞着耳机。她发现了他的目光，笑了，跟着她在听着的不知什么音乐的节奏来了一记夸张的点头。

叮铃铃！……叮铃铃！……

是沙利的手机。《公报》给了他一部，告诉他保持联络，多半是要保证他没有在上班时间不务正业——就像他现在这样。

“唔……喂？”他说，压低了声音。

“我是罗恩·詹宁斯。你在哪？”

“付钱加油。怎么了？”

“有个客户我忘了写到单子上。你今天下午能去吗？”

沙利连今天早上该去拜访的三个都还没去。

“是谁啊？”

“戴维森和子孙。”

沙利顿了顿。“那家殡仪馆？”

“你知道？”

“我去过一次。”

“哦，天哪，对对……抱歉，沙利。”

一阵尴尬的沉默。

“没关系，”沙利说，“我……我都不知道他们也登广告。”

“我们最老的客户之一。去找贺瑞斯。”

“是那个高个子，上年纪的吗？有点脸色苍白？”

“就是他。”

沙利一阵颤抖。他一直希望再也不要见到这个人。

“把‘天堂来电’特别版的事告诉他。看看他愿不愿意登个整版。”

“好的，罗恩。”

“知道价目表吗？”

“身边就有。”

“整版会挺不错的。”

“我会努力的，罗恩。”

“我得挂了，”詹宁斯说，“有个电视台记者在办公室外面等着。太疯狂了，不是吗？”

他挂断了。沙利揉了揉额头。又一个电视台记者？一个“特别版”？殡仪馆？——

“嘿。不能打手机。”

沙利抬起头。丽兹正站在桌旁。

“这里是图书馆，还记得吗？”

“对不起。”

“是不是非得我没收才行？”

“不用，夫人。我把它关上。”

“保证？”

“保证。”

“我们这次原谅你。”

“谢谢。”

“但有一个条件。”

“什么？”

她坐下来，双手放在桌上。她看着自己的指尖。

“什么条件？”沙利又问。

“告诉我你出了什么事？”

沙利移开了视线。

“什么意思？”

“拜托。我在图书馆工作的。我整天读书。你是这里出生的。你的父母还住在这。出事的时候大家都议论的。你的飞机撞了另一架飞机。你蹲过监狱。”

“是吗？大家说什么？”

她交叉双手。耸耸肩。“他们为你难过，多半是。还有关于你太太的那些。”

她直直地盯着他。“到底发生了什么事？”

沙利深吸一口气。

“说吧。我不会告诉任何人的。”她说。

他用指节敲敲桌面。

“我会把电话关上的，好吗？”

*

到底发生了什么？大家都问他这个问题，从坠机的那天问到他们判他入狱的那天。

林顿机场不大，民航和军机都用。那天是星期六早晨。沙利正要进入机场降落。他接下了布雷克·皮尔逊的任务，驾着F－18大黄蜂喷气机飞越全国，因为这次任务给了他一个机会，在两星期强制的预备役期间，在俄亥俄停一停，和吉赛尔见上几个小时。然后他会继续飞去西海岸，飞机预计在傍晚时分降落。

云层包裹着飞机。沙利检查了仪表，挤进狭小的单座驾驶舱——就像坐进一艘又高又窄的独木舟。雷雨正在接近，不过还不是太近，不至于威胁他的飞行路线。他使用了无线电，隔着氧气面罩，还有上面吊着的那根小小的、猪鼻子似的管道说话。

“军机304申请降落。”他说，发出他的降落许可要求。

那个星期六的早晨，只有几个人当班，大多数都是就快做完晚班，正准备回家的。埃利奥特·格雷，那个空管员，刚刚来上班。他的声音尖细刺耳，带着鼻音，音调很高，那种让人不想听他唱歌的声音。

沙利永远不会忘记那个声音。

它让他失去了一切。

“军机304，收到，”那个声音迅速回复，“确认降落，跑道27右。”

“军机304，收到。”沙利回答。

都是例行公事，沙利收到降落许可，跑道合适。他放下起落架，听见轮胎伸出时的隆隆声。他想着几分钟后就能见到吉赛尔了。

“我想见你。”

“那你来吧。我也想见你。”

说不定他们能去那家薄饼店。朱尔斯喜欢配冰淇淋的华夫饼。

“林顿塔台，军机304，跑道27右，最后五英里。”沙利说。

“军机304，收到。跑道27右允许降落……跑道27左有飞机起降。”

沙利减速。起落架已经固定，航程变了，仿佛从平稳的火箭变成了一架飞行的坦克。他调整配平，调整节流阀，设定好着陆进场的下滑道。外面什么也没有，只有阴湿的浓云。

他听见无线电噼啪一响，几句含混不清的话语。

说不定是27左的飞机，另一条跑道。他等着下文，可是什么都没有。

离机场还有三英里的时候，沙利把黄蜂从雾中领了出来。他看见身下的大地，分割成巨大的正方形农田、树林和农场。他看见了跑道。他航线正确。再过十分钟，他就会在和妻子谈论薄饼了。

然后。

哐！

下方一阵沉闷的震动。剧烈摇晃。飞机拼命颠簸。

“搞什么鬼？”沙利说。

他仿佛是碾过了什么东西——在离地八百英尺的高空。

*

驾驶飞机。确定航向。保持沟通。

学飞行的时候他们是这么教的。每个教练都把这些灌到了你的脑袋里：在空中遇到问题时，久经考验的行动方案。

驾驶飞机。出问题的时候，首先要做的是继续驾驶飞机。

确定航向。接下来，弄清楚需要去哪里。

保持沟通。最后，告诉地面出了什么事。

要是不按规矩做，麻烦就大了。所以他都还没搞清楚这砰砰的撞击是怎么回事，沙利就加大功率，努力让飞机平飞。

驾驶飞机。驾驶这该死的飞机！几秒钟之内，他就意识到这是不可能的。警示板闪着红光。仪表指针正向下落。持续不断的**“哔哔哔”**声响在他的耳朵里。七百英尺。他正在丧失引擎动力。机身开始颤抖。六百英尺。就算隔着头盔，沙利都能听见引擎声渐渐微弱，音调开始降低，消失。

确定航向。他还能到达机场吗？他检查了着陆下滑道，从挡风玻璃望出去，意识到自己是到不了跑道了，而根据飞机的损坏程度，重新降落一次是绝对不可能的。五百英尺。下坠速度太快。在没有安全地带降落的情况下，选择很清楚：让飞机远离人群，然后与它道别。四百英尺。他发现了一块空地，离机场差不多半英里，就把飞机引向了那里。

保持沟通。“军机304紧急情况！”他喊道，“飞机失控。开始弹出驾驶员。”

这套程序他每年都会在海军基地的飞行模拟器上练习一次，也像每个飞行员一样，祈祷最多只到练习为止。他的心怦怦直跳，每根神经都通上了电。他忽然开始出汗。他设定控制系统，让飞机俯冲，然后放开操纵杆，猛地把后背甩到椅子上，以防因为弹出的力量折断了脖子。他双手伸过头顶，去拉把手。

拉！

一枚火箭在他身下爆炸。顷刻间他就穿过玻璃，升上天堂。

驾驶飞机。确定航向。保持沟通。

疏散撤离。

*

天开始下起了雪。沙利冲到“戴维森和子孙”殡仪馆的门廊上。他摘下滑雪帽，拍拍头发上的雪花。他自己进了门。期盼着或许贺瑞斯不在，不过他当然是在的，正从办公室里踏出来，细细的、颜色像稻草似的头发，长长的下巴，阴沉的、苍白的表情。

“你好。”沙利说，伸出手。

“你好。”贺瑞斯回答。

“您记得我吗？”

“哈丁先生。”

“叫我沙利吧。”

“叫我贺瑞斯。”

“好的，贺瑞斯。罗恩·詹宁斯让我向您问好。”

“告诉他我也是。”

“我这次来，身份不同。”

“嗯。”

“我在《公报》工作。”

“啊。您喜欢报纸？”

沙利吸了口气。实际上，他想说，我讨厌它们。

“您的广告合同月底就到期了……”他顿了顿，希望贺瑞斯会说，“哦，是啊，我给你支票。”他却像把竖放的刀一样直直地站着。

“罗恩说起您是《公报》广告投放时间最长的客户之一，所以……”

还是没反应。

“所以……您要续签合同吗？”

“要，当然要。”贺瑞斯说。

终于，沙利心想。他跟着贺瑞斯回到他的办公室，在那里他拿出一份打印好、准备好的信封。

“给。”贺瑞斯说。

沙利把它装进包里。“哦，另外，罗恩想让我提一下，他们在做一期特别版，关于……”他停了下来。

“……关于镇上正在发生的事情。”

“什么事？”

“那些电话？人们通电话，和……”

他咽了一下口水，然后说，“死去的人。”

“哦，”贺瑞斯回答，“没错。”

“‘天堂来电。’这是特别版的题目。”

“啊。”

“兴许您会愿意在那里投个广告？”

贺瑞斯摸了摸他的下巴。

“罗恩觉得这是个好主意？”

“是啊。确实是。他觉得会有很多人看的。”

“您怎么看？”

沙利非常厌恶。他想说这整件事情都是胡说八道。他甚至都不敢去看贺瑞斯的眼睛。

“我觉得罗恩是对的。会有很多人看。”

贺瑞斯端详着他。

“多半会有……很多人。”沙利咕哝着。

“多大的广告？”

“罗恩提议做一个整版。”

“好啊，”贺瑞斯说，“让他把账单寄给我。”

*

他们往外走的时候，贺瑞斯记起了什么。“您能在这等一会儿吗？”

他回来的时候又拿着一只信封。“您能把这张讣告的支票也带给罗恩吗？我本打算寄去的，不过既然您在这了——”

“当然，没问题。”

沙利接下信封。“要是您不介意的话，我能问问讣告指的是什么吗？”

“那是我们提供的一项服务。”

“真的？”

“是啊。大多数来我们这里的人情绪低落，这是可以理解的。他们不想和任何人说话。我们有一位很出色的女士，玛丽亚，搜集他们的信息，合成一篇讣告。《公报》每周都刊登。”

“哦。”

“他们常常登很不错的照片。”

“是啊。”

“这也是我们提供的。”

“嗯。”

“我们代表《公报》收费，每月月底支付。让家属少付一份账单。”

沙利点点头。他的目光飘向了远方。

“出什么问题了吗？”贺瑞斯问道。

“没有，我只是——我还以为写讣告的是记者。”

贺瑞斯微微笑了一下。“我们是个小镇。《公报》是份小小的报纸。不管怎样，在搜集信息方面也不会有记者好过玛丽亚。她很温柔，非常严谨。是真正的‘好人缘’。”

奇怪的说法，沙利心想，从这个人嘴里说出来。

“嗯，好吧，我会交给罗恩的，都办妥了。”

“很好。”贺瑞斯说。

他送沙利到门口。随后，突然间，一只手搭到了他的肩上。

“您怎么样啊，哈丁先生？”

沙利被吓了一大跳，唯一能做的只是咽一下口水。他看着对方的眼睛，瞬间那里似乎有了同情的神采。他还记得上次从这里走出来，吉赛尔的骨灰紧紧抱在胸前。

“不太好。”他轻声说。

贺瑞斯捏了捏他的肩膀。

“我明白。”

*

从飞机里弹射出去会挤压脊椎。沙利拉下把手的时候是六英尺两英寸。他落地的时候会矮上半英寸的。

他飘向地面的时候，椅子没了，降落伞打开，他全身疼痛，感觉被震得头昏眼花，麻木地看着眼前的一切，仿佛整个世界都浸到了缓缓倒出来的蜂蜜里。他望着自己的飞机撞向地面。他看见它燃烧起来。他的双手握着降落伞的吊带。双脚在身下摇摆。那根氧气管仍然连在面罩上，耷拉在他的鼻子下面。远处有厚厚的灰云。他弹出的时候一切是那么震耳欲聋，现在却又如梦一般寂静。

然后，霎时间——啪——他的思维回来了，就像拳手挨了一击又恢复过来。他拉下面罩，好让呼吸容易一些。他的五官忽然火辣辣的疼，思维如原子一般对撞。

首先，像个飞行员一样思考：他活着，很好，他的降落伞正常工作了，很好，他的飞机落到了没有人的空地上，很好。

接下来，像个军人一样思考；他刚刚毁了一架几百万美元的飞机，不好，他会遭到调查，不好，他会花上几个月做案头工作写报告，不好，而且他还是不知道自己究竟撞了什么，或者他的飞机到底造成了哪些破坏，不好。

同时，像个丈夫一样思考，吉赛尔，可怜的吉赛尔，他必须让她知道自己没事。他不在那片火光熊熊的金属中间灼烧，那里正腾起阵阵黑烟。他在这儿，飘飘荡荡，天空中的一个小点。她见到他了吗？有谁见到他了吗？

悬在大地之上，他无法得知的是地面上的人们所采取的行动。他无法得知的是，在接下来的几分钟里，埃利奥特·格雷，那个空管员，那个尖细鼻音背后的男人，会逃出控制塔，离开现场。

他无法得知的是，几分钟之后，吉赛尔，来晚了的吉赛尔，会在她的车里，在一条单车道的路上，看见远处升起的黑烟。而且，身为飞行员的妻子，她会猛踩油门，脑中闪过最坏的念头。

他无法得知的是，他的妻子在飞速转弯的时候，最后的话语是一句祈祷。

哦，上帝啊，求求你，千万要让他没事啊。

他抓住绳子，落向地面。

*

收音机正在播送节目，是福音电台。开过弗里达餐厅的时候，艾米朝车窗外面望了一眼。那里拥挤不堪，前前后后都停着车。

“对弗里达有好处。”凯瑟琳说，眼睛看着路，双手握着方向盘。“这些事情发生之前，她和我谈过要把房子卖掉。”

“真的？”艾米回答。几乎对于凯瑟琳说的每句话，艾米都会回一句“真的？”

“哦，是啊，”凯瑟琳接口，“而且他们有三个孩子。她给出的价位很难找到合适的房子。”

接到戴安的上一个电话后，凯瑟琳的心情好了起来。那通电话就在她祈祷它来的时候出现了。

“凯斯……不要悲伤……”

“戴安，这些其他人是怎么回事？”

“他们有他们的福分……不过上帝也祝福了我们啊……我们在一起……这样你的痛苦才能痊愈……在人间治愈我们的……便是天堂的真谛……”

凯瑟琳对自己重复这些话语。在人间治愈我们的，便是天堂的真谛。

“我是那个人吗？是我被选中传信了吗？”

“……是啊，妹妹……”

这话让凯瑟琳安宁下来。

而另一方面，艾米，却日渐烦躁焦虑。

*

她原本希望把这个故事保密，兴许去得个奖，让更大的市场产生好奇心。不过在全镇大会之后，这就成了痴心妄想。现在至少有五家电视台驻扎在镇上。新闻网也来过。新闻网！艾米就站在阿兰·杰里米十英尺开外，那个著名的ABC记者，穿着牛仔裤，蓝色的礼服衬衣和一条领带，外面罩着一件看上去很贵的ABC新闻滑雪外套。换作其他任何时候，她都会直接走上前去，说不定还会调笑几句，你永远也不知道其他人对自己的事业能有多大帮助。

可是在这种情况下，阿兰·杰里米是竞争对手。他想过采访凯瑟琳，但凯瑟琳问艾米对此怎么看的时候，艾米立刻回答他或许不太可靠。他是从纽约来的。他的动机是什么呢？

“嗯，那，我们不理他。”凯瑟琳说。

“没错。”艾米说。她感到一阵内疚。不过菲尔告诉过她，“比其他人领先一步。是你先去的。记住，这是我们今年最大的新闻。”

我们今年最大的新闻。艾米多么渴望这样一个机会。可这是一场疯狂竞争。新闻网？而她就在这里，依旧到处拖着自己的摄像机。她觉得自己像个业余的。被自己正想加入的机构踩在脚下，多大的侮辱啊。

所以她做了他们做不到的事情。她黏上了凯瑟琳，让她离不开自己。她主动帮她购物、送东西、截住她邮箱里数不清的留言、应付她家门前草坪上的访客。她做的是朋友的事情，也用朋友来称呼自己。过去的几个晚上，凯瑟琳甚至允许艾米睡到她家的客卧里，艾米的行李箱现在就放在里面。

今天，她们要去附近的一家医院，拜访一位白血病晚期的病人。他给凯瑟琳写了信，问她是否可以与他分享对天堂的理解。起初，凯瑟琳想让沃伦牧师来，但她的内心却有某种东西说了“不”，她能处理得了。

“你不赞成吗？”凯瑟琳这么问过。

“哦，赞成。”艾米是这么回答的。

*

在医院里，凯瑟琳与一位名叫本·威尔克斯的七十四岁退休汽车工人手拉着手。他因为几个月的化疗而形容枯槁，头发稀疏得只剩寥寥几缕，双颊凹陷，而他说话的时候，嘴唇周围的线条似乎都裂开了。他很高兴凯瑟琳过来看他，对她的故事显出很大的好奇心。

“你的姐姐，”本开口，“她形容过周围的世界吗？”

“她说那里很美。”凯瑟琳回答。

“她解释过规矩吗？”

“规矩？”

“就是谁能进天堂。”

凯瑟琳温柔地笑了。“所有认可上帝的人都会进去。”

戴安从未真正用过这些字眼，不过凯瑟琳知道应该这么说。

“你确定她是在天堂里吗？”本问道，紧紧捏着她的手。“我绝没有不尊重的意思。只是我太想相信这是真的了。”

“是真的。”凯瑟琳说。她笑了，闭上眼睛，把另一只手掌盖在他们交握的双手上。“此生之后还有新生。”

本的嘴巴微微张开，虚弱无力地吸了口气。

然后他笑了。

艾米，立在她的摄像机背后，也露出了笑容。她拍下了整个过程。这个角度其他电视台都没有。

此生之后还有新生。

结束这个工作，还有更好的工作。

*

第二天，本去世了。

医生们都大惑不解。他的生命体征都很平稳。他用的药也没有变化。没有理由怀疑他会突然死去。

他们至多只能断定，在凯瑟琳来访之后，他的身体“自愿”停下了。简单地说，本弃生了。

第十一个星期

一八七六年二月十四日早晨，亚历山大·格拉汉姆·贝尔为他的电话发明申请了一个专利。就在同一天，伊莱沙·格雷，伊利诺伊州的工程师，也为他自己的版本申请了一项告示说明。许多人认为是格雷先申请的，但贝尔的律师，以及专利审查员——欠了那家律师行钱款的酒鬼——之间的不正当行为，为贝尔带来了最终的胜利。他的登记成了当天的第五条。格雷的列在第三十九条。如果格雷动作快一点，哪怕就一天，他在历史上的地位或许就很不一样了。

相反，几个世纪之后，贝尔仍在收获着与第一相伴的赞扬和威望。

在科德沃特，相似的伎俩正在启动。据大主教辖区所说，苔丝·拉弗提从母亲那里收到的留言，那条让她惊得电话都掉了的留言，是星期五早上八点十七分拨进来的，在她的答录机上，电脑存储的声音就是如此标明的。这比之前被当成第一个的电话早了将近两个小时，自称接到那个电话的是凯瑟琳·耶林，“收获希望”的浸信会教徒，她冲到沃伦牧师那里告诉了他这个消息。时间表很重要，大主教辖区表示。虽然天主教会还在仔细考虑这个“奇迹”的重要性，但可以肯定地说，不管在这座密歇根小镇的百姓身上发生了什么，苔丝·拉弗提是第一个。

“那这代表什么呢？”萨曼莎听到教会声明的时候问苔丝。

“没什么，”苔丝说，“有什么关系呢？”

然而当天下午，苔丝拉开窗帘的时候，她发现了声明的作用。

她家门前的草坪上站满了祈祷的人。

*

他们朝车门走去的时候，沙利拉着朱尔斯的手。浅蓝色的塑料电话还放在男孩的口袋里。

沙利已经当面见过朱尔斯的老师和校长了，他的声音那么大，连他自己都吓了一跳。

他坚决要求知道，从什么时候起，轮到一个老师来告诉孩子关于死后的事情了？给他一只玩具电话，对他说他可以和死去的母亲说话？

“只是他看上去那么伤心，”老师恳求道，拉蒙娜，一个矮小、敦实的女人，二十多岁。“从第一天上学开始，他就那么内向。我从来没法让他回答一个问题，连简单的数学题都不行。

“随后有一天他举手了。毫无征兆。他说他在电视上看到人们能和天堂通话。他说他的母亲就在天堂里，那也就是说她还活着。

“其他所有的孩子都盯着他。接着有一个笑了起来，然后，孩子们，你是知道的，他们全都笑了。他就缩进椅子里哭了起来。”

沙利攥紧了拳头。他想砸个什么东西。

“休息的时候，我在幼儿园的房间里找到了一只玩具电话。老实说，哈丁先生，我本来是打算指给他看电话一点也不神奇的。可是我叫他进来的时候，他看见了电话，那么快就笑了，马上就说想要，然后……对不起。我不是故意的。我只是告诉他，不管他相信的是什么，他都可以相信下去。”

她哭了起来。

“我是个去教堂的人。”她说。

“好吧，我不是，”沙利说，“这个镇上还是允许不去教堂的，没错吧？”

校长是个一本正经的女人，穿一件海军蓝的羊毛外套，询问沙利是否要提交一份正式的投诉。“对宗教事务提供建议并非我们的政策，拉蒙娜小姐也明白这一点。我们是所公立学校。”

沙利垂下了头。他试着保持住愤怒，却感到它正在消退。如果吉赛尔在这的话，她会碰碰他的肩膀，那是在用她的方式说，“冷静，要谅解，友好一点。”有什么意义呢？一份正式的投诉？然后又怎样呢？

他让她们保证这种事今后不会再发生，便离开了。

此刻，在车里，他转向他的儿子，他漂亮的儿子，他那马上就要满十一岁的儿子，波浪般的头发、瘦弱的胸膛，他母亲那双带着笑意的眼睛，那个自从坠机那天起，他就再没和她说过话的母亲，到现在都快两年了。

沙利真希望自己又能信仰上帝，就为了问问他，怎能如此残忍。

“我能和你说说妈妈的事吗，孩子？”

“好。”

“你知道我非常爱她。”

“嗯。”

“你也知道，她爱你胜过世上的一切。”

朱尔斯点点头。

“可是朱-利-欧，”他说，用了吉赛尔给他起的绰号，“我们没法和她说话。我多希望我们可以，但是不行。人死了就会这样。他们离开。”

“你也离开过。”

“我知道。”

“你又回来了。”

“这不一样。”

“为什么？”

“因为我没死。”

“说不定妈妈也没死。”

沙利感到眼眶湿润了。

“她死了，朱尔斯。虽然我们不喜欢这样，可是她死了。”

“你怎么知道？”

“什么叫我怎么知道？”

“你不在。”

沙利咽了咽口水。他用一只手掌抹过脸庞。他让自己的目光直视前方，因为忽然之间，看着他的孩子成了一件难以做到的事，他用了三个简单的词语，就把他每天让自己经历的折磨又重来了一遍。

*

你不在。

坠毁的飞机冒出的黑烟还在他头顶上的天空中蔓延，沙利触到了地面，双腿始终弯曲着，转向侧方。那顶降落伞，完成了任务，失去了内里的张力，平摊在地上。草地潮湿。天空是炮铜的灰色。

沙利解开装备，从降落伞里把自己解放出来，拉下背心上的应急无线电。他浑身疼痛，辨不清方向，最想做的就是和吉赛尔说话。可他知道军队的规矩。按程序来。发送无线电。不用说名字。

值班的人会通知她的。

“林顿塔台，这里是军机304。我已安全弹出。位置在机场西南半英里处。飞机撞入空地。残骸位置可能是再向西南方向半英里。原地待命等候救援。”

他等了等。没有反应。

“林顿塔台。我刚才说的收到吗？”

没反应。

“林顿塔台。听不见。”

还是没有回音。

“林顿塔台？”

一片寂静。

“军机304……通话结束，不用回复……”

出什么事了？塔台在哪？他收起降落伞，起先试着把它紧紧地折好。可心底却涌起了些什么，当吉赛尔担忧的画面越显分明，他焦急起来，胡乱拢起降落伞，把它往胸前拉，如同拿着巨大的枕头。他见到远处有一辆白色的汽车，正朝着飞机残骸驶去。

驾驶飞机。他挥动双臂。

确定航向。他跑向路边。

保持沟通。“我没事，我没事。”他大喊大叫，仿佛用某种办法，妻子或许能听见他的声音似的。

新闻报道

（九频道，阿尔皮纳）

（艾米站在教堂前）

艾米：大家叫它“科德沃特奇迹”。在凯瑟琳·耶林开始接到据她所说是去世的姐姐打来的电话之后，人们想知道更多的来龙去脉。尤其是一个叫作本·威尔克斯的人。他罹患晚期白血病。

（医院的画面）

本：你的姐姐？她形容过周围的世界吗？

凯瑟琳：她说那里很美。

（本的画面）

艾米：医生已经告诉本，他被治愈的希望渺茫。不过凯瑟琳收到的电话鼓舞了他的精神。

（医院的画面）

本：你确定她是在天堂里吗？我绝没有不尊重的意思。只是我太想相信这是真的了。

凯瑟琳：是真的……此生之后还有新生。

（艾米在医院门外）

艾米：虽然有其他人接到天堂来电的传闻，凯瑟琳仍然是注目的焦点——来自全球的注目。

（凯瑟琳特写）

凯瑟琳：假如主选择了我来传播这条讯息，那我就非做不可。我很高兴，今天我们能给本一些希望。这让我感觉很愉快。

（艾米再度出现在教堂前）

艾米：在科德沃特——这个有着大大鼓舞的小小市镇上——我是艾米·佩恩，“九行新闻”。

*

菲尔停下带子。他看着安东，电视台的律师。

“我不觉得我们要负什么法律责任。”菲尔说。

“我们不用，”安东回答，“不过那个叫耶林的女人说不定要。她明显是在告诉那个病人他什么也不用怕。这画面起诉的时候可以用。”

艾米把她的目光从一个人移到另一个，菲尔，蓄着维京人的胡子，安东，剃着光头，穿一身炭黑色西装。那天早晨她给叫回了阿尔皮纳。可能有点问题，有人告诉她。她的新闻报道——匆匆赶制的，因为九频道要多少科德沃特的新闻都不嫌多——去医院的当天晚上就播出了。一如往常，新闻迅速传到了因特网上。

第二天，本去世了。

这下虚拟世界炸了锅，满是指责之声。

“还计划要抗议。”菲尔说。

“什么样的抗议？”艾米问。

“那些不相信有天堂的人——或者说不愿意相信的。他们宣称这个叫本的人，为了一句谎话自杀了。“

“他没有自杀，”安东插话。

“他们在责怪凯瑟琳？”艾米问。

“她对他讲此生之后还有新生——”

“这世上所有的宗教都这么说。”安东指出。

菲尔想了想。“你说的没错。这么说他们是站不住脚的？”

“谁知道啊？随便什么事都能闹上法院的。”

“等等，”艾米说，“这些抗议——”

“他的家人说什么？”安东问。

“到现在为止还没表态，”菲尔回答。

“小心点。”

“那些抗议？”艾米又问了一遍。

“我不知道，”菲尔说，转回到她面前。“我想是明天吧。要看你读的是哪个博客。”

“你只是在报道新闻，”安东说，“记住这一点。”

“没错，”菲尔点点头，“你是对的。”他又转向艾米。“回去吧。”

“那些抗议怎么办？”她问。

他看着她，似乎答案再明显不过了。

“报道啊。”他说。

*

“早上十点准备好，”萨曼莎发了电子邮件说，“我给你准备了一个惊喜。”

苔丝几星期以来第一次化了妆。最近她已经忍受了太多的惊喜。不过她在家里快给关疯了，而且，老实说，刻板生活里的任何新事物都会让她高兴。

她走过厨房，然后，就像她现在的固定模式一样，瞥了一眼电话，确保它是挂好了的。两星期后就是感恩节了。她没有任何计划。反正她本来就讨厌这个节日。离婚后，母亲会开那些“来的都是客”感恩节宴会，请来半个住宅区的人，没有家人的，或是最近鳏寡的、年老的、独居的，诸如此类。就像那部伍迪·艾伦的电影，他集合了一群不成功的艺人——一个口吃的口技演员、一个演奏玻璃水杯的女人——吃一顿冷冻火鸡和无糖可乐的感恩节大餐①。谁去拔火鸡叉骨的事情，露丝每次都要小题大做②。“许个愿！许个愿！”苔丝想象着房里的每个人都在祈盼一件事：明年不用再来了。

可现在她明白了，母亲在一个让人容易感伤的时刻给予了大家

---

① 指伍迪·艾伦1984年的电影《百老汇的丹尼罗斯》。

② 感恩节宴会上，人们会将火鸡胸部的叉骨拔出，两人各执一端，默念愿望并将其折断，拿到较长一段的人，愿望据说会实现。

怎样的关怀。还有它如何为露丝提供了一种方式，去对抗她自己的孤独。苔丝过去常常希望自己的父亲会开车过来，按响喇叭，然后飞快地将她带走。

“天哪，苔丝。”此刻她喃喃自语，气恼自己曾如此天真。

厨房的天窗落下一缕阳光。她想着自家草坪上的那些人。他们该冻坏了吧？

她拿了纸杯，从咖啡机上端下满满一壶。

她打开前门的时候，人群中一阵骚动。许多人站了起来。有几个人喊道“早安！”还有“上帝保佑你，苔丝！”接着，忽然之间人人都嚷了起来。肯定得有两百人吧。

苔丝举起杯子，在清晨的阳光中眯起眼睛。“有谁想喝点咖啡吗？”她大声说。她发觉自己这一壶只够众人中的一小部分喝。她感到自己像个傻瓜。*咖啡？他们想要奇迹，你却给他们咖啡？*

“我可以再做的……”她低声说。

“今天你母亲和你说话了吗，苔丝？”

苔丝咽了咽口水。她摇摇头。

“她有没有告诉你为什么是你被选中了？”

“你是第一个！”

“你要和我们一起祷告吗？”

“祝福你，苔丝！”

喧哗蓦地被三声急急的汽车喇叭打断了。“光明的开始。”她那家日托中心的黄色小货车正驶进车道。苔丝看见萨曼莎开着车。人群向后退开，萨曼莎停好车，走下来，拉开了货车的边门。一群穿着冬衣的孩子跳到地上，看着众人。

苔丝用一只手捂住嘴。因为她没法去上班，她的朋友把工作给她带来了。

看见那些孩子，苔丝感到这一生中从来不曾这么幸福过。

*

多琳拿了两瓶可乐到桌旁。她坐在一头，杰克在另一头，中间是他们的客人。尽管罗比的电话让他们自安排葬礼后第一次有了交谈的理由，她在前夫身边还是觉得不自在。离婚。报纸。他留在前厅台面上的钥匙。他们解体婚姻的每一幅画面，随着他的存在，又飞快地翻了回来。真的已经六年了吗？她又结了婚。有了不一样的生活。一群不一样的朋友。可现在杰克就在这，坐在他们老房子的餐桌旁边，那栋她在分手时拿到的房子，梅尔搬进来住的房子。梅尔连杰克踏进门都反对，可多琳告诉他，“是为了罗比，他从前的朋友想和我们谈谈。”梅尔抱怨说，好吧，管他呢，他出门喝啤酒去。

“谢谢您，塞勒斯太太。”名叫亨利的年轻人说。

“谢谢您，塞勒斯太太。”那个叫齐克的附和道。

“现在是富兰克林太太了。”

两人面面相觑。多琳瞥了杰克一眼。

“没关系。”她补了一句。

“你们什么时候回来的？”杰克问。

他们都是英俊的年轻人，健康强壮、肩膀宽阔，是他们原先的住宅区里罗比儿时的朋友们。他们以前常常按响门铃，而罗比就会拿着足球蹦蹦跳跳地下楼，与多琳擦身而过，说句“再见，妈妈”，而她会说，“外套拉链拉好。”话音追着他，宛如电扇的一缕微风。三个男孩都在高中毕业后参军入伍。他们一起接受基础操练，然后，多亏一个什么人认识的什么人，一起派驻阿富汗。罗比牺牲那天，亨利和齐克都不在他身边。多琳对此很欣慰。

“九月。”齐克说。

“是啊，九月。”亨利说。

“服完役了很不错吧？”

“哦，是啊。”

“没错，先生。”

大家都点了点头。齐克啜了一口可乐。

“嗯，这个，我们在商量……”亨利说。

“是啊，”齐克接口，“我们互相在问……”他看了看亨利。“你要说吗？”

“不，不要紧的，你说——”

“还是你说。”

“我是说……”

他们都停了下来。

“没关系，”杰克说，“你们有话可以对我们讲。”

“对，”多琳说，“我们”这个字眼让她有些发窘。“那是当然的，孩子们，什么事都可以讲。”

终于，齐克开了口：“我们只是想知道，嗯……罗比和你们说了些什么呢？他打来电话的时候？”

杰克往后一靠。

“他只给他妈妈打电话，”他说，“多琳？”

她告诉了他们。她说的多是安慰的话，说罗比没事，他很安全，他在一个美好的地方。天堂等待着我们所有的人。

“他一般都说些我喜欢听的，”她补充道，“他说……‘死亡并非结束。’”

齐克与亨利交换了一个腼腆的笑容。

“这倒怪了。”亨利说。

“什么？”杰克问。

亨利拨弄着可乐瓶。

“也没什么，只不过……有个摇滚乐队。他非常喜欢。英雄之家[①]。”

“他们有张唱片，”齐克说，“‘死亡并非结束’。他一直在叫人把它带来给他。”

“就是，大概，嗯，说了几个月了。‘死亡并非结束’。把‘死亡并非结束’带给我。有点像是朋克音乐。”

“没错，不过，嗯，福音乐队吧，我记得是。”

“对。”

“英雄之家。”

“他最喜欢的唱片。”

“死亡并非结束。”

杰克看看他的前妻。一支乐队？

“嗯，这个，除了这个之外……”亨利接着说，“他说起过中队的战友吗？”

*

杰森·特克，电话商店的店员，在暴风雪中使劲把门关上，然后迅速搓了搓手。他又忘了戴手套。他的女朋友又说对了。你的脑袋是兼职工作的，杰森。

他打开标着“电话-泰克员工专用”的储藏室。他双颊潮湿，流着鼻涕。他从架子上抓下一盒纸巾，听见有人急急地拍打着后门。

---

① 英雄之家（House of Heroes），来自俄亥俄州的另类基督摇滚乐队。

“哦，拜托，”他嘟囔着，“都还没到八点钟呢。”

等他打开门，面前的却是沙利，裹在山羊皮外套和滑雪帽里。

“哦，嘿，是钢铁侠啊。”杰森说着，咧嘴笑了。

“最近怎样？”沙利问道。

“挺好的。来。快进来。”

“谢谢。”

“我可没有钱给你啊，兄弟。”

“我知道。”

“你要喝可乐吗？”

“不用了。”

他们走进办公室。

“那有什么事吗？”

沙利吐了一口气。他从包里抽出一本黄色的便笺簿。

“我想找你帮个忙。”

*

一个小时之后，沙利回到车上，思索着自己究竟碰上了什么事。

凭着直觉，他给杰森看了那七个自称与天堂取得联络的科德沃特居民的姓名和地址。他知道凯瑟琳·耶林的电话是在这家店里买的——看上去全国都知道了——不过沙利想知道其他人是否也是如此。

杰森把他们的名字输入电脑。出来的结果很不寻常。七人当中有四个在他的系统中显示为顾客——这没什么可奇怪的，考虑到科德沃特附近的电话商店相当少——然而七人中的六个，除了凯利·波德斯托，那个少女之外，都用同一个电话运营商。还有同一类服务。

“是哪种服务？”沙利问。

“是网络存储，有点像是‘云’，你明白吗？把你的电子邮件、你的照片，存起来，存在一个账户里。运营商去年把这项服务终止了。”

沙利看看他的便笺。一根手指掠过他划出的几个类目。其中一栏是“DOD”——死亡日期。

“那个服务他们各自用了多长时间，你能查出来吗？”

“多半可以。可能要花几分钟。”杰森开始敲击键盘，然后停下来，朝后一仰。“给你看这个，我可能会惹上大麻烦。”

“我多少猜到了。”沙利说。

杰森的手指敲打着膝盖。

“啊，管他呢。我们动手吧。”他露出笑脸。“反正我本来也不喜欢这工作。我女朋友说我应该做个专业的摄影师。”

“兴许她说得对。”

“她是个讨厌鬼。你有女朋友吗？”

“没有。”

“结婚了？”

“以前结过。”

“她把你甩了，还是你甩了她？”

“她去世了。”

“哇。”杰森一缩。“我很难过，兄弟。”

沙利叹了口气。“我也是。”

*

亚历山大·贝尔邂逅他的一生挚爱——梅布尔——的时候，她是一个找到他这里来的少年失聪的学生。她比他小十岁，贝尔却深深地迷上了她，而多年以来，她的支持也在事业上激励着他。要不是她的眼泪把他引上了那节开往费城的车厢，他最伟大的发明或许永远也不会开花结果。然而电话仍然是因为猩红热丧失了听力的梅布尔永远也无法与丈夫共享的东西。

有时候，即使生活将人分离两地，爱仍会让你们走到一起。

在飞机失事之后的救护车里，沙利一定要人给他一部手机（他自己的电话，和剩余的物品一样，正在废墟中燃烧），打了十几次电话给吉赛尔。没人接。他打给她的父母。也没人接。

“我一定得找到她。”他坚持着。他又用应急无线电尝试联络机场。没反应。肯定是出了什么大问题。大家都去哪了？

他的头嗡嗡直响，后背下方刺痛不已。在医院里——一家小小的、林顿的地区医院——他们把标准的化验都做了一遍，检查沙利所有的生命体征，采了血，清理了几个伤口，然后为脊柱照了 X 光。他们给他的止痛药让他头昏脑涨。有人告诉他，和他相撞的那架飞机是一架小型的、双引擎的塞斯纳①，已经安全着陆了。他并没有问这个。他没有问为什么两架飞机会在同一条降落路线上。自始至终，他一直在问妻子的下落。

“把她的电话号码给我，”一位护士说，“我们让人一直打，直到找到她为止。”

“还有机场。”沙利哑着嗓子说。他迷迷糊糊地睡了过去。

“好的。”她回答。

在清醒和昏睡之间徘徊的时候，他看见护士在说话，下指令，看见有人跑进来，把她拉到外面，看见她又跑进来，对另外一个人

① 塞斯纳（Cessna），小型活塞动力飞机，始于 1927 年。

讲了什么，然后看见她们都消失了。他闭上眼睛。内心平静下来。那将是幸福的最后几分钟，他还不知道自己所无法知道的事情：

吉赛尔见到升起的黑烟，让雪佛兰开拓者加速冲向机场。

埃利奥特·格雷，那个空管员，逃离了机场，跳上一辆蓝色的丰田凯美瑞。

吉赛尔诵念了一句祈祷“上帝啊，求求你，上帝啊，求求你”，双手把方向盘抓得那么紧，紧到手都颤抖了起来。

埃利奥特·格雷的凯美瑞在单车道的公路上开到了每小时六十三英里。

吉赛尔的雪佛兰飞速转过弯道，然后，在一个让人目眩的瞬间，全速撞向了凯美瑞。

埃利奥特·格雷的身体被抛到了二十英尺之外的草地上。

被安全带捆住的吉赛尔，转了三圈，雪佛兰翻了过来。她的车落到了一条水沟里。她穿着一件薰衣草色的毛衣。披头士的《嘿，祖德》正在广播里放着。

她得从一堆扭曲的金属中让人救出来。

她会被临时送去哥伦布市的医院。

她到医院的时候已经失去了知觉。

她再也不会醒来。

埃利奥特·格雷死了。

第十二个星期

“要今生，不要来世！要今生，不要来世！要今生，不要——”

凯瑟琳用手捂住耳朵。“天哪，他们就不能停下来？”

艾米耸耸肩。“说不定我们该到楼下去。那里更安静一点。”

“不！”凯瑟琳厉声道，“这是我家。我才不会躲在地下室里。”

门外，抗议声继续。

“要今生，不要来世！要——”

他们在中午前不久聚集到了街上。至少有五十个人，许多人拿着写了字的标语牌——“不用急着上天堂！”，有些更严厉，比如“信仰杀人！”或是“死于骗局！”

本去世的消息一传开，本·威尔克斯的那条视频就比最初的“天堂来电”视频传得还要快。跟着还有报道说，全球还有另外六个罹患绝症的病人，据说在看了科德沃特的视频之后，出人意料地亡故了——仿佛是有意要让自己离开这个世界一样。

尽管这些人最终还是会去世，死亡的神秘之处却在于，它为什么选择了这么一个特别的时刻。没有绝对答案的时候，巧合可能变成阴谋。再说，考虑到媒体对科德沃特无法餍足的胃口，关于天堂存在的证据或许真能要人性命的报道，几乎是无法抗拒的。

“这些宗教狂应该离病人远一点。”一个愤怒的人对着电视摄像机说。

“和那些保证说把自己炸死就会有好报的恐怖分子相比，他们也好不到哪里去。”一个年轻的女人跟着说。

“我几年前就认识本·威尔克斯了，”一位上了年纪的工厂工人说，“他是个斗士。他是不会放弃的，要不是这些人对他催眠——或者不管是对他做了些什么。”过了不久，就有一个叫作“天堂来电不要接”的组织成立了，安排了抗议活动——比如现在凯瑟琳家门外的这一场。

“要今生，不要来世！要今生——”

屋里，艾米烧开水，泡了薄荷茶。她端过茶杯，但凯瑟琳陷入了沉思，甚至都没看见。

“喝点吧。”艾米哄她。

“哦，”凯瑟琳眨眨眼睛，“谢谢。”

艾米觉得左右为难。她知道菲尔想要一篇关于这些抗议者的报道——可她要如何既与他们交谈，又不完全失去凯瑟琳的信任，这份让她始终领先其他记者一步的信任？

“你是我的朋友。”凯瑟琳说。

“当然。”艾米咕哝一句。

"这些都是其他人牵扯进来之后才开始的，不是吗？苔丝·拉弗提？天哪。她几年前就不去教堂了。她自己承认的！"

凯瑟琳摇摇手，仿佛是在努力说服一位隐形的目击者。她攥着那只粉色的电话。在手掌中把它翻了个个。她盯着它看了几秒钟。然后她的语调变了。

"艾米？"她低声说。

"嗯？"

"你相信我吗？"

"信，我相信你。"

实情是她相信凯瑟琳相信自己身上发生的事情。那也差不多了，不是吗？

"我给自己的孩子们打电话，"凯瑟琳说，"他们都在底特律。你知道他们对我说什么吗？"

"什么？"

"他们说我在宗教信仰上花的时间太多了。"她几乎是在笑。"我希望他们能过来。和我待在一起。可约翰说他工作太忙。查理说……"

她话到嘴边又吞了回去。

"说什么？"

"我……丢他的脸。戴安的女儿也是这么对我说的。"

她哭了起来。艾米转开了视线。怎么能不去同情这个女人——虽然她如此执迷不悟？

"我真的很遗憾，凯瑟琳。"

反复的抗议声越来越响。艾米透过凸窗瞥了一眼，看见一辆巡逻警车停在街沿。杰克·塞勒斯，那名警长，说话的时候抬起了手。一位电视台的工作人员把悬挂式话筒举过了头顶。这新闻会四处传遍。菲尔会暴跳如雷。

“我没杀人。”凯瑟琳低声说。

她把手肘搁在膝盖上，双手交叉，把脸埋了进去。

“当然没有。”艾米说。

“他们怎么能说出这种话？我的姐姐就在天堂里。上帝注视着我们所有的人。我为什么要杀人呢？”

艾米看着她的摄像机，坐在厨房的桌旁。

“你猜怎么着？”她说，“我们就把这些话告诉他们去。”

*

沃伦牧师每天下午都会阅读经文，坐在办公室的棕色皮沙发上。今天，他的重点是《以赛亚书》。他在第六十章看见一节：“举目观看你周围发生的事：你的同胞集合起来，要回来找你。你的儿子要从老远的地方回来；你的女儿要像婴儿被背着回来。你看见这一切要禁不住欣喜；你的心会兴奋跳动。”①

他喜欢这些话。换作其他时候，他可能会把这一段标出来，留着星期天讲道的时候用。现在他却在想，这会不会被用作这些亡人来电的印证。你周围发生的事：你的同胞集合起来，要回来找你。他真不愿意用这种方法筛选自己布道的信息，他觉得自己像一张旧报纸，不断地被撕成两半，变得越来越小。侍奉上帝。为众人效劳。上帝。众人。

同事对他说，他应该高兴才是。科德沃特所有的教堂都挤满了人，星期天的礼拜只剩站着的地方。圣文森特，卡罗尔神父的会众，增加得最多，自从苔丝·拉弗提和主教来访之后，人数是原先

---

①《以赛亚书》第六十章第四节。

的四倍。沃伦琢磨着卡罗尔神父是不是一早就这么计划好了，随后觉得自己的想法太狭猛了。

嘣！

“谁？”

“是我，牧师。”

“普尔特夫人。进来。”

她拿着一本记事簿走进来。他看她的表情就知道有哪里不对劲了。

“牧师，有件事我得告诉你。对我来说，有点难开口。”

“请说吧。别拘束。”

“我得走了。”

“提早走？”

“不是，牧师。离开……这份工作。这工作太……”她开始落泪。“我在这里七年了……”

“我知道。您非常出色——”

“我想要帮助教会……”

她加快了呼吸。

“请坐。没关系的，普尔特夫人。”

她依然站在那里，飞快地说话，词句奔涌而出。“所有这些全世界打来的电话，我再也应付不了了。他们想知道这个那个——我告诉他们我不知道——可他们一直打来，有些人在哭，有些人大喊大叫，而我……我不知道怎么办。他们对我说起一个心爱的人，苦苦哀求再和他们说上话。还有其他人怒气冲冲的！他们说我们在散布假福音。这么多年来，我从来没想过……好吧。我是说……我每晚回到家就垮了，牧师。我的血压，我的医生上星期检查了，非常高，诺曼也很担心。我很抱歉。我非常抱歉。我不想让您失望。我真的做不了。对不起……”

她哭得那么厉害，泣不成声。沃伦勉强挤出一个温柔的微笑。

“我明白，普尔特夫人。”

他走向她，一只手放到她的肩上。他能听见办公室外面没完没了的电话铃声。

“上帝会原谅我吗？”她喃喃道。

在他原谅我之前很久就会了，沃伦心想。

*

杰克·塞勒斯转起了警用巡逻车上的警灯，让警笛也短短地响了一声。苔丝草坪上的敬拜者们骚动了一阵，挪了挪位置。他从警车里下来。

“早上好。”他生硬地说。

“早上好。”他们中的几个人回应。

“你们都在这干什么？”

他一直看着大门。他真正希望的和这些人所想的一样——让苔丝出来。

“我们在祈祷。”一个身材瘦削的女人答道。

“祈祷什么？”

“听见天堂的消息。您要和我们一起祷告吗？”

杰克把罗比从脑中挥去。“你们不能就这么聚在别人家的草坪上。”

“您是信徒吗，警官？”

“我信仰什么并不重要。”

“您信仰什么是最重要的。”

杰克把鞋子蹬进雪里。一开始，是凯瑟琳·耶林家的抗议者。现在又是这个。他从来没有想到，在小小的科德沃特，他要做的所有事情里偏偏还有控制人群。

“你们得离开这里。”他说。

一个穿绿色风雪大衣的年轻人走上前。

“求您了。我们没有造成任何不便。”

“我们只是想祷告。”一个跪在草地上的女孩补充说。

“等等，我读到过你的事情，”年轻人说，“那个警察。你的妻子——她接到了你们的儿子打来的电话。她是被选中的一个。你怎么能让我们走呢？”

杰克移开了视线。

“我的前妻，”他说，“而且这事和你们没有关系。”

苔丝出现在门口，一条红色的格纹毯子围在肩上，磨毛的牛仔裤，还有蓝色的靴子，她的头发往后扎成一个长长的马尾。杰克努力不去盯着她看。

“需要帮忙吗？”他在街沿上叫道。

苔丝隔着人群望过来。她摇摇头。“我没关系。”她喊着回答。

听见苔丝的声音，大家转过身。杰克用手势比划说，“我可以进来吗？”她点点头，他小心翼翼地穿过人群，他们在他经过的时候安静了下来，每次他穿制服就会这样，他习惯了。

*

杰克看上去很像个经验丰富的执法人员——嘴巴是一条平平的线，轮廓分明的下巴，一对锐利、深陷的眼睛——可他从未对警察工作心驰神往。他的父亲是个警察，他父亲的父亲，在参军之前和退伍之后也是，大家都指望他照着做。杰克在大急流城[1]加入警队，做了六年巡警，直到罗比出生，他和多琳搬来科德沃特小镇生活。正合他们的心意。他收起警察证，开了一家草坪和花园用品商店。

“还是为自己工作更好。”他对父亲说。

“警察就是警察。”父亲说。

三年后，商店倒闭了。他的父亲说：“做生意不是每个人都合适。”没有其他本事，杰克于是重回天职，加入科德沃特警察局。

到三十七岁生日的时候，他成了警长。

从那之后的八年里，他从来没有开过枪。只有六次他得把枪拔出来；其中一次还是一只狐狸（而不是一名窃贼）在一个女人的地窖里乱翻。

“会上你没讲话。”苔丝说，递给他一杯咖啡。

“没有。”

“为什么？”

“我不知道。因为害怕？因为我的工作？”

她噘起嘴唇。“你很诚实，不管怎么说。”

“我儿子说我应该告诉大家。关于天堂的事情。他打来电话的时候说的。”

“我母亲也这么说。”

“我让他失望了吗？”

苔丝耸耸肩。“我不知道。现在，有时候，我觉得什么事情都不再重要了。我会想，‘今生只是一间等候室。’我的母亲就在那里——而我会和她重逢。

---

① 美国密歇根州第二大城市。

“可随后我意识到自己一直是这么认为的。或者说我是这么说的。”

杰克把杯子在台面上前前后后地滑着。“说不定你只是想要证据？”

“我如今有的就是这个吗？”

杰克想着自己与罗比战友们的讨论。死亡并非结束。这里面有什么东西让他不安。

“我不知道我们拥有的是什么。”他说。

苔丝看着他。

“你是个好父亲吗？”

他似笑非笑。从来没有人会这么直接。他记起自己鼓励罗比入伍的时候。

“不总是。”

“还是很诚实。”

“你是个好女儿吗？”

她笑了。“不总是。”

*

实际上，苔丝和露丝有几年闹得很僵。去上大学的时候，苔丝的美貌很快引起了注意，跟着是一群男朋友。露丝很少认可他们当中的任何一个，缺席的父亲和暴虐的丈夫，他们的鬼魂在两人的对话中挥之不去。

“留住男人这种事情，你懂什么？”苔丝曾经这么叫道。

“这些不是男人，是男孩。”露丝争辩。

“别管我！”

“我在努力保护你！”

“我不用你保护！”

无休无止。毕业之后，苔丝和三个不同的男人同居过，什么结果也没有。直到快三十岁她才回到科德沃特，那天露丝打电话给她，要找一个电话号码。一个名叫安娜·卡恩的女人。

“你要那个干什么？”

“我们这个星期要办她的婚礼。”

“妈妈，我大概十五岁的时候，她就结婚了。”

“你在说些什么呀？”

她被诊断为早发性阿尔茨海默症。病情恶化得很快。医生警告说，她不该被单独留着，她这种情况的人，有时候可能会走丢，穿越繁忙的街道，忘记基本的安全。他们推荐住家医疗帮手，或是生活助理。可苔丝明白，母亲最珍惜的一样东西，正是这病痛会不可避免夺走的东西——她的独立。

于是苔丝回到家里。她们独自在一起。

*

沙利和他母亲的关系则有点不同。她提问。他回答。她推测。他否认。“你在干什么？”前天晚上她就问过他，那时朱尔斯正在吃饭，沙利坐在沙发上，研究他的笔记。

“就是看点东西。”

“工作上的？”

“算是吧。”

“销售电话？”

“算是吧。”

“这和你有什么关系？”

他抬起眼睛。她正站在一边盯着他，叉着双手。

“要是别人愿意谈鬼怪，让他们去。”

“你怎么知道我在——”

“沙利。”

这两个字就足够了。

“好吧，”他说，压低了声音。“我不喜欢这样。朱尔斯拿着一个电话。他生活在幻想里。总得有人揭发这一切。”

“这么说你是个侦探？”

“不是。”

“你记了笔记。”

“没有。”

推论。否认。

“你觉得他们都在撒谎？”

“我不知道。”

“你不觉得上帝能创造奇迹？”

“不是这种奇迹。你问完了吗？”

“再问一件事。”

“好吧，妈妈。再问一件。”

她看了看朱尔斯，他正在看电视。她的声音轻了下去。

“你做这些是为他还是为自己？”

现在他在考虑这个问题。他没有回答她，他也不确定真正的答案是什么。他啜了一口咖啡，坐回别克车里，车正停在“戴维森和子孙”门口的街上。他已经在那里待了一个多小时了，等待着，观望着。终于，正午刚过，他看见贺瑞斯走出来，穿着一件长长的大衣，开车走了。沙利希望他是去吃午餐。他得去查件事。

他迅速走到门边，进去了。

里面一如既往的安静、温暖。沙利去了主办公室。里面没人。

他走到大厅里，把头探进不同的房间。轻柔的音乐正在播放。还是没人。他走到一个角落，听见敲击电脑键盘的声音。在一间狭窄逼仄、铺了地毯的办公室里，坐着一个小个子的女人，小天使般胖胖的脸颊、上翘的鼻子，留着童花头，面团似的柔软手臂，一个银色的十字架挂在颈间。

“我找贺瑞斯。”沙利说。

“哦，对不起，他刚刚出去吃午餐了。”

“啊。嗯。我可以等。”

“您确定吗？他可能要一个小时左右呢。”

“没关系。我可以在外面等。”

“您想喝点咖啡吗？”

“那就再好不过了。谢谢。”他伸出手。

“我的名字是沙利。”

“我叫玛丽亚。”她说。

我知道，他心想。

*

像贺瑞斯所说的一样，玛丽亚·尼科利尼真的是一个人缘很好的人。她聊啊，聊啊。你说一句话能引出她三句。她对谈话的兴趣永无止境，你一提到一件特定的事情，或是一个地方，她就会抬起眼睛，然后说，“哦，和我说说。”她去过扶轮社和科德沃特历史委员会，周末她在泽达的面包房工作，半个镇都在那里买面包，这都无妨。她要不就是认识你，要不就是知道某个认识你的人。

因此，悲伤的家人在殡仪馆遇到她的时候，他们不会对离世的爱人缄口不言——实际上，他们很乐意分享回忆。这会让他们好受一些。小故事。有趣的细枝末节。她来写讣告他们放心。她在《公报》发表的文章总是很长，充满赞美。

“客户销售，和我说说这个。”她问沙利。

“很简单的，”他回答，“你去商店里，问问他们是不是想投广告，把广告位卖给他们。”

“罗恩·詹宁斯是个好老板吗？”

“他不错。顺便提一句，你的讣告写得真的很好。我读过几篇。”

“天哪，谢谢。”她似乎很感动。“我以前想当个真正的作家，”她说，“年轻一点的时候。但这是个帮助别人的好办法。死者的家人留着那些文章，所以写得准确和详尽很重要。我已经写了一百四十九篇了，你知道。”

“一百四十九篇讣告？”

“是啊。我这里都有。”

她拉开一个文件柜。相当井井有条。每篇讣告都按照年份和姓名排列。还有其他文件，用塑料标签标出来，标签与后面的文件齐平。

“那些是什么？”沙利问。

“我的笔记。我把我们的谈话笔录下来，为了不要漏掉什么。”她压低了声音。“有时候，他们和我说话的时候，哭得那么厉害，第一次很难听明白。所以我用一只小小的磁带录音机。”

沙利不由得对她刮目相看。“你比我遇到过的任何一个大城市记者都要严谨。”

“你认识真正的记者？”她问，“哦，和我说说。”

*

沙利第一次上报纸，就是因为他经历过的最悲惨的事情。

“空中相撞，飞行员坠毁飞机，”大标题这么写道。

下面，用小一点的字母：

“妻子与空管员卷入致命事故。”

沙利在俄亥俄医院的自助餐厅里读到这张报纸，吉赛尔躺在床上，接着管子和静脉滴注，瘀伤成了青紫色，有些橘黄，看上去不像人类的皮肤。他已经在那里度过了两个不眠之夜。一切都模糊不清。

他坠机后被送去林顿，那里的护士已经把消息告诉了他。他记得听见了“事故”、“妻子”和“哥伦布”，随后他上了一辆出租车，对着司机大吼大叫，要他开快一点，他的大脑在清醒和昏沉之间漂浮，接着，不知怎的，他歪歪扭扭地跑过急诊室，对着医生嚷嚷，她在哪里？她在哪里？然后，见到她的时候，瘫倒在她的床边——*哦，上帝啊，哦，上帝啊，哦，上帝啊*——感觉有几双手臂按在他身上，医护人员，接着是保安，后来是他的岳父岳母，再后来是他的双手，抱住颤抖的自己。

两天。两夜。他的后背疼痛难忍，他睡不着，头昏眼花，衣衫不整。只是为了让自己动一动，他才去一楼的自助餐厅要了一杯咖啡。在那里，一张边桌旁，有一份被人丢弃的报纸。他瞥了一眼，然后又瞥了一眼，大吃一惊。他在一张从前的海军照片上认出了自己年轻时的面庞，边上的照片，是那架安全着陆的受损塞斯纳和他那架毁掉的F-18，机身的碎片散落在空地上，机翼的末梢、烧坏的引擎。他盯着它，一动不动地盯了好几分钟。他不知道报纸是怎么确定头条的。为什么**“飞行员坠毁飞机”**会在**“妻子与空管员卷入致命事故”**上面？对他而言，“妻子”不知重要上多少倍。吉赛尔，可怜的、无辜的、美丽的吉赛尔，没有做错任何事，只是开车去接她的丈夫——她的丈夫，没有做错任何事，只是听了一个空管员的话——一个犯了严重错误的空管员，连面对的胆量都没有，像个胆小鬼一样逃跑，要了自己的命，还几乎害死了沙利所认识的最好的人。那才是头条。他们全都弄错了。

他把报纸撕碎。扔进了垃圾桶。每个生命都有两个故事；一个是你真正经历的，一个是由别人讲述的。

* *

感恩节之前的一个星期，科德沃特周围二十英里内都订不到一间旅馆客房。如今，兰克斯空地上的朝圣者估计有五千人，而凯瑟琳·耶林屋外的抗议者至少有三百人之众——半是支持的，半是反对的。杰克的科德沃特警队完全应接不暇。已经从莫斯希尔和其他相邻的镇上借调了警官，可还是不够。单是记录违规停车就可能花掉整天时间。科德沃特市场现在每天有几拨送货卡车，而不是一周一次。加油站没油的时候，只得定期关门。弗里达另外雇了人手——包括她所有失业的亲戚——成了科德沃特历史上首个二十四小时营业的商家。本地五金店的胶合木板和油漆几乎卖完了，部分是因为在草坪上到处冒出来的标志牌：“停车费五美金”，然后变成“停车费十美金”，然后“停车费二十美金”。

这份狂热似乎永无止境。镇长杰夫·雅各比，收到几十份新开公司的执照申请，有些是纪念品和T恤公司，其余的是宗教商家，他们很愿意迅速搬进莱克街上用木板搭起来的店铺。

一档全国性的日间谈话节目，全国最受欢迎的一档，正从洛杉矶派来一队人马——包括那个著名的主持人！——来做一场特别节目。许多居民抱怨被人打扰，可在杰夫那里，悄悄要求做东接待节目组的地方可不少。

七个接到电话的人，成了镇上大家都耳熟能详的人——就和他们的故事一样。在凯瑟琳、苔丝和多琳之外，还有艾迪·邓肯斯和他去世的前妻，杰·詹姆斯和他从前的生意伙伴，阿奈什·伯鲁阿与他不在了的女儿，还有凯利·波德斯托，以及她十几岁的最好的朋友，去年死在一个喝醉酒的驾驶员手上。

只有凯瑟琳同意参加谈话节目。她自有打算。

两天后

新闻报道

九频道，阿尔皮纳

（凯瑟琳的特写）

凯瑟琳：我没杀人。我从来也不会杀人。我把天堂给我的话语传播出去。

（艾米在抗议者跟前）

艾米：这是凯瑟琳·耶林想让这些抗议者们明白的信息。在本·威尔克斯——那个患了绝症的、昔日的汽车工人——身上发生的事情，正是他所希望的。

（本在医院的画面）

本：我太想相信这是真的了。

（艾米在抗议者跟前）

艾米：本·威尔克斯死于晚期癌症。而这些愤怒的抗议者声称，凯瑟琳·耶林在某种程度上是有责任的。作为所谓“被选中的一个”，这份负担对凯瑟琳而言非常困难，她在与“九行新闻”的独家谈话中分享了这一点。

（凯瑟琳的特写，她在哭泣）

凯瑟琳：这福祉不是我要来的。上帝让我姐姐回来，是有原因的。

艾米：最困难的是什么？

凯瑟琳：人们不相信我。

艾米：比如外面那些抗议的人？

凯瑟琳：是的，正是。他们整天高叫。他们说些可怕的事情。他们的有些标牌……

（她情绪失控）

艾米：没关系。

凯瑟琳：对不起。

艾米：没关系的。

凯瑟琳：你瞧，他们才是丧失机会的人。他们才是没有听见上帝口信的人——天堂是真的，我们谁也不该再害怕了。

（抗议者的画面）

抗议者：要今生，不要来世！要今生，不要来世！

（艾米在屋前）

艾米：在我们的谈话中，凯瑟琳·耶林说，她对自己收到的信息非常确信，她愿意做些还没有其他人做过的事情。

（凯瑟琳的特写）

凯瑟琳：我会让外面的每个人都听一个电话。

艾米：那些抗议的人？

凯瑟琳：任何人。我不怕。我会要我的姐姐和这些人说话，告诉他们真相。等他们听到了她的话，他们会知道的。

（艾米在街上）

艾米：这令人震惊的进展，具体细节还有待商榷，但不久之后，整个小镇就可能有机会听见天堂是什么样子了。我们“九行新闻”会及时通知大家——第一时间，永远可靠。

我在科德沃特，我是艾米·佩恩。

*

在他阿尔皮纳的办公室里，菲尔看着她报道的最后一幅画面，笑了。

太棒了，他对自己说。或许他搞错了。这个艾米·佩恩说不定终究还是会成功的。

*

朱尔斯坐在图书馆的桌旁，翻阅一本《好奇的乔治》①。丽兹站在她旁边。

"你喜欢猴子吗？"她问。

"还可以。"朱尔斯咕哝着。

"只是还可以？"

"我更喜欢老虎。"

"嗯。说不定我可以帮你找一本老虎的书。"

朱尔斯抬起头，瞪大了眼睛。

"来吧。"丽兹说。

他从椅子上跳起来，把手放进她的手中。沙利看着他们，心情复杂。他乐意看到儿子拉起一个女人的手。他还是希望那会是吉赛尔的手。在他面前摊开着的是据说从天堂打来电话的那些人在《公报》上的讣告。玛丽亚很出色；讣告满是细节——家族历史、工作经历、最喜欢的度假场所、和宠物在一起的样子。在《公报》

---

①《好奇的乔治》(Curious George)，由德国插画家 H·A·雷伊与妻子共同创作的系列畅销童书。主角是一只名为乔治的小猴子，1941 年由霍顿·米夫林出版社出版。

的办公室里要这些东西的时候，他有些犹豫（要给个什么理由才不会显得像是在窥探他人？），可他对丽兹提起的时候，她跑到一个柜子面前，拉开两个抽屉然后说，“你要哪个？我们这里每期都有。”

当然了，沙利反应过来，本地的报纸，本地的图书馆，为什么不呢？现在他把资料写进他的黄色便笺本里。他写得越多，他的心思就越飘向玛丽亚办公室里的其他文件——她与死者家属谈话的笔录。那里面的细节会更棒，足够为死者绘制一幅真正完整的肖像，或许还能揭示出沙利遗漏的一丝联系。

当然了，秘密，仍然是这些声音本身。每个收到联络的人都发誓那些声音是真的。不可能是演员模仿的。谁也不可能做得成。是不是有个机器可以改变音调的？人们可以通过某个东西说话，听起来就会像其他人了？

沙利的手机振了一下。他看了看显示。罗恩·詹宁斯。他没理它。一分钟之后，一条信息出现在屏幕上。

你在哪里？

沙利关上了电话。

“爸爸，看。”

朱尔斯拿着一本图画书。封面是一头老虎。

“这么快就找到了。”沙利说。

丽兹笑了。“我看那些书橱很久了。”

朱尔斯爬进他的椅子里，开始翻看书页。

“他真可爱。”丽兹说。

“确实，”沙利说，“书不错吧，朱-利-欧？”

“嗯。”他翻开几页。“我要告诉妈妈我读了整本书。”

丽兹望向别处，仿佛什么都没听见一样。沙利重新读起了讣告，搜寻线索。

*

坏消息没有止境。我们经常觉得它应该有，如同暴风雨，不可能变得再严重了。可暴风雨总是会加重，生活的重担也会如此。沙利的飞机毁了，他的妻子卷入了一起悲惨的事故，空管塔台的录音无法听清，而录音里那个声音的主人——唯一可以为沙利的行为作证的人——死了，埋葬了，他的遗体太过血肉模糊，他们说，葬礼上连棺材也没有打开。

一个人很难承担所有这些事。然而坠机四天后，吉塞尔的情况依旧没有好转，沙利抬起头，看见两位海军军官走进她的医院病房。

“您得跟我们走。”其中一个说。坏消息变得更坏了。

医院的血液检测报告出来了，显示出沙利体内有少量酒精。尽管调查员在哥伦布市小小的海军办公室里开始向他提问的时候，他们完全没提起这些——“和我们说说前天晚上的事吧，”——沙利还是立刻就意识到了，感觉仿佛有一把巨大的榔头刚刚落到了他的肚子上。身处这一股脑把他推向深渊的事件之中，他根本没想过执飞的前一晚。他本来没打算飞行。他也没为喝酒烦恼过。想想，想想！他回房间之前，在酒店的餐厅里和中队的两个战友喝了一杯伏特加汤力，可那时是几点呢？是一杯伏特加还是两杯？他开飞机时是几点？规矩是“从拿酒瓶到握操纵杆，必须间隔十二小时”……

哦，天哪，他心想。

他感到未来在自己面前崩塌。

“我要找个律师。”他说，声音颤抖。

*

第十三个星期

就在感恩节之前，一场大雪降落在科德沃特，为街道盖上一层厚实的白霜。整个镇上，人们打开房门拿报纸，或是铲走门前步道上的雪。他们呼吸着冰冷、清寂的空气，与过去几周的狂热对比鲜明。

苔丝在卡斯伯特路的家里，她扎紧睡袍，走进厨房。她希望大雪会让她家草坪上的人挪地方，而实际上，许多人都去了科德沃特教堂躲避。可是，苔丝打开她家前门的时候——阳光从新落的白雪上面闪亮地反射了回来——至少有三十个人还在外面，盖着毯子挤在帐篷里。她看见一只婴儿的小床，空着，底部盖满了雪，母亲和孩子透过帐篷的门帘向外窥探。

“早上好，苔丝。”

“上帝保佑你，苔丝。”

“和我们一起祷告吧，苔丝。”

她感到胸中波澜起伏，似乎就要哭了，这么多人站在冰天雪地里，这么多没有收到电话的人，怀着她所经历的事情也能发生在自己身上的希望，跋涉远行，仿佛奇迹会传染一般。她想起她的母亲。来者不拒的感恩节。

“进来吧，”她忽然说。然后提高了声音，“请进来吧！大家！进来暖和暖和！”

*

在“收获希望”教堂，油炸土豆的气味溢满厨房。火鸡被切开分发。肉汁从一只不锈钢的桶里被盛出来。沃伦牧师在陌生人中间穿行，为他们倒冰茶，说些鼓励的话。大多数志愿者都是经常来教堂的会众，推迟了自己的感恩节大餐，来招待这里的人。被大雪赶进来的外省人比预计的要多。折叠椅从储藏室里给搬了出来。

早前，沃伦接到了凯瑟琳·耶林的电话。他们已经有几个星期没说过话了。

“感恩节快乐，牧师。”

“嗯，凯瑟琳。你也是。”

“您过得好吗，牧师？”

“今早主还是让我起了床——尽管千辛万苦。”这是句老话了，不过他还是听见了她的笑声。现在他都快忘了，在这一切发生之前，凯瑟琳经常来看他——来悼念她的姐姐，没错，但也是来寻求他的建议，研读经文。她是个忠实的教徒，而且像爱家人一样地爱他，有一次，在他固执地对抗鼻伤风病魔的时候，甚至开车送他去看医生。

“牧师，我今天想帮忙布餐。”

“啊……”

“您觉得可以吗？”

沃伦迟疑了。他见过凯瑟琳眼下所造成的骚动。那些抗议的人。那些电视台的人。

“当然了，亲爱的，我们欢迎你来帮忙……一般情况下……可我觉得……”

一阵停顿。

“没关系，我明白。”她说。

“我们很难——”

“不，不，我——”

“说不定我们——”

“没关系。我只想祝您节日快乐。”

沃伦咽了一下口水。

“上帝与您同在，凯瑟琳。”他说。

他听见她深深地呼出一口气。

“是的，牧师。上帝也与您同在。”

*

并非所有的恩典都会降临到相同的人身上。对其他所谓“被选中的人”，每次爱人从天堂传话的时候，他们都会感到一种治愈的微光，令人遗憾的是，多琳不再如此。最初的欢欣已经让位给了一种意料之外的东西：一种更加深重的悲伤。甚至是消沉。感恩节的早晨，她站在厨房里，为晚餐算人数的时候，忽然意识到——露西、兰迪，那两个孩子，我自己和……——她竟把罗比也算了进去，仿佛他也会来似的。什么也没有改变。在他打来电话之前，她已经开始愈合他的去世带来的伤口。她终于和梅尔达成一致，过去的两年里他一直在抱怨：“够了。过日子是为了活着的人。我们得继续生活下去。”

现在，她又飞速后退。罗比又成了她生活的一部分。可是什么样的部分呢？一开始听见他声音的快乐，已经变作一种让人担忧的不满。她并没有觉得与唯一的儿子重新取得了联系，相反，失去他的感受反而与他的死讯刚刚传来时一样清晰可辨。不知从哪冒出来的一通意外的电话？一次切断的对话？一桩来得快，去得或许也一样快的奇迹？让人心碎的部分依旧不会改变。罗比再也不会回家了。他再也不会蹲坐在厨房的桌子旁边，连帽运动衫松松垮垮地套在他强壮的年轻身体上，他再也不会塞满一嘴浸满牛奶的糖霜麦片，再也不会四仰八叉地瘫在沙发上、赤着脚，按着遥控器从一部动画片换到另一部，或是停下那辆旧的科迈罗①，和杰西卡，他那个短发的女朋友一起，高声播着音乐，他再也不会用有力的熊抱从背后抓住多琳，用他的鼻子摩挲她的后脑勺，然后说，“妈咪妈咪妈咪妈咪。”

天堂，大家都告诉她。这就是证明。你的儿子在天堂里。可她早就这么相信了，在听到他声音之前很久就相信了。不知怎的，整件事在她想象的时候，还更加好受一点。

她拨弄着电话线，循着它走到墙边。接着，猛然之间，她拔下接头，任凭它落到了地上。她绕着屋子打转，把每部电话都断开了，把电线绕在话机上。她把它们全都装进一个盒子里，从衣柜里拿出大衣，开车穿过雪地，来到美恩街上的亲善捐物处。再也不要有电话了。再也不要有反常的事，她保证。相见有时，分离有时。这就是为什么掩埋物品看上去很自然，而把它们挖出来却并非如此。

*

沙利与吉赛尔住过五个不同的州，大部分是因为海军的缘故。伊利诺伊——他们在那里的大学相遇——弗吉尼亚、加利福尼亚、佛罗里达（朱尔斯就出生在那里），还有密歇根，底特律郊区，沙利加入预备役后他们就定居在那里，两人各自父母家的

① 雪佛兰的一款车型。

中间点。

不管在哪里，每个感恩节，沙利的父母都会来访。现在，高中之后第一次，来访的人掉了个个；沙利回到家里的节日餐桌旁，与西奥姨夫和玛莎姨妈并坐，两人都已经八十多岁了，比尔和雪莉·卡索，长年的隔壁邻居，朱尔斯，他的脸上沾满了土豆泥——还有丽兹，图书馆的馆员，上星期在她给他念“老虎提莉”①的时候，朱尔斯邀请了她，她当场就答应了。

“可以吗？”在沙利的坚持下，朱尔斯后来问了他的奶奶。“她是我的朋友。”

“当然可以，甜心，”她柔声细语地说，“她多大了？”

“二十岁。”

她转过身，挑起了眉毛，看着沙利。

“等你看到她的头发再说。”他说。

私心里，沙利很高兴。丽兹就像是朱尔斯的大姐姐。沙利做事的时候，很放心让她照看他。无论如何，小孩子泡在图书馆里总比去其他地方好。

沙利的母亲端着火鸡走进来。“来啦！”她宣布。

“太棒了。”西奥姨夫说。

“哇哦。”丽兹开口。

“我得提前一个月预定。市场里什么东西都没法再指望了。这么多疯子在这，你去买番茄酱他们都断货了。”

“哪家市场连番茄酱都卖光啊？”玛莎姨妈说。

“整个镇子都疯了。”比尔说。

“交通怎么样？”他的妻子又问。

---

① 迪士尼1936年动画《小象艾默》中的角色。

“要不是因为天这么冷，我去哪都走路。”

“你算说对了。”

“疯了。”

对话就这样继续着，镇上的几乎每张餐桌都一样，家家户户都在思索着自从奇迹降临，科德沃特改变了多少。有人抱怨，摇摇头，更多的抱怨。

但也有关于天堂的谈话。还有信仰。还有上帝。念诵的祈祷比过去几年来都多。请求宽恕的也更多。施粥所的志愿者远远供大于求。教堂里的床垫远远多过疲倦的旅人。

尽管交通混乱，大排长龙，移动厕所安在镇里的马路上，这个感恩节，科德沃特没有人忍饥挨饿或是无家可归，这件事没被记入任何人的日记，也没被任何人的双眼所目睹。

除了一个人。

*

“我们干一杯吧？”

大家在杯中斟满酒。沙利从西奥姨夫手里拿过酒瓶，瞥了父母一眼，然后直接把它传给了玛莎姨妈。

沙利再也不会在他父亲面前喝酒了。朝鲜战争期间，弗雷德·哈丁曾在空军服役。六十年后，他还保留着军人有棱有角的平头，以及同样直截了当的态度。沙利大学毕业报名军官培训的时候，他非常自豪。沙利成长的过程中，他们两人的对话并不多，可随着他在海军飞行队中的军衔一路上升，他们找到了共同话题，谈论今日的装备与朝鲜战争时代有什么区别，那会儿喷气式战斗机还是新鲜事物。

“我儿子飞 F-18。”弗雷德会骄傲地告诉别人。

“几乎是音速的两倍。”

沙利的毒理学报告出来的时候，一切都变了。随便哪个乳臭未干的新兵，弗雷德骂道，都会明白“酒瓶到操纵杆”的首要原则。就像看表报时一样简单。

“你到底在想些什么？”

“就喝了几杯，爸爸。”

“十二个小时！”

“我本来没打算飞的。”

“你本该告诉指挥官的。”

“我知道，我知道，你以为我不知道吗？这什么都改变不了。我没问题。是空管员闯了祸！”

这似乎并不重要——对他父亲而言，或者，在一段时间里，对其他任何人而言。坠机刚刚发生的时候，大家都非常同情：幸好，另一架飞机安全降落了，沙利忍受了一次痛苦的弹出，吉赛尔显然是个无辜的受害者。可怜的一对。

然而毒理报告泄露出来的时候，众人的矛头转向了沙利，如同一个摔跤手，摆脱他的擒拿，把他摁倒在地。一家报纸第一个拿到了副本；它用了“坠机时飞行员是否醉酒？”的标题。电视台随后跟进，把问题变得更像是指控。只是微量的酒精，绝对不会妨碍他飞行，这都没关系。军队，有零容忍政策，对这种事情看得很重。由于这是事件的最新进展（而媒体总是在追逐最新出现的线索），背景故事渐渐模糊，而沙利被推到台前，成了罪魁祸首。大家再也不提飞行记录丢失——这种事从来没发生过——或是埃利奥特·格雷逃离现场造成车祸。

蓦地，沙利·哈丁成了个喝醉酒的飞机驾驶员，他的不负责任，用一位怀疑一切的时事评论员的话来说，“让他的妻子陷入了昏迷。”

看到这个的时候，沙利停止了一切阅读。相反，日复一日，他坐在大急流城医院里，吉赛尔的床边，她被转送来这里，好离家近一点。他对她说话。他轻声道：“别离开我，宝贝。”他握着她的手。她的瘀青消退了，她的皮肤回到了更加自然的颜色，可她柔软的身体憔悴枯萎，她的双眼也依然紧闭。

几个月过去了。沙利没法工作。律师正在榨取他的积蓄。起初，在他们的催促下，他对林顿机场提起了诉讼，可埃利奥特·格雷死了，屈指可数的目击证人也毫无价值，他只得放弃，专心为自己辩护。律师鼓励他出庭，他们说他的案子证据确凿，陪审团也会心存怜悯。可实际上，他的案子根本没根没据。在军事法院里，规矩很清楚。在执飞前十二小时之内喝酒，明白无误地违反了301.2号指令。此外，他们也可以用破坏政府财产的罪名判他的刑。谁在塔台闯了祸，或是谁的妻子是个不幸的受害人都不重要。沙利在酒店餐厅喝酒的事有两名证人。他们证实了时间。

他宛如身在地狱。或者更糟，炼狱。一把利刃悬在他头顶上。没有工作，妻子住院，父亲为他感到羞耻，岳父母不和他说话，儿子一直要见妈妈，梦境是如此煎熬，他都不愿入睡，真实世界是如此煎熬，他都不愿醒来。对他而言最要紧的一点，与律师们所看重的不同，重要的是时间。如果他认罪，他就能早一点服刑，早一点回来。早一点见到朱尔斯。早一点见到吉赛尔。

他违背了律师们的意愿，同意认罪协议。他们判了他十个月。

沙利走进牢房的时候，想起了他对妻子说过的最后一句话。

“我想见你。”

“那你来吧。我也想见你。”

这些字句是他的吗哪①，他的咒语，他的冥想，他的祷文。它们让他继续前进，让他继续相信，直到他们告诉他，她去世了的那一天。

那天，他心中所有的信念也死了。

*

感恩节之夜，沙利开车回家，朱尔斯已经在后座上睡着了。他把他抱上楼，放到床上，让他穿着衣服睡去。他走到厨房，给自己倒了一小杯波本酒。

跌坐在沙发上，胃里还是满满的，他打开电视机，找到一场足球比赛。他把音量调低，慢慢躺了下去。今晚剩下的时间，他只想忘却。

就在他的眼睛快闭上的时候，他觉得自己听见“啪”的一声。他眨了眨眼睛。

“朱尔斯？”

没有反应。他阖上双眼——然后又是一声。房门吗？有人在门口？

他站起身，走到锁孔那里，感到自己心跳加速。

他转开把手，拉开门。

埃利亚斯·罗伊站在他的面前，穿着建筑外衣，戴着手套。

“我能和您谈谈吗？”他问。

---

① 吗哪（Manna），《圣经》记载中，以色列人经过荒野时所得的天赐的食物。

第十四个星期

新闻报道

九频道，阿尔皮纳

（艾米站在美恩街上）

艾米：今天，科德沃特传来令人震惊的消息。凯利·波德斯托，自称她最好的朋友从天堂联络了她的少女，现在又说整件事都是她编的。

（凯利在记者会上，照相机的快门声）

凯利：我想告诉大家，我很抱歉。我只是真的很想念我的朋友。

（记者大声提问）

记者：你为什么要这么做？

凯利：我不知道。这让我感觉好受一点，我猜。其他那些人都收到电话了。

（更多提问）

记者：凯利，你这么做只是为了引起注意吗？

凯利：（抽泣）我真的很抱歉。对布里塔尼的家人也是，真的对不起。

（艾米站在美恩街上）

艾米：还有六个人，在上个月的全镇大会上，声称收到了天堂打来的电话。迄今为止，他们中还没有人更改说法。其中有些人，比如凯瑟琳·耶林，为她感到惋惜。

（凯瑟琳的画面）

凯瑟琳：很可惜，一个人的谎言，可能让人对一个真正的奇迹产生不良的印象。我只希望凯利能找到内心的平静。

（艾米在教堂前）

艾米：凯利昨天把真相告诉了她的父母，不久前，她才接受过全国谈话节目的访问。她的父母坚决要求她告诉所有人。这下，有些人说，“我早告诉过你了。”

（抗议者的面孔）

抗议者一：不，我们并不意外。一直都在说这整件事情就是谎言！

抗议者二：他们从来没有任何证据。我敢打赌，到下星期，其他人也会承认这是假的。

艾米：不过到目前为止，其余几人立场坚定。

（凯瑟琳的画面）

凯瑟琳：上帝之爱没有任何虚假。假如我们非得将它展示给所有人看，我们会这么做的。

（艾米走在美恩街上）

艾米：凯瑟琳·耶林表示，她仍然打算公开一次与去世姐姐的通话。我们仍然将继续实时播出这一事件的独家报道。

（艾米望向镜头）

在科德沃特，我是艾米·佩恩，“九行新闻”。

*

杰夫·雅各比让他的秘书为客人端来瓶装水和小食。他必须千方百计让他们安心。

“嗯，听我说，”杰夫开口道，“我知道这事让我们有点猝不及防……”

他扫视着会议桌周围的脸庞。有四个男人是从镇上开张的纪念品店里来的，三个全国电视节目的制作人，两名运动用品店的代表，他们在苹果酒厂售卖帐篷和遮风挡雨的装备，来自同一个宗教商品公司的三位女士，还有三星的人。

“……我想向各位保证，”杰夫接着说，“一切都很顺利。”

“我可说不好，”兰斯，其中一位制作人说道。他顶着一头波浪鬈发，穿一件黑色的高领套衫。“我们可能会取消节目。”

“要我说是大有可能。”他的同事克林特说。

“但凯利只是个十几岁的孩子，”杰夫说，“孩子就是会做傻事啊。”

“这成了一桩有风险的事。”兰斯说。

“大家可不想给人骗了。”克林特说。

“他说的没错，”泰瑞，三星的经理说，“这让人对整件事情都产生了怀疑。”

“就因为一个少女？”杰夫问道。“还有其他人呢。”

“都一样，广告牌的订单我们最好缓一缓。我们想看看事态会怎么发展。”

杰夫咬住了下唇。三星在镇上租了八块广告牌——杰夫以高得离谱的价格谈下来的科德沃特正式“赞助”的一部分。现在他们想退出？

他得挽救局面。他吸了一口气。他对凯利·波德斯托是那么的生气，要他大声吼出来都可以。

“我来问问你，”他说，堆起他最专业的微笑。“你真的认为其他所有人也是瞎编的？他们又不是孩子。他们有名声要保。阿奈什·伯鲁阿是个牙医啊，看在上帝的分上。他可不会拿他的病人冒险。苔丝·拉弗提经营日托。多琳·塞勒斯曾经是我们警长的太太！”

“我确实相信这是一次个别事件。”

他的客人们缄默不语。有些人用手指敲着桌子。

“说不定无法挽回了。”兰斯说。

“宣传力度很大。”克林特说。

“不是说只要是宣传都是好的吗？”杰夫提问。

“那是指电影明星。”

“不是新闻报道。”

“也不是卖电话。”泰瑞补充道。

杰夫咬紧牙关。*动动脑子。动动脑子。*

“听着。我想让你们放宽心。我是镇长。你们想让我怎么样？”

“老实说吗？”兰斯环视房间。“我们得要有点证据。”

其他人点头。杰夫也跟着点头。

他的心思转到了凯瑟琳·耶林身上。

*

小镇房间的安静与市里不同，因为在市区，只要一开窗，清静就消失了。在小镇，从室内到室外常常毫无差别，兴许除了几声鸟鸣之外。

这是沃伦牧师一直喜欢科德沃特的一点。不过今天，他上午的小睡被一些从没听见过的声音吵醒了。人们在他的窗外大喊大叫。

反对团体包围了教堂，显然是被凯利·波德斯托的供认给煽动了。起先，他们举着标牌站着，怒目而视，接着呼喊声开始了，最后有人嚷了一句，有人回嘴，此刻一群拿着“**忏悔吧：天堂是真**

的！”标语的人，与那群举着“**听见声音的人一般都是疯子**”的人，只有咫尺之遥。

辱骂蜂拥而出。威胁接踵而至。

“别管我们！”

“你们都是骗子！”

“到别处去！”

“我们是在帮助人类！”

“你们是在让人自杀！”

“这里是美国！我们有宗教信仰权！”

“你们无权把信仰强加给我们！”

“上帝在看着哪！”

“说谎！”

“拯救你们的灵魂——”

“骗子！”

“上帝的天使——”

“闭嘴！”

“——下了地狱——”

“——疯子——”

“——你们才疯了！——”

“——滚开！——”

有人挥出一拳，有人回了一拳，两群人就像两只玻璃杯里溢出的水一样合到了一起，混乱地撞向彼此，形成了新的形状。标牌倒了下来。叫喊声变得无法听清。人们又推又冲——有些跑向冲突现场，有些则是跑离。

沃伦牧师蹒跚着走到外面，双手放在头上。“拜托了，住手！所有的人！”一辆警车呼啸而至，杰克·塞勒斯跳了下来，一边和戴森一起跑，一边嚷着，“别打了！所有人都是！马上！”可人太多了，至少有几百人。

“别光站着！”杰克听见有人喊道。然后，“救救我们……我们在这！……”

他左右看看。信徒们大多蜷缩着身体，抗议的人们更好斗一些。

“给莫斯希尔和邓莫尔打电话！”杰克对着戴森喊道。对付这样的场面，他们需要更多警官。在大一点的城市里，警察有盾牌、背心、头盔、防暴装备。可是看看杰克，穿着他的冬大衣，腰上挂着一根警棍，还有一把套在皮套中的手枪，他是绝对不会在这样的人群面前挥的。越过推推搡搡的模糊人群，他看见电视台记者和摄像师从路边走近，开着设备。

“退后！”他一边喊一边挤进骚乱的人群。“别打了！”无济于事。杰克去抓他的警棍，可他的手指合拢的时候，他想起了罗比。他忽然有种感觉，似乎儿子正在注视着他，评定他的一举一动。

在人群中穿梭，努力确定哪边是哪边，他看见一个年轻人，穿一件棕黄色的夹克——他看上去和罗比的年纪差不多——把手肘支在面前，反复说道，“救救我，天父，救救我，天父！”杰克匆忙跑向他——接着，感到有什么坚硬的东西敲到了他的头。他踉跄着摔向地面，视线模糊，此时尖叫声越来越响，飘向一度宁静的密歇根，科德沃特的天空，宛如一堆燃烧的树叶上升起的青烟。

*

萨曼莎从五只面包机里把面包拿出来，端了一盘到书房里，苔丝正和几十个敬拜的人一起坐在地上。自从感恩节起，苔丝就每天请他们进来吃早餐。他们轮流过来，吃点东西，又回到外面，把位置让给其他人。有些人现在在市场里买面包、果酱和麦片，成了清晨的习惯。

起初气氛有些尴尬。尽管苔丝穿着旧旧的毛衣和牛仔裤，在大家眼中她却是受到祝福的，被选中的一个，而她注意到，他们觉得她没在看的时候，会直直地盯着她。

可他们真正感兴趣的是苔丝的电话，她把母亲对她说的话分享给大家的时候，他们全神贯注。“天堂里的时间是怎么过的？”苔丝这么问过。“有没有昨天或是明天？”

她听见母亲笑了。

“没有，亲爱的……时间是制造出来的……人为的……我们在日月之上……”

“发光吗？”

“……一直是……不过不是因为其他什么……只是因为最宝贵的爱……”

“您是什么意思？”

“……记得你是个小姑娘的时候吗，苔丝？……我在屋子里的时候……你怕黑吗？……”

“不怕。我知道你在的话，你会保护我的。”

“天堂……有一样的感觉……当你感到自己被人疼爱的时候……那就是光……”

苔丝这么说的时候，信徒们低下了头。他们微笑着，望着彼此的双手。显而易见，苔丝在引用母亲之言的时候，自己也深受感动。在生命的最后几年中，露丝坐在轮椅上，成了一尊有生命的雕塑，允许苔丝为她梳头发，扣好她的上衣，偶尔戴上一条项链。苔丝喂她吃东西，给她洗澡。可露丝还是一言不发。苔丝渴望听她说话。此刻的喜悦，此刻重又听见她声音的喜悦，溢于言表。

“你的母亲，”一个有西班牙口音的女人，颈上戴着一个小十字架，她说，“她是个圣人。”

苔丝设想着露丝就坐在这张桌旁，用火腿、鸡蛋色拉，或是奶油奶酪做着手指三明治。

“不，”苔丝说着，笑了。“她是个操办酒席的。”

*

沙利离开家具店，包里装着一张支票。出门的时候，女售货员说了声，“圣诞快乐。”还有三个星期才放假，但科德沃特周围的住宅和商铺却张灯结彩。不少人家都在门上挂了花环。沙利发动汽车，打开暖气，搓着双手。他看了看手表；离朱尔斯放学还有两个小时。他朝电话-泰克商店开去，他和埃利亚斯·罗伊约好了在那里见面。

他回想起上个星期，埃利亚斯出现在他门前的那一晚。沙利请他喝了一杯，他们坐在他厨房的桌旁。

“嗯，几个月了，这是我第一次回到这里，”埃利亚斯开口。他一直住在上半岛[①]的小木屋里，躲开企图联络他的“所有那些疯子”。他只是回来与哥哥一家人过感恩节的。然而见到这个小镇——汽车、货车、房车，拥挤的人潮——见到它膨胀成了一个几乎认不出来的地方，他觉得自己必须在离开之前来找沙利。

“我一直回想起你跑到我卡车旁边来的那天。我想了很多，想着我是否不该就像这样一言不发……不管怎么样，如果我给你的儿子带来了什么困扰，我很抱歉。”

沙利朝朱尔斯的卧室瞥了一眼。他琢磨着要不要给埃利亚斯看

① 密歇根上半岛，简称上半岛或上密歇根，面积约占密歇根全州三分之一。

看塞在男孩枕头底下的蓝色塑料电话。

相反，他问道，“你为什么要走？”埃利亚斯告诉他尼克·约瑟夫的事情，他们的过往，尼克那令人痛苦的死亡。他告诉他那些问他“你为什么要这么做？”的电话，告诉他自己把电话扔进密歇根湖里的事。

作为回报，沙利告诉他自己正在做的事情，他坚信这一切都是一场骗局，他发现六名顾客共用相同的电话服务套餐。不出所料，只有凯利·波德斯托不用。

埃利亚斯向后仰起头。“哦，天哪，”他说，“对。对。我也用那个套餐。几年前吧。我记得他们把它终止了。”

“这不可能是巧合。”沙利说。

埃利亚斯耸耸肩。“也许不是吧。可这无法解释为什么我会和尼克通话。”

沙利低下头。没错。问题就在这里。

“不过从那以后就没人联系你了，对吗？”沙利问。

“我没有电话。”

“你愿意做个试验吗？就为了证明这件事？”

埃利亚斯摇摇头。“抱歉。不行。感觉我是在干扰什么强大的魔法。老实说，那电话把我吓了个半死。”

沙利用手捋捋头发。他努力掩饰自己的失望。对于和天堂通话这件事，人们要么沉迷倾倒，要么惊恐万状。为什么没人想揭露真相呢？他注意到埃利亚斯的视线越过他的肩膀。他转过头，看见了朱尔斯，站在走廊里，揉着眼睛。

“爸爸……”

男孩倚进门框里，下巴抵在胸口上。

“怎么了，宝贝儿？”

“我肚子疼。”

沙利跑到他身边，把他抱了起来，抱回床上。他在他身边坐了几分钟，轻抚着他的头发，直到他重新睡着。等他回来的时候，埃利亚斯的一双大手紧紧地握在一起，额头靠在手上。

“他想妈妈？”

“想得要命。”

埃利亚斯摇了摇头。他往后一靠。

“你想要我怎么做？”

沙利笑了。

“买个新电话。”他说。

*

艾米开进高速公路的加油站，停在气泵旁边。她没关发动机。菲尔走出车外，伸展了几下。

“哇哦，好冷！”他喊道，边说话边喷着白气，伸懒腰变成了拼命地揉搓手肘。

“你要咖啡吗？”

“谢谢。”

“奶油呢？”

“清咖就行。”

他拖着脚走远了，依旧揉搓着手肘。艾米发现另外两个胡须浓密的男人跟着他走进了休息站的商店。就像冬眠的狗熊一样，她心想。

艾米正带着菲尔——在他的坚决要求下——去科德沃特，过去两个月，她就在那里扎下了根。这次计划中的凯瑟琳·耶林的电话直播，他觉得他应该亲自监督。艾米并不在意。实际上，她很高兴菲尔要来。他能看看她为电视台做了多少，几乎是住在了这个闭塞的小镇上，时刻在讨凯瑟琳的欢心。多亏了艾米，凯瑟琳才回绝了即将到来的全国性电视节目，多亏了艾米，凯瑟琳才答应让“九行新闻”在转播她电话的时候，拍到第一个镜头。菲尔这次来，就能看到这些。不说别的，科德沃特事件将是艾米跳出周末新闻的筹码。她在周一到周五节目中的出场次数已经超过了电视台的其他记者。他们打趣地称她为“科德沃特的艾米”。

她拿出电话，打给里克，她的未婚夫。

“喂？”

“嗨，是我。”艾米说。

“嗯，嗨。”他回答，语气陷入一阵恼怒。

*

亚历山大·贝尔或许发明了电话，但他却不用忍受它对恋爱造成的特殊效果。因为梅布尔，他一生的挚爱，是个聋人，她从没拿起过听筒的另外一头，而贝尔也从没听到过她的声音变得呆板、沉闷，或是疏远，从没忍受过听见爱人的声音却不能相见的痛苦，还必须把那种失望诠释成一句提问：

“怎么了？”

这句话艾米已经说了好几个星期，在电视报道发出去后从科德沃特打电话给里克。他变得沉默寡言、烦躁易怒。昨晚，难得一次去自己公寓的时候，她发现了原因。

“这真的是你想做的事情？”里克质问道，他的声音抬高到了吵架的状态。

“你是什么意思？”

“从别人莫名其妙的故事里捞好处？”

“这叫新闻，里克。这是我的工作。”

“这是走火入魔。你都睡在那了。上帝啊，艾米，我知道 CEO 都不用工作那么长时间。”

“你的工作我从来不指手画脚啊！”

“可我做完工作回家！我乐意谈点别的。你每次说的都是科德沃特，凯瑟琳讲了什么，ABC 干了什么，报纸报了什么，你要怎么赢过他们，你有多需要自己的摄像师。艾米，你都没意识到吗？”

“对不起！事情就是这样的，好吗？每个成功的记者，都要有一个让自己扬名的报道！”

里克摇摇头，嘴巴半张着。“你自己听听。”他的声音轻了下去。“扬名？扬什么名？根本没有什么该死的名！你从没说起过你和我。我们本打算结婚的。这件事你考虑过吗？”

“你想让我怎么样？”艾米爆发了，她的脸因为愤怒而绷紧了。

比起提问，这更像是威胁。

第十五个星期

他们还是夫妻的时候，多琳常常去警察局看杰克。那里离他们的家不足一英里远。有时她和年幼的罗比会给大家带烤牛肉三明治，年资较浅的警官会给罗比看他们的枪，这让男孩心驰神往，却让母亲烦恼不已。

自从离了婚，多琳就没踏进过那里。六年了。因此，周一的早晨，当她出现在前台，解开围巾的时候，所有的人都看了过来。

"你好，雷。"

"你好……多琳，"雷接口，有点热情过了头。"你过得怎么样啊！……你看上去气色真好！"

"谢谢你，雷。"多琳穿着一件旧的红色冬衣，一点妆也没有化。她知道她看上去不怎么样。

"你能告诉杰克我——"

"到后面来吧。"杰克说，站在他的门前。这个办公室太小，你不可能没看到自己的前妻来了。多琳紧张地笑笑，走到后面。她对着戴森和另外两个没认出来的人点了点头。杰克在她身后关上了门。

"梅尔不愿意我来这。"她开口道。

"嗯……没关系。"杰克说。

"我担心你。你伤得重吗？"

“没事。”他摸摸自己的头。他的太阳穴上包着绷带，底下还有一条半英寸长的疤。上星期在教堂的冲突中，有人用一块标语牌打中了他——经过确认，是无心的——可这一击让他跪倒在地，这幅景象被电视台的摄像机拍到了。镇上级别最高的警官手脚着地的画面让整个社区惊恐不已，促使州长派了六名州警察到科德沃特无限期驻守。其中的两个——多琳没能认出来的人——现在就坐在办公室外面。

“你在那群乱糟糟的人堆里干什么？”多琳问。

“我在努力把他们分开。有个孩子，他让我想到……”

“什么？”

“不重要了。”

“罗比？”

“无所谓了。我试着帮他。是很傻。但我没事。我的自尊心比脑袋伤得重。”

多琳看到他桌上一张镶了镜框的照片，他们三个人，罗比、杰克和多琳，穿着橙色的救生背心，坐喷射快艇出游，当时罗比还是个少年。

“我把电话拿出去了，杰克。”

“什么？”

“从房子里拿走了。我把它们清理掉了。我再也受不了了。”

“你不和他说话了？”

她点点头。

“我不明白。”杰克说。

她深吸一口气，然后说了出来。

“这并没让我觉得快乐。”她的声音发颤。“这只让我更想他。”

她又看了一眼照片。尽管眼泪涌了出来，她还是笑了。

“怎么了？”杰克说。

“那张照片，”她说，“看看我们穿着什么。”

“什么？”

“救生衣。”

*

多琳一无所知的是，杰克上星期五与罗比通了话。

“爸爸……你没事吧？……”

杰克以为他说的是伤口。他把抗议的事和罗比说了。

“……我知道，爸爸……你真棒……”

“大家不知道对这件事情该怎么办，罗比。”

“……真酷……每件事情都很酷……”

杰克皱起了眉头。罗比活着的时候就是这么说话的，可不知为什么，杰克现在期待的是另外一种语汇。

“罗比……”

“……大家不相信某件事情的时候，就会迷失……”

“没错。我猜是的。”

一阵停顿。

“罗比，你说‘死亡并非结束’的时候，是什么意思？”

又一阵停顿。比平时更长。

“死亡并非结束……”

“我知道。你说的是生命吗？因为你的朋友们来过——齐克和亨利。他们说起一支乐队。这是那支乐队的一首歌吗？”

“……我爱你，爸爸……”

“我知道。我爱你，罗比。”

“爸爸……”

“罗比？”

“……心存疑惑……才能找到他……”

“谁？你是什么意思？——”

电话断了。

杰克为此烦恼了整个周末。现在多琳坐在他对面，解释着自己为什么再也不想与儿子通话的时候，他又想了起来。她用一张纸巾擦了擦眼睛。

“我只是觉得我应该告诉你，”她说，“因为我不想把你想要的东西夺走。”

杰克端详着她的脸，如今双眼周围长了皱纹，还散落着几块老年斑。从他们相识、结婚、离开大急流城，到科德沃特安家，已经过去了这么多年。他几乎再也记不起两人之间的感觉。一段婚姻之中，当爱情干涸的时候，孩子就成了黏合砖块的灰泥。等到孩子们离开了，那些砖石就只是彼此交叠而已。

孩子夭折的时候，砖石轰然倒塌。

“没关系，”杰克说，“他是给你打的电话，不是我。”

*

沙利在他的黄色笔记本上用“细节？”这个词做了个标记。他回顾了一遍清单上的姓名：苔丝·拉弗提、凯瑟琳·耶林、多琳·（塞勒斯）富兰克林、阿奈什·伯鲁阿、艾迪·邓肯斯、杰·詹姆斯、埃利亚斯·罗伊。他已经在凯利·波德斯托的名字上划了一条红线。

他有节奏地敲着笔。

“进展如何啊，CSI？”

丽兹从她的桌前望过来，朱尔斯正坐在那里的一张凳子上，给一只卡通狗熊涂色。

“唉，”沙利叹了口气，往后一靠。“我在努力搞明白。”

“搞明白什么？”

“怎么有人能了解到这些人的这么多具体情况。”

“那些去世的人？”

沙利看见朱尔斯抬起了头。

“拜托，注意一点？”沙利低声说。

“对不起。”丽兹轻声回答。

“我知道死是什么意思，”朱尔斯主动开口，“妈妈就死了。”

他放下一支蓝色蜡笔，又拿起一支红色的。

“朱尔斯——”丽兹说。

“没关系，”他说，“她还是能说话的。她会打电话给我的。”

丽兹站了起来，朝沙利走来，每次看见她双腿和臀部的笨拙动作，他都会感到一阵畏缩。他思忖会否有一种把她治好的方法。她足够年轻。他们说不定会有所发现。

“我真的很抱歉。”她说。

他耸耸肩。“别在意。”

“你想过那些讣告吗？”

“讣告怎么了？”

“你问谁会知道详细情况。写讣告的人肯定知道很多细节。”

“早就想到了，”沙利说，“有位女士——”

“玛丽亚。”

“你知道她？”

“有谁不知道啊？”

“她写讣告。她有一大堆资料。”

“然后呢？”

“然后什么？”沙利露出嘲弄的笑容。“玛丽亚？要是这些声音背后的是那个女人，你就把我的头砍下来。”

丽兹摇摇头。“不是。玛丽亚不会对任何人做出任何事。除了说得他们耳朵生茧。”

“我就是这个意思。”

“可是，如果她有那么多文件，还有谁看得到呢？”

“没人。文件在她那里。”

“你肯定吗？”

她看了看朱尔斯，他正全神贯注地涂着色。她转回沙利面前。

“我上大学的时候，选了几节新闻学的课。他们说，要是写报道的话，一定要备份录音，以防万一有人盘问。‘保留你所有的笔记和调查’，他们这么说。”

沙利猛地扫了她一眼。那副眼镜。她那束粉色的头发。

“报社？”他说，“报社里的某个人有那些资料？”

“就在你工作的地方。”她回答。

*

要是杰夫·雅各比早知道镇长的工作这么劳神费力，他是绝对不会参加竞选的。他这么做，只是因为权力对他而言是自然而然的事情；他做银行行长时有，做同业商会会长时有，在皮尼恩湖①畔的乡村俱乐部里也有，他是那里的董事会高级成员。在科德沃特这里为什么不呢？真见鬼，当镇长连报酬都没有。能有多难？

谁知道刚好在他的任期内，会发生全县，乃至全州有史以来最

① 位于科罗拉多州的度假胜地。

大的事件？不过既然现在科德沃特已经开始成为全球焦点，杰夫可不准备丢掉这种局面——就因为小凯利·波德斯托克制不住要让别人注意到她。“我们得要有点证据。”那是兰斯，那个电视台制片人说的。因此，星期三下午，杰夫在弗里达餐厅安排了一场午餐会，邀请了兰斯、兰斯的助理克林特、警长杰克·塞勒斯（杰夫的想法是需要有安保），还有，这一切的关键，凯瑟琳·耶林。杰夫请她参加的时候，她说她得和“她的朋友”，电视台记者艾米·佩恩确认一下，后者说她得和她的老板，新闻总监菲尔·博伊德确认，博伊德则说得和他在新闻网的上级核实，那个新闻网，杰夫欣喜地发现，就是一开始播出那档全国电视节目，让兰斯和克林特到科德沃特来的同一家新闻网。杰夫迅速发现媒体都有两面；一面是希望拿到新闻，另一面是希望确保其他媒体都拿不到。

他可以投其所好。这就是他计划的一部分。他在银行圈里人称“超级说客”。他能让凯瑟琳、杰克、艾米、菲尔、兰斯和克林特坐到同一张桌旁便是明证。

“那么，”在弗里达端上冰水和菜单之后，他开了口，“感谢各位今天坐到一起——”

“我能问一件事吗？”凯瑟琳打断他。

“当然。”

“为什么我们非得在这里见面呢？这里那么挤。”

弗里达的餐厅确实挤得满满当当，一如往常，尽管坐在靠后的一张大桌上，他们这群人仍是众人时刻关注的对象。客人纷纷侧目。记者拍下照片。尽管杰夫不会说出口，但这一切却正是他想要的。

“我只是觉得我们可以光顾一家本地商户。”

“弗里达没有我们生意也不错。”杰克没好气地说。

杰夫瞥了一眼警长，他的太阳穴还用绷带包扎着。我真没想到还有东西能打破这么硬的头，杰夫自忖。

“说的有道理，警长，”他回答，“不过我们都在这了，所以，让我们谈谈到这来的原因，好吗？……”

此时，他透露了计划。

*

一、 凯瑟琳已经打算将一次通话与全世界分享。

二、 电视节目必须确保这件事情是真实存在的。

三、 其他“被选中的人”担心凯利的谎言会对他们造成负面影响。

四、 九频道一直把凯瑟琳作为“独家”。

五、 圣诞将至。

杰夫把这几点规划到一起，想出了一个他所说的“双赢的主意”。如果凯瑟琳能在全镇面前接到电话，将已故姐姐的声音与所有人分享，同时由全国电视节目进行拍摄，这就会打消关于科德沃特奇迹真实面目的所有怀疑。其他人都会被证明是清白的。凯利·波德斯托会被遗忘。而且，既然电视节目与阿尔皮纳的“九行新闻”在同一家新闻网上（这时杰夫将自己想象成一个电视台主管），菲尔和艾米加入其中，难道不是理所当然的吗？大家不是管这个叫做“交叉宣传”吗？

“我们在本地市场能做独家吗？”菲尔问道。

“我们没意见。”兰斯说。

“艾米可以做前期宣传的报道？”

“可以。”克林特说。

“我们在哪里做这件事？”

“苹果酒厂怎么样？”杰夫提议。

“露天？”

“为什么不呢？”

“天气问题。”

“银行行吗？”

“你想在银行里搞？”

“有那些教堂啊。”

“可以啊。”

“哪家呢？”

“圣文森特？”

“‘收获希望’？”

“高中怎么样？”

“体育馆是个选择——”

“我们之前做过，在——”

“停下！……停下！……你们不能这么做！”

叫喊声让弗里达的餐厅一片寂静。兰斯和克林特侧目而视。杰夫半张着嘴。有人也许会怀疑是凯瑟琳，一个被要求把去世姐姐的声音向全世界广播的人，或者杰克，被告知要举行一场大型公众活动，而脑袋还因为上次的活动挂着彩的人。可实际上，咆哮着“停下！”的声音属于那个在某种程度上挑起了这整件事情的女人。艾米·佩恩。

“你干什么？”菲尔小声地吼道。艾米仿佛出了神一般地盯着他。

她都没意识到这些话已经从她嘴里说出来了。

*

埃利亚斯·罗伊凝视着小小的波涛拍击岸边。他喜欢站在五大湖[1]的边缘。他可以待上几个小时，被湖水荡漾迷得如痴如醉。一个住在迈阿密的朋友开玩笑说，“大湖不是海洋，不管你瞪上多久都一样。”然而对于埃利亚斯，整个童年的夏日都在这些水域划船游泳的埃利亚斯而言，前往湖岸便宛如朝圣。

这是星期五的上午。他正在北上的路上。他停了几分钟好独享清静。他留意到靠近水边，那一片片结了冰的地方，严冬正渐渐接管此地。

他把手插进背心的口袋。

他感觉到电话在振动。

这是他勉强在科德沃特的那家商店里买下的电话。他与沙利进行他们的“实验”已经五天了。他没把电话号码告诉任何人。他看了看屏幕。

上面写着**“未知”**。

埃利亚斯大声呼气，一连三次，仿佛一个准备没顶潜水的人。

然后他按下按钮说，“哪位？”

三分钟后，他的双手颤抖着，他拨了一个事先写在一张折好的纸上的号码。

“你说的没错。”沙利接电话的时候，他喃喃道。

“尼克刚刚打电话给我了。”

---

① 美国与加拿大边境上五个相连的淡水湖，分别为苏必利尔湖（Superior）、密歇根湖（Michigan）、休伦湖（Huron）、伊利湖（Erie）与安大略湖（Ontario）。

*

那天晚上，沃伦牧师站在“收获希望”人山人海的圣殿前。这是一次查经，这样的一场活动，仅仅是几个月前，可能会吸引七个人来。现在则至少有五百人。

“今晚我想讲讲吗哪，”他开口道，“吗哪是什么你们都熟悉吗？”

“来自天堂的食物。”有人喊道。

“来自上帝的食物，”沃伦牧师纠正道，“不过没错，它是从天而降的。每天早晨。当以色列的孩子们在沙漠中徘徊的时候。”

“牧师？”

一个男人举起了手。沃伦叹了口气。他觉得有点头晕，本想不受打扰地完成这次活动。

“什么事，年轻人？”他说。

“灵魂在天堂里需要养分吗？”

沃伦眨眨眼睛。“我……我不知道。”

“我和苔丝谈过。她说她母亲从没提过。”

“凯瑟琳也从没讲过。”另一个人说。

“我是阿奈什·伯鲁阿的朋友，”一个中年女人说着，站起身来，“我可以让他问问他的女儿。”

“她怎么去世的？”

“白血病。她那时二十八岁。”

“你什么时候和他说话的？——”

“大家，请注意！”沃伦喊道。

教众静了下来。沃伦汗流浃背。他感到咽喉疼痛。他是生病了吗？最近他都让他年轻的执事，乔舒亚，来负责查经，不过今晚他觉得必须自己努力。

今天早些时候，他听说了镇长的计划：电视直播凯瑟琳·耶林与去世的姐姐通话。全世界都会收看的。

沃伦体内的每根神经都告诉他这是不对的，甚至是亵渎神明的，可怕的事情可能会发生在他们所有人身上。他试着约杰夫·雅各比见面，可别人告诉他，镇长的行程太满了。他试着打电话给凯瑟琳，但她没有接。经文提醒他保持谦卑，他却怒火中烧；他感觉仿佛是被人扇了一记耳光。他在这个讲坛上待了五十四年了。难道他当不起这份尊重，让人听听他的意见吗？他认识的人都是怎么了？凯瑟琳，昔日他忠实的教众？杰夫，过去对他的建议总是来者不拒？卡罗尔神父？其他教士们？他们似乎抛弃了他，被一束沃伦觉得本质上并不虔诚的光亮所吸引。这起疯狂的事件甚至还夺走了他亲爱的普尔特夫人，而她不在的时候，志愿者们把事情搞得一团糟。他感觉自己曾经熟悉的、井井有条的生活被搞得七零八落。连一场简单的查经也在离他而去。集中精神。主啊，让我集中精神。

“好了……吗哪，”他说，“请大家和我一起念……”他透过镜片眯起眼睛。他拭去眉毛上的汗珠。“这里……《出埃及记》，第十六章，第二十六节……”

全神贯注。

“……上帝借摩西之口说话。‘你们必须在六天内捡取食物，但第七天是安息日，什么都没有。’”

他抬起头。“你们知道发生了什么吗？”

一个小个子的年长女人举起了手。

“他们还是出门收取吗哪了？”她问。

“一点没错。”他站得更直了，“第二十七节：‘到第七天，有些人仍旧出去找食物，但什么都没找到。’”

他用手帕擦了擦眉毛。“呐……现在有一个民族，领到了最美妙的东西。从天而降的食物。味道很好。让他们获得满足。是完美的营养补给。谁知道呢？说不定都不会让人发胖。”

有几个人咯咯地笑了起来。沃伦感觉头昏脑涨。心脏飞速地跳动，呼吸都跟不上了。继续。继续。

“然而发生了什么事呢？有些人还是不相信上帝的话。他们在安息日的早晨出去找吗哪——尽管主叫他们别去。记住，吗哪是个奇迹。一个真正的奇迹！”

吸气，呼气，他告诉自己。讲完这一课。“即使面对上帝赐予的礼物，他们还是欲求不满。”

吸。呼。

“他们得到了什么呢？”

“什么也没有？”有人说。

“更糟。上帝……发怒了。”

他抬起下巴。灯光似乎格外刺眼。

“上帝发怒了！我们不能索要奇迹。我们不能指望它们！科德沃特这里正在发生的事情，亲爱的朋友们，是不对的。”

教众一阵低语。

“这是不对的！”

低语声愈加响亮。

“兄弟姐妹们，你们知道吗哪这个词是什么意思吗？”

人们面面相觑。

“有人知道它的意思吗？”

没有回答。他吐了一口气。

“它的意思是……‘这是怎么回事’？”

他重复着这些话。房间开始天旋地转。他的声调变得如拨号音一般扁平。

“这是……怎么回事？”

他晕倒了。

第十六个星期

亚历山大·格拉汉姆·贝尔创造了电话，但是托马斯·爱迪生发明了“喂”。贝尔原本认为“啊哈！”应该作为标准问候语，可是在1878年，爱迪生，他的对手，推荐了一个难得使用，但发音更清楚的单词。因为爱迪生监督建造了世界上第一个电话局，“喂”很快普及起来。

不过，爱迪生对电话所做的一切，没有一件能调动得起最初贝尔所引发的那种狂热——直到，或许是1920年，爱迪生告诉一家杂志社，他正在制造一种“灵魂电话”，说不定有一天能让人们与去世的人通话的设备。

“我认为，生命，就像物质，是不灭的……”他说，“假如有在另一世存在的人们……渴望与我们这一世取得联络……这个仪器至少能为他们提供更好的机会……”

这则报道引发了强烈反响，编辑收到六百封信件，以及若干索要设备的请求。虽然爱迪生后来暗示自己并不是认真的，但有人直到今天还在搜寻这项神秘发明的线索。

密歇根，科德沃特的现场直播，将会重点展示这前无古人的天堂之音。这则消息引发的反响肯定会把爱迪生淹没。前往科德沃特的道路拥堵了几个小时。州长派出数十名州警察，沿着八号公路每隔一英里，在莱克街上每隔一百码就驻扎一个。大篷车开来了。客货两用车、露营车，还有黄色的校车。如同流星雨、日食，或是千禧年之交的庆典一样，这次活动召来了猎奇的、虔诚的，以及只是想参与到历史性事件中的人。既吸引狂热的宗教信徒，也吸引没有信仰的人，以这样的方式对待天堂，一方觉得荒唐，另一方觉得不敬。

活动定在这个星期五，圣诞节前三天，下午一点。地点是高中足球场，户外，有主席台，也有扩音器，因为镇上没有一栋楼能装下预期中的人潮。警长杰克·塞勒斯，公开表示“完全反对这整个想法”，无法保证室内拍摄的安全。他想象着人们为了挤进现场互相踩踏，外加一场无法形容的火灾。

艾米·佩恩将不会报道这场活动。她被送回了家。菲尔·博伊德为她在全国电视节目制片人面前的不专业道了歉。没人知道她出了什么毛病，尖叫着**“停下！”**然后突然不愿谈论一个自己雕琢了几个月的报道。“多半是累的，”菲尔说，“人疲劳的时候都会做蠢事。”

自然而然，整个方案获准放行的关键，取决于凯瑟琳·耶林，她要求了一天的时间考虑。星期五早上，在床脚祈祷了几个钟头之后，电话铃响了。她知道那会是戴安。确实就是。

“你今天幸福吗，妹妹？……”她开口。

凯瑟琳一口气把所有的事情都告诉了她。她述说了自己的沮丧，那些抗议的人，怀疑的人，没有信仰的人。

“戴安，你愿意在大家面前和我说话吗？让他们知道这是真的？我们是第一个？”

静电声。

“……什么时候？……”

“他们希望下周五办。我不知道。这些人。这是好事还是坏事，戴安？我真是不知所措。”

“……你真正想要的是什么，凯斯？……”

凯瑟琳流着泪笑了。戴安，就算身在天堂，还是关心着妹妹的需要。

“我只是想让所有的人……相信我。”

静电声越来越响。

“戴安？……你还在吗，戴安？”

终于，姐姐回答了她。

“……我会一直在你身边，凯斯……”

最后的一阵静电声。

“……星期五……”

然后一片寂静。

*

《北密歇根公报》的办公室里前所未有的忙碌。最近的几个星期，报纸的尺寸翻了一倍，主要是针对镇外游客的广告。罗恩·詹宁斯聘请自由撰稿人来撰写稿件，而两位固定的记者，六十六岁的埃尔伍德·朱佩斯（他已经在那待了几十年）和二十四岁的瑞贝卡·楚（公认会在朱佩斯退休之后顶替他的位置）每人在每版上至少有五篇署名报道。

在他为《公报》工作的两个月里，沙利从没见过编辑部的人。他离办公室远远的。考虑到他的过去，以及新闻业的性质，他只觉得自己会遇上一堆自己不愿回答的问题。

可现在他有了来这里的理由：丽兹非常明智地推测，报社里有人也许知晓玛丽亚讣告访谈的内情。有那么多关于逝者的信息，加上记者能查到的电话号码、数据、历史，还有背景——要进行一场骗局，还有比这里更好的地方吗？

“那么，我们开始吧，各位，”罗恩·詹宁斯说。他把所有的员工集中到会议桌边——编辑部和商务部。他的热情几乎难以抑制。他站在一块白色标记板边，用一支蓝色的三福记号笔[1]戳着。

“这将是我们有史以来最重要的一周……”

*

会议结束的时候，沙利小心翼翼地走到埃尔伍德·朱佩斯身边，这位白发记者长着拳击手般的扁塌鼻子，晃荡的双下巴溢到扣好的领子和系得紧紧的领带上。他透过角质眼镜框瞥了沙利一眼，然后伸出手，自我介绍。

“你是销售部的，嗯？”他问。

“对。沙利文·哈丁。沙利。”

“唔。”

沙利顿了顿。这是什么意思？

“你在我们这里多久了？”埃尔伍德问。

“就几个月。您呢？”

他咯咯地笑了。“从你出生之前就在了，嗯？”

“您怎么看这件事？这些电话，我是说。”

他摇摇头。“我报道过最离奇的事情。”

“您觉得这是好事吗？”沙利问，想套出他的反应。“长期来看？”

“好事？”埃尔伍德眯起眼睛。“嗯，我想想。大家都守规矩多了，嗯？自从出了这件事，我们连一次商店偷窃都还没有过呢。你

① 美国记号笔及书写用具品牌。

去问问牧师，教堂里每张椅子都坐满了。人们从没像这样祷告过。那你怎么看呢，哈丁先生？是好事吗？嗯？”

沙利心想，要是他再说一遍“嗯？”，他就要扇他耳光了。

“我猜为这件事您得写很多报道。”沙利说。

“自从出了事就没停过。”他叹了口气，“我几乎没法报道其他事——除了星期五晚上老鹰队的比赛。我还是个橄榄球迷，嗯？我们今年表现不太好。才赢了三场。”

沙利换了话题。“嘿。有人找到过那个叫埃利亚斯·罗伊的人吗？他难道不是最开始的几个人之一吗？”

埃尔伍德左右看看，然后靠过来。

“他这个星期在镇上。有几个人看见他了。”

“为什么他不站出来呢？”沙利问。

“为什么？说不定打给他的那个人，不是他希望打来的那个，嗯？从来没人想过这一点。但我想过。”

沙利感到自己攥紧了拳头。

“那打给他的是谁？”

埃尔伍德咧嘴笑了。“不能告诉你。我得保护给我消息的人。”

沙利勉强笑了笑。“说吧。我们是为同一边工作的，不是吗？”

“哦，不是的，”埃尔伍德回答，“金钱和新闻永远不在同一边。”

埃尔伍德开玩笑地拍了拍他的手臂。沙利的脑袋飞快地转着。他察觉这场谈话就快结束了；他还有那么多东西要知道。

“嘿，说起生意，我今天得去见一个客户。‘戴维森和子孙’。你认识他们吗？”

“认识？我六十六岁了。你能想象我去过多少次葬礼吗？不管怎么样，老板是我的一个老朋友。”

太好了，沙利自忖。这个人和贺瑞斯。真是绝配。

“我和那里的一位女士谈过。玛丽亚。她告诉我她写我们的——”

“讣告。没错。”埃尔伍德拉下了脸。“我从来都不赞成。从广告商那里拿钱，他们还供稿？”

“我懂，可不是吗？”沙利说，想着玛丽亚的文件。“我也觉得奇怪。我们怎么知道我们出版的东西是准确的？有人检查具体信息吗？”

埃尔伍德仔细打量着沙利，如同摄像机在摇拍地平线。

“你对这事很好奇嘛，嗯？”

沙利耸耸肩。

“为什么这么好奇？”

“这不重要。”

埃尔伍德搓了搓他的下巴。

“你相信有天堂吗，哈丁先生？”

沙利看着地面。答案是否定的。他眨眨眼，又望向埃尔伍德。

“为什么这么问？”

“没什么原因。不过自从人类被创造出来，大家就想弄明白天堂是否存在。这个星期晚些时候，我们说不定能有点证据。这会是有史以来最大的新闻，不是吗？”

沙利一动不动。

“只要那是真的。”他轻轻地说。

“嗯。”埃尔伍德说。他双唇紧闭，忍着没有笑出来。沙利决定冒险。

“尼克·约瑟夫是谁——”

他感到背上一阵重击。

“你们两个交朋友哪？”罗恩·詹宁斯大声喊道。“改天行吗？我们可有一大堆活要干呢。这是你的日程表，沙利。我们走。”

他把沙利拉走了，他扭头去看的时候，埃尔伍德正向他的桌边走去。罗恩此刻正陪着沙利走向门口，告诉他说，预计《公报》的发行量会达到史上最高，所以这个星期的广告费翻倍。

“告诉大家这是一生一次的机遇，”罗恩说着打开了门，“他们会付钱的。”

就这样，沙利站在雪地里。他呼出冰冷的白烟，努力消化着刚才得知的消息。他发现什么了吗，或是更进一步？远处的街上，他能看见一辆巴士正在下客。又是镇外的人。他听见教堂的钟声敲响了。

“哈丁！”

他转过身。埃尔伍德·朱佩斯半个身子探出了门外，咧嘴笑着，一言不发。

“怎么了？”沙利问，“什么事？”

“上个月我在球赛上这么喊的时候你没转身嘛。为什么呢？”

沙利咽了咽口水。

“我不知道。”他轻声说。

埃尔伍德用舌头咂了一下牙齿。

“你遇到的事情太不公平了。我们很多人都知道。别在意那个喊‘杰罗尼莫’的傻瓜。他醉得神志不清了，嗯？”

他关上了门。

*

出事的时候，《公报》确实对沙利的坠机写了一篇报道。刊登的标题是“昔日科德沃特人卷入空中撞机”。埃尔伍德·朱佩斯写的，基本上复述了美联社报道中的大部分信息，不过加上了一句沙利父亲说过的话，埃尔伍德在消息传出之后打了电话给他。“我了解我儿子，”弗雷德·哈丁当时说，“他是个出色的飞行员。塔台里有人闯了祸，我希望他们查个水落石出。”

没人去查。埃利奥特·格雷死了，关于他，唯一所知的就是他做这份工作不到一年，之前在其他三个州做过类似的事情。塔台传输的录音带不是一片空白，就是完全失真无法听懂。起初的怀疑是，埃利奥特·格雷不知用什么方法把录音带破坏了，可这样的事情需要时间和专门的技能，鉴于他的丰田那么快就撞上了吉赛尔·哈丁的雪佛兰，这种情况立刻被判为是不可能的。纯粹是录音设备故障了。塔台里没有其他人，所有找得到的人全都跑出去应付那架进场的塞斯纳，它在下降的时候撞上了一根电话线杆子，然后“机腹着地”，落在跑道旁边的草坪上。

飞机机身凹陷，方向舵断裂——很可能是被卷进了沙利的引擎里，才导致他坠机。塞斯纳的飞行员说他根本没看见那架F-18，塔台告诉他，“允许在27右跑道降落”，沙利说自己也接到了同样的指令。大部分的注意力都集中于此，直到沙利的血检报告被公开。

那件事《公报》也报道了。

沙利从没看过那些报道。彼时他离科德沃特很远。每晚他坐在牢房里，想着那次无线电传输，“27右”这个词语，还有一个人的声音，经由电线说的话——一种要不是因为电话，根本无法想象的技术——是如何永远改变了他的生活。

*

杰克已经几年没做过薄饼了。不过他很快就回想了起来，尤其是在做完第九批之后。他用的是两只平底锅和一个烤盘。等薄饼做好，苔丝就把它们装到大托盘上，端去给她家客厅里的人。

自从感恩节以来，她母亲的旧居便成了休息站，挤满了访客（苔丝禁止用“崇拜者”这个词），他们坐在地板上，询问苔丝她与天堂的对话，露丝对她说了什么，她给了哪些忠告。苔丝不许任何人到厨房里去，电话就挂在厨房的墙上（除了萨曼莎或是露露，以及，如今，杰克·塞勒斯）。如果电话响了，她就拉着长长的电话线到食物储藏室去，免受打扰。从上个星期开始，杰克每天上班之前都来。外面尽是疯狂的抗议者，还有媒体，他喜欢在这里待上个把小时，在一间老式的厨房里，盘子和银器叮当作响。他喜欢苔丝不开电视。他喜欢这里总是一股烹调的香气，还常有孩子们跑前跑后。最重要的是，杰克喜欢待在苔丝身边。他只得不断把眼睛从她身上移开，以免泄露自己的感情。最让他着迷的是，再度听见母亲的声音让苔丝由衷地感到自己的渺小。她与之抗争，就如听见罗比声音的杰克一样。她不想让这件事引人注意。

这也是为什么，他努力劝她别去参加星期五的活动。“干吗要跟着出洋相呢？”他在厨房里问她。她沉吟了一会儿，示意他跟她一起到食品储藏室去。

“我知道，”她踏进门，低声说，“可我问我妈妈的时候，她说‘告诉大家。’我觉得我应该把这件事传扬出去。”

“你是说如果你不去——”

“我就是做错了事。”

“罪过？”

“有一点吧。”

“这是卡罗尔神父说的吗？”

她点点头。“你怎么知道的？”

“听着，我也去教堂，不过——”

“我不会做凯瑟琳做的事情——”

“别，那太疯狂了——”

“可如果他们想问我，我听到了什么，守着这些不说出来，合适吗？”

杰克没有回答。

“其他所有人也会去的。”

她扫了他一眼。“除了你。”

杰克别过头去。“我的前妻不和罗比说话了。她说这样太让她伤心了。”

“那你呢？”

“没让我伤心。我喜欢听他的声音。不过我有点……”

“什么？”

“我不知道……”

“怀疑？”

“嗯。”

她笑了。“心存疑虑才能找到主。”

他直视着她。罗比不是说了同样的话吗？

“疼吗？”她柔声问道。她伸手去碰他的伤口。她的手指似乎融化在了他的肌肤之间。

“不疼。”他说，使劲咽了咽口水。

“好像正在愈合。”

“是啊。”

两人近在咫尺。

“为什么你这么担心这次的节目呢？”她问。

“因为……我保护不了你。”

他还没反应过来，话已经说出了口。苔丝露出笑容。她仿佛是注视着这些词语在眼前消失。

“你真好。”她说。

然后她吻了他。就一下。轻柔的。他们同时抽身后退，说了句“对不起”。苔丝低下头，走出储藏室，立刻就听见客人们喊她的名字。

杰克站在原地。心却已经飘到了别处。

*

这是镇上最不会引来人潮的地方，可现在，就连科德沃特图书馆都热闹非凡。白天，外来的人翻阅关于小镇历史的书籍和文件。杂志的作者为大幅报道调查资料。其他人索要地图。作为唯一的图书管理员，丽兹发觉自己非常抢手。

但是**下午六点**一过，她就会关上外面的灯，让沙利单独做他的事情。星期二晚上，预定直播的三天前，他和另一个人一起进了后门，一个身材魁梧的男人，穿着粗布外套，戴一顶羊毛帽子。

“嗨，”沙利说，并没有介绍他。

“嘿，”她说。

“我们要在这谈谈。”

他们挤进电脑旁边的角落。沙利拿出了他的黄色本子。慢条斯理地，有板有眼地，埃利亚斯·罗伊回顾了他与尼克·约瑟夫的对话。

“你去哪了，埃利亚斯？”尼克的话是这么开始的。

“别来烦我。”埃利亚斯说。

“你得为我……做件事……”

“我什么事也不会做。你为什么要打电话给我？”

“……你得处理……一件事……”

“什么事？”

“……你得照顾尼克……”

“我试过照顾你。我能给的机会都给你了！”

沙利停下了笔记。“然后他说什么了？”

“什么都没说。”埃利亚斯回答。

“你问了我们说好的问题吗？”

“我尽力了。”埃利亚斯说。他和沙利想出了一张问题清单，希望它或许能为这件事情的经过提供一丝线索。其中一个问题是“你从哪里打来的？”

“……你知道是哪里……”尼克这样回答。

“这么说他从没说过‘天堂’，”沙利问道。

“没有，”埃利亚斯回答，“我问了两遍。”

“你打听过同事吗？”

“嗯。我说，‘和我讲讲从前建筑队的兄弟们。他们叫什么来着？’他什么也没说。只有很多静电声和杂音。”

为什么他不回答呢？沙利自忖。对真正的尼克·约瑟夫而言，这是个很简单的问题。他又是怎么能拨打一个全新的号码——在埃利亚斯几天前才从杰森那里买来的电话上？他把下巴埋进双手。“还有吗？”

“我问他，‘上帝看上去什么样？’就像我们说好的一样，”埃利亚斯说，“一开始什么也没有。只是更多的噪音。接着他又说了他的名字。‘尼克。’然后……”

他顿了顿。

“怎么了？”沙利问。

“然后，我还没来得及说什么，他就说，‘做该做的事，埃利亚斯。’”

埃利亚斯热泪盈眶。“这真的很打动我。这家伙是个混蛋，完全是个累赘，你知道吗？他处处占我的便宜。可我发现他死了的时候，从那天起，我就总是有……”

“总是有什么？”

“一种不好的感觉。好像我做了不该做的事。”

“可你——”

“哦我的天哪！”丽兹尖叫道。

“怎么了？”沙利转过身。“怎么了？”

“那里有人！”

“哪里？”

“窗户那里！”

沙利望过去，不过无论刚才是谁，都已经不见了。丽兹喘了口气。“哦，老天啊，对不起，真对不起。我就是给吓了一跳。玻璃上有两只手——”沙利跑出门外。他看见一辆车开走了，另一辆车准备停进那个车位。他迅速跑了回来。

“男人还是女人？”

“男人，我觉得是。”

“谁都有可能。”

“是啊。”艾利亚斯说。

“对不起，”丽兹说，窘迫不已，“我不想这么孩子气的。”

“没关系。”沙利看看窗外。他望着埃利亚斯。他的心怦怦直跳。

“你见过埃尔伍德·朱佩斯吗？”他问。

*

同一天晚上，凯瑟琳坐在厨房的桌子旁边，穿着毛圈布的浴袍，喝一杯蔓越莓果汁，手里拿着一张镶了镜框的照片。照片上是少女时代的戴安和凯瑟琳，穿着泳衣，站在铺满沙子的岸边，举起一条密歇根湖一英里挑战赛“最佳双人游泳”第一名的缎带。她们的四肢黝黑细长，脸庞都晒成了古铜色。

“我们是好搭档，妹妹。”戴安当时说。

“你游得比我快。”凯瑟琳说。

“你赢了我。”

“不可能！”

“当然可能！因为你我们才胜利的。”

凯瑟琳记得当时，对戴安那份单纯的爱，并非因为那些表扬，并非因为她知道那不是真的。和科德沃特的任何一个女孩游泳，戴安都能超过她们好几圈。然而重要的是，让她的小妹妹对自己有信心。

“我来陪陪你行吗？”

凯瑟琳抬起头，看见艾米在楼梯底下。她穿着一件耶鲁大学的运动衫，还有宽松的蓝色运动裤。

“当然。坐。”

“谢谢。”

艾米滑进一张凳子里。

“你上过耶鲁大学？”凯瑟琳问。

“从前的一个男朋友上过。他的东西就剩下这个了。”

“好吧，”凯瑟琳接口，打量着她的蔓越莓果汁。“比我前夫留下的东西多。”

她抬起头。“想喝点什么吗？”

“你根本猜不到我有多想。”艾米回答。

*

过去的二十四小时里，艾米·佩恩开了三百二十六英里的车。菲尔不让她做科德沃特的报道之后，她回了家，回到她在阿尔品租的复式公寓，却发现里面半空着。里克走了。他留下了几本书、几件没洗的脏衣服、冰箱里一个包好的三明治，外加橱里的一盒能量棒。还有一张便条。上面写着，“等你有时间我们可以谈谈。R。”——她觉得这消息很是讽刺，因为，这时候，她一无所有，只有时间。她拿起手机要给他打电话。她想着怎么道歉。她瞪着手中电话的轮廓。

她没有拨号。

相反，她回到车里，一路开到了科德沃特，停在坎宁安路上，说服了两个州警察，敲响了凯瑟琳家的后门。

“我要把这件事做完，”凯瑟琳开门的时候，她气鼓鼓地说，“我当之无愧。我不在乎他们用不用我。”

“我去把床铺好。”凯瑟琳说。

事实上，凯瑟琳从来都不想让艾米走。从这件事情一开始，艾米就是她唯一信任的人，她在弗里达餐厅情绪崩溃——尖叫着**“停下！”**然后浑身颤抖，没有反应——凯瑟琳担心她的身体，觉得她需要休息。直到第二天，凯瑟琳已经答应参加节目之后，才发现艾米被排除在这次报道之外了。阿尔皮纳的当家新闻主播一直很想报道科德沃特的事情，菲尔得让他满意，因为他能带来收视率。再说，艾米的使命已经完成了。她义愤的情绪崩溃给了他换人的理由。

此刻，两个女人坐在安静的厨房里，凯瑟琳拿着一杯蔓越莓果汁，艾米拿着一瓶葡萄酒。就这么一次，视野里没有摄像机，谈话离开了天堂和电话，落到了恋爱上。凯瑟琳说起她的前夫，丹尼斯，他在两人离婚一年后搬去了得克萨斯。他及时赶在他们庭外和解听证会的时候，让自己在纸面上看上去一贫如洗。凯瑟琳一分钱也没有拿到。那年年底，丹尼斯买了一艘船。“男人做这种事是怎么得逞的？”她问道。

艾米耸耸肩。里克已经是她职业生涯的第三个牺牲品了。她在北达科他州的波福特找到第一份工作的时候，大学里的恋人离开了她，那个电视台实在太过偏远，它们用农作物的收成报告当头条。她第二个正经的男朋友其实很喜欢电视行业。有点喜欢过头了。艾米晚上被困在编辑的小隔间里的时候，他和他们雇来报道体育的二十二岁金发女郎好上了。现在他们两个住在佐治亚州，一座高尔夫球场边上。里克不一样，或者至少艾米是这么认为的。自己也是专业人士，一个建筑师，他能理解长时间工作和办公室政治。不过显然，他不能理解一个坚持到底的报道。起码不是这个报道。

“我很难过。”凯瑟琳说。

“是我的错，”艾米说，“我总是在掂量自己的事业，因为到这个年纪或是那个年纪的时候做到的还不够而生自己的气。这对我来说是那么的重要，我搞不懂为什么对他就不重要了。我以为那就是爱。”

她用一根手指在酒杯底上划了一圈。“说不定我们这么告诉自己的时候，实际上只不过是想要任性妄为。”

“好啦，损失的是他，”凯瑟琳说，“我是说，看看你自己。”艾米闭起眼睛，差点笑了出来。

“谢谢。”她说。

“你知道戴安从前说什么吗？”

“什么？”

“如果你一辈子找到一个真正的朋友，那你就比大多数人都富有了。如果那个真正的朋友是你的丈夫，那你真是有福的。”

她顿了顿。“如果那个真正的朋友是你的姐妹，不要难过。至少她不会和你离婚。”

艾米笑了。“我没时间交很多朋友。”

“没有吗？”

“一直在工作。你呢？”

“我有时间。不过大多数人都讨厌我。”

“别这么说。”

“真的。我太固执。总希望自己是对的。戴安以前常说，‘凯斯，看看你的鞋子是不是着火了。我觉得你又烧掉了一座桥。’”

艾米轻轻地笑了。

“自从她去世后，就没有人这样对我讲话了，”凯瑟琳说，“我走在一团迷雾里，几乎是等待着再听到她的声音。这就是为什么，这些电话开始来的时候，一切都合情合理。她是我的姐姐。任何时候我需要她，她就在。为什么她不会回到我身边呢？”

艾米咬着嘴唇。她的眼睛望向了别处。

“凯瑟琳，这些人其实并不在乎你。”

“哪些人？”

“电视台的人，”她叹了口气，“我们。”

一阵停顿。

“我知道。”凯瑟琳柔声说。

“他们只是想要新闻。”

“我知道。”

“里克是对的。我们从事件当中牟利，直到全部榨干，然后我们走人。一片焦土。”

“我知道。”

艾米转过身。她看着凯瑟琳的眼睛。

“我也是其中之一。”

“不再是了，”凯瑟琳笑了，“你说了‘停下’”。

“因为我感觉不对劲。我觉得我们已经从报道新闻变成制造新闻了。”艾米呼出一口气。“可我贪图过你的故事。”

“嗯。”

“对我的事业有利。”

“我明白。”

“对现在这里所有的人有利。这是他们为你费心的唯一原因。你懂吗？”

“我懂。”

艾米好像糊涂了。“如果所有这些你都知道，为什么还要做完这件事呢？”

凯瑟琳往后一靠，仿佛是为了把自己将要说出口的话看得更清楚一些。

“我们把戴安下葬的那天，我回到家，盯着墙壁。我请求上帝给我一个启示，告诉我她平安无事。告诉我就算她不能和我在一起，至少她能和主在一起。我每天乞求，两年了，从没间断过。然后我的电话响了。凯瑟琳从前的那部，贴着高跟鞋贴纸的粉红色电话。我留着用来纪念她的那部。”

艾米呆呆地看着她。

“你不明白吗？上帝回应了我。他给了我所能要求的最好的礼物——我姐姐的声音。而如果他想要有所回报，只是让大家知道他是真实存在的，我该拒绝吗？我该秘而不宣吗？从前，人们站在山上对众人说话。可现在——”

“现在有了电视？”

凯瑟琳耸了耸肩。“嗯，我想是吧。”

“但是如果，”艾米慢慢地说，“她不打来怎么办？”

凯瑟琳在桌上扣紧十指。“她会打来的。”

有那么一会儿，两个女人就注视着各自的杯子，一言不发。

“我对你撒了谎。”艾米嘟囔了一句。

“什么时候？”凯瑟琳问。

“我说我是个信徒的时候。我不是。其实不是。”

凯瑟琳缓缓地前后摇摆身体。

“兴许星期五你就会是了。”她说。

*

第二天，沙利又选在午餐时间前往“戴维森和子孙”。他等到贺瑞斯开车离去，随后匆匆穿过大门，沿着安静的走廊来到玛丽亚·尼科利尼的办公室。

“你好，又见面了。”沙利说，把头探进去。“贺瑞斯在吗？”

“哦，不在，他去吃午饭了，”她回答，“天哪。你绝对是和他的用餐时间对上了。”

“我可以等。”

“你确定吗？他刚走。”

“我们有很重要的一期就要出版了。他可能会想参与。”

“哦，我能想象。”

“太疯狂了，哈？镇上发生的事情？”

“就是。今天早上我上班花了二十分钟。我住的地方离这才一英里——”

他们被铃音的轻响打断了。玛丽亚看了看一只小小的安全监控电视。“抱歉，”她说着，站了起来。“我不认识这些人。他们会自己进来。门从来不上锁。”

片刻之后，就剩沙利一个人了。

他打量了一下她的文件柜。他的呼吸加速了。他来这里，是要设法搞清楚有没有其他人——尤其是埃尔伍德·朱佩斯——能看到玛丽亚的文字稿，可忽然之间，这些信息他触手可及。他从没偷过东西。他从不需要去偷。但他想到星期五的直播，想到那个在图书馆窗边鬼鬼祟祟的影子，想到埃尔伍德古怪的问题，以及他没有足够资料的事实。

而玛丽亚有。

他深吸了一口气。要么就动手，要么就放弃。他把父亲、母亲、吉赛尔和朱尔斯的脸庞从脑海中推走，移开良知摇动着的手指。

他拉开了抽屉。

动作要快，他找到了“约瑟夫·尼克”、“罗伯特·塞勒斯”、“拉弗提·露丝”、“伯鲁阿·西蒙”和“耶林·戴安”的文字原稿，在听见玛丽亚和客人们接近之前，把它们拿了出来。他轻轻地关上抽屉，嗒的一声合起他的公文包。然后他跳起来，抓过外套。“你猜怎么？”他说着，在去往大厅的半路迎上了他们。“我再去两个别的地方，过几个小时回来。”

“好的，”玛丽亚说，“你确定吗？”

“嗯。我真的很忙。”

“这两位是阿尔伯格夫妇。这位是哈丁先生。”

他们点点头。

“节哀顺变。”阿尔伯格先生说。

“哦……不，”沙利说，“我是来谈生意的，不是……”

那对夫妻彼此对看了一眼。

“哈丁先生确实失去了他的妻子，”玛丽亚说，“不过是今年早些时候。”

沙利瞥了她一眼。“嗯。是的，节哀，确实。”

“我们是为了我父亲来的。”阿尔伯格太太轻轻地说。

“他病入膏肓了。骨癌。”

“这可不好过。”沙利说。

“很不好过。”玛丽亚应声道。

“他没有多少时间了。我们希望他去世之后，如果他能葬在科德沃特这里，我们能有更大的机会，你知道的……再听见他的消息。”

沙利勉强点了点头，抑制住说些刻薄话的冲动。接着阿尔伯格先生开了口。

“如果您不介意，我能问您个问题吗？”

“可以。”沙利回答。

“您的妻子。她有没有……？”他指指天空。“您知道的……给您？”

“没有。”沙利吞咽了一下。他看着玛丽亚。“显然不是每个人都会遇上。”

阿尔伯格先生放下手指。没人说话。沙利感到身体绷紧了。

“我得走了。”他咕哝了一句。

在停车场里，沙利狠狠地连砸了五下自己的车，好释放一腔怒火。从来没停过，他告诉自己。在这里，每过一个该死的钟头就会有什么东西让他想起过去，心上又一道小小的裂口。他把装着偷来的资料的公文包扔进后座。他猛地拉开驾驶员一侧的车门的时候，瞥见一辆银色的福特嘉年华，停在殡仪馆停车场的后面。

车里有人，在看着他。

* *

沃伦牧师躺在医院的病床上，听见有线电视尖细的声音通过遥控器传来。他按了几个按钮，直到这声音安静下来。够了。他把一年份的新闻都听了。轻微的心脏问题。医生是这么说的。他应该没事。不过，在他这个年纪，几天的观察还是需要的。只是为了安全起见。

沃伦扫视着沉闷、无菌的房间，一只装着轮子的金属台，一张褐红色的皮椅子。他琢磨着自己有多让大家害怕，晕倒在讲坛上，急救医护人员冲进来。他记起经文中的一句："所有劳苦、背负重担的人都到我这里来！我要使你们得安息。"①他已将生命献给上帝；他料想——从某种程度上说是希望——上帝很快会把它领走。

那天早些时候，卡罗尔神父来看他。他们泛泛地谈了几句，关于晚年，关于健康。最后，他们讲起了即将来临的电视节目。

"电视网让我把时间空出来，"卡罗尔神父说，"我认为这对教会有好处。"

沃伦牧师叹了口气。"也许吧。"

"你觉得她能做成吗？"

"谁？"

---

①《马太福音》第十一章第二十八至三十节。

“凯瑟琳·耶林。她真的能召唤来她姐姐吗？”

沃伦牧师扫视着神父的脸，希望能看出什么言外之意。

“召唤人的难道不是上帝吗？”

卡罗尔神父移开了视线。“当然。”

几分钟后他走了。沃伦觉得这段对话让自己筋疲力尽。

“牧师，又有人来看您了，”一位护士说，拿着一袋新的静脉滴注液走了进来。

“又有……什么？”

“探病的人。在来的路上。”

“啊。”沃伦把被单拉高。这次会是谁呢？兴许是普尔特太太？或者另外一名教士？护士离开了房间，他的目光追随着她，出了门口，来到走廊上。

他的嘴巴微微张了开来。

埃利亚斯·罗伊正向他走来。

*

历史赞颂亚历山大·贝尔，而他的搭档，托马斯·沃森，世界上第一通电话的接听人，却要鲜为人知得多。沃森，贝尔必不可少的助手，其后仅仅与他继续共事了五年。接着，在一八八一年，电话为他挣来可观的收入，他把这些钱都投到其他兴趣之中。他在欧洲度了一个长长的蜜月。他投资造船业。他还在莎士比亚戏剧表演中一试身手。

然而在他们第一次电话交谈三十八年之后，沃森与贝尔再度通话，这次把他们隔开的不是二十英尺长的电线，而是三千多英里，贝尔在纽约，沃森在旧金山。这是美国的首个跨州电话，而贝尔也用了自己多年前说出的字眼开场。“沃森先生。到这里来吧。”沃森回答："现在我要花上一个星期才能到你那去呢。"

时间将人诱走，一场无声的盗窃。原本还在那里的人，后来就不见了。沃伦牧师端详着埃利亚斯·罗伊的脸庞，他已经几个月没见过他了。他记忆中的埃利亚斯是个少年，总在眼前，总是谦卑，手总是很巧。他帮忙重建了教堂的厨房。在圣殿铺上新地毯。多年以来，他是周日礼拜的常客——直到凯瑟琳·耶林宣布消息的那一天。*我见证了一场神迹！*

从那以后，沃伦就没见过他。

"我想请求您的宽恕，牧师。"埃利亚斯此刻说着，坐在医院的床边。

"你没做过什么需要宽恕的事情。"沃伦说。

"我打断了您的礼拜。"埃利亚斯说。

"在这件事上凯瑟琳快你一步。"

"也许是吧，"埃利亚斯咧嘴笑了，"我现在经常自己一个人祷告了。"

"听你这么说我很高兴，"沃伦回答，"不过我们很怀念你在圣殿里的日子。"

"牧师。"

"嗯？"

"我能带个人进来吗？"

"进来这里？"

"嗯。"

"……好吧。"

他做了个手势，沙利从走廊里进来。埃利亚斯作了介绍。

"是这样的，牧师。可能我另有一件事想要请求您的原谅。"

沃伦抬起了眉毛。"什么事？"

*

那天下午早些时候，埃利亚斯与沙利坐在沙利没有电梯的公寓里，察看几页从殡仪馆拿来的尼克·约瑟夫的材料。其中，他们发现了与玛丽亚交谈过的亲友们的对话笔录；尼克的弟弟、乔，还有他的姐姐，帕蒂。（尼克的双亲都过世了。）还有寻常的生平细节，他的姐姐说起一个“小尼克”。

“……关于死亡这件事，最让尼克伤心的是，不知道有谁去照顾小尼克。他的母亲自己也是一团糟……我肯定她连葬礼都不会来……他不再给她寄钱的时候，她发疯了。她搬了家，没给他地址……不过你不能写和小尼克有关的事情，好吗，玛丽亚？……这件事情就我们私下说说……”

埃利亚斯从来不知道尼克有个孩子——或是前妻——他的建筑队里也没一个人知道。尼克那样地喝酒狂欢，他们都以为他独身。

“牧师，我知道尼克从前是‘收获希望’的，”埃利亚斯说，“我想这件事情假如有人知道，您肯定是知情人。可我到教堂去的时候，他们告诉我发生了什么——您在查经的时候晕倒了。”

“意料之外的奇遇。”沃伦说。

“我真的很难过。”埃利亚斯说。

“不要难过。上帝自有他的安排。不过要说这个儿子？”

“唔？”

“恐怕我也从来不曾知晓他的存在。尼克过去常来见我。帕蒂也是。”

“等等。尼克来找您聊天？”

“他有很严重的经济问题。教会会尽力借他点小钱。”

埃利亚斯揉了揉前额。“牧师，我就是那些问题的原因。我把他解雇了。我剥夺了他的保险金。”

“我知道。”沃伦说。

埃利亚斯转过头去，羞愧不已。

“他在给我打电话。”

“谁？”

“尼克。他就是从……你知道的，天堂，不管哪里，打电话给我的人。他很生气。他想让我做件事。他说是为了‘尼克’，我以为他指的是他自己。不过现在我觉得那是他儿子。”

沃伦眯起眼睛。“你就是因为这个离开的？”

“我很害怕，牧师。对不起。我不知道他有个孩子——”

“没关系，埃利亚斯——”

“早知道的话我不会开除他的——”

“这不是你的——”

“不管他搞砸了多少事都好——”

“没关系——”

“这些电话。他的声音。一直缠着我。”

沃伦伸手去碰他的手臂，以示安慰。他瞧见沙利正在看着，便朝他侧过头来。

“您怎么看待这些事情，哈丁先生？”

沙利用一只手碰碰胸口。“我？”

沃伦点点头。

“嗯，牧师，我绝没有不敬的意思……不过我不相信天堂。”

“说下去。”

“我觉得有人在操纵这些电话。一个对逝者非常了解的人。如果您不知道有关尼克儿子的事情，知道的人不会很多，对吗？可是与埃利亚斯交谈的那个声音……它就知道。所以要么那真的是尼克——尽管他无法回答出几个真正的尼克会清楚的基本问题——要么就是一个能获得很多信息的人。”

沃伦把脑袋靠进枕头里。他凝视着手背上静脉滴注的接口，胶布贴了好几层，所以他看不到针头或是滴液进入他的身体。所有劳苦、背负重担的人都到我这里来！

“埃利亚斯……”

他扭了扭手指。埃利亚斯握住他的手。

“这孩子的事你不知情。上帝会原谅你的。或许有办法能帮助这个孩子……现在？”

埃利亚斯点点头。一滴泪珠滚过他的脸颊。

“哈丁先生？”

沙利直起身子。

“我确实相信天堂。我也确实相信上帝或许会准许我们一窥其貌。”

“我明白。”沙利咕哝道。

“但不是用这种方式。”

沙利眨了眨眼睛。一个上帝的使者赞同他的观点？

“您认为有谁能制造这样的事端？”

沙利清了清喉咙。“报社有人能看到所有这些资料。”

沃伦缓缓地点了点头。“报纸，”他喃喃道，“力量强大的东西。”他闭上眼睛。“您有亲身体验，不是吗？”

沙利感到自己叹了一口气。这么说牧师也知道他的事。

“没错，我有。”沙利证实道。

*

北密歇根的冬夜来得很早。到了五点，科德沃特就暗下来了。

在高中的足球场上，巨大的弧光灯下，杰夫·雅各比检视着主席台，制片人们是对的；有钱能使鬼推磨。到处都是脚手架，一块巨大的、白色的篷布悬在头顶，若干照明格栅、便携式暖气设备，还有为转动的摄像机准备的光滑硬木台面，摄像机已经从底特律用卡车运了过来。整片场地都被照得亮如白昼，远处的看台封闭了，近处的用防水油布盖着，防备恶劣天气。两块庞大的投影屏幕立在平台左右。他在科德沃特居住的这些年里，还从没有过这样的阵势。杰夫感到一阵自豪——随后是一波忧虑。

计划已经订好了。那些“被选中的人”会准时在一点钟与那位著名的主持人一同入座，同时开始直播。他们会接受访问，回答现场以及全国各地观众通过网络提出的问题。所有这些都在凯瑟琳等待戴安电话的时候进行。一架摄像机会时刻对她进行拍摄。制片人已经用扬声器和内部音响测试过她那部浅粉色的三星翻盖电话了。

倘若来自天堂的声音成为现实，它就会被清清楚楚地听见。

自然而然，杰夫有着显而易见的隐忧：如果没有电话来怎么办？凯瑟琳已经向他们保证电话一定会出现，可他们有什么证据呢？为了充实节目，制片人请来了众多“专家”。有自称经常与死者交谈的超人视力拥有者。有超自然专家，带着通过无线电频率捕捉到的幽灵声响录音带。有一个女人曾经历过濒死体验，如今自称身边触目所及皆是亡人的鬼魂，就算是在接受采访的时候也一样。

在这里待了几个小时之后，走开的杰夫想的不是科德沃特的电话是否真有可能，而是它们为什么没有早一点发生。他听说阿奈什·伯鲁阿——在一次“预先采访”里——说起他的女儿，她告诉他天堂是“无尽之光”。艾迪·邓肯斯，他的前妻把天堂描述成是“我们两人的第一个家，我们的孩子在里面玩耍”。苔丝·拉弗提则称，她的母亲，露丝，对她说天堂是“一切都被宽恕”的地方，没有“黑夜的惊骇，或白日的飞箭”。

这是强有力的证言。可是，他依旧忧心忡忡。然而等他把兰斯拉到一边说，“如果凯瑟琳的电话三四个小时还不来怎么办？”制片人笑了。

“我们只能心存希望。”

“我不懂你的意思。”

“是，”兰斯揶揄道，“你是不懂。”

兰斯心知肚明：那其实根本不重要。节目播得越久，广告卖得越多。广告卖得越多，钱就挣得越多。说到底，电视网处理天堂存在的证据的方式，与对待皇室婚礼或是真人秀决赛没有什么不同。他们权衡对比制作成本与投资回报。观众对科德沃特的兴趣不可估量；人们想看。而且他们会一直看——只要他们认为荣福之音即将到来。

天堂是否真正存在从未被纳入考量。

*

梦中，沙利在驾驶舱里。飞机正在颤抖。仪器指针一路下坠。他准备好进行弹出——这时，忽然之间，天空一片漆黑。沙利转向右边，接着他看见了，紧贴在窗玻璃上的是埃尔伍德·朱佩斯的脸。

他猛然惊醒过来。

从星期四早晨这令人喘不过气的一刻开始——节目播出前一天——他就循着自己的猜测而行。他去了《公报》的停车场，朝一辆银色福特嘉年华车里窥看——这辆车，他已经了解到，确实是埃尔伍德的。他看见后座上有若干纸箱，包括几只无线电公司的。

沙利走进门，假装忙于广告销售的案头工作，几次抬眼都瞄到埃尔伍德正目不转睛地看着自己。上午十点三十分，埃尔伍德离开了大楼。片刻之后，沙利跟了出去。

他隔开一段安全距离尾随着他。他的车转向莱克街的时候，沙利照做了。几个路口之后，他用力踩下刹车。

埃尔伍德正要开进“戴维森和子孙”，那家殡仪馆。

沙利把车停在路的另一头。他等了一个多小时。终于，他看见银色嘉年华掠过身边，他跟着它开过卡斯伯特路，到了苔丝·拉弗提家里。埃尔伍德进了屋。沙利等在路边。半小时之后，埃尔伍德出来了，开往高中的操场，即将到来的节目播出场地。他停好车出来的时候，沙利等了一会儿，然后也下了车，弯腰躲在转播卡车后面。他望见埃尔伍德在审视讲台、灯光、控制中心——有人走近的时候就亮出他的记者证。这样过了一个小时，他回到自己的车上，开回《公报》。

沙利转去图书馆，找到丽兹，她的桌前排了一队人。他示意她到后面的房间里。

“埃尔伍德·朱佩斯。”他说。

“报社的那个人？”

“他可能还有别的身份吗？”

“你指的是什么？”

“他会不会有理由打这些电话？某种动机？”

“我不知道。说不定是他的女儿？”

“她怎么了？”

“她几年前自杀了。开车从桥上冲了下去。太可怕了。”

“她为什么这么做？”

丽兹摇摇头。“自杀有什么原因呢？”

“你有那件事的报道吗？”

“等我一会儿。”

她走开了。沙利在后面等着。十分钟之后，丽兹两手空空地回来了。

“不见了。整个版面都不见了。这里没有。”

*

接下来的几个小时被各种事情搅得一片模糊。沙利冲到电话-泰克商店，要求看看埃尔伍德·朱佩斯是否与那些被选中的人使用相同的电话套餐。杰森开始帮他查的时候，沙利开车去了《公报》，搜寻失踪的报纸版面。埃尔伍德也在，缩在自己的桌子上，在沙利朝书架走去的时候，瞪起眼睛盯着他。

“一天里第二次了啊，”他说道，“你在找什么哪，嗯？”

“有个客户想要一张旧广告的原稿。”

“唔。”

他找到那张报纸的时候（丽兹把日期告诉了他），匆匆扫了一眼标题“桥上之死正在调查”，就把它折好放进了公文包里。他不想让埃尔伍德瞧见自己在看些什么。

然后他冲向学校，接了朱尔斯，把他送到父母那里，再飞速开回自己的家，没有电梯的二楼公寓，埃利亚斯·罗伊正等在台阶上。接下来的几个小时，他们细细查看了一切。他们阅读所有玛丽亚抄录下来的与服丧家属的叙论。他们从杰森那里得知，埃尔伍德确实和其他人有同样的电话套餐。他们一起阅读那张旧报纸，一个二十四岁的女人，把她的车开进十一月冰冷水中的悲惨故事。

但最出人意料的是署名那一行。

报道是埃尔伍德·朱佩斯写的。

“他报道了自己女儿的事？”埃利亚斯问道。

“有点古怪。”

“不过这和我的电话有什么联系呢？”

“我不知道。”

“我敢肯定，那就是尼克的声音。”

“其他人也说声音是真的。”

“太吓人了。”

“他肯定动了什么手脚。”

他们静静地坐着，沙利瞟了一眼窗户。阳光已经消失了。再过不到二十四小时，全世界都会来科德沃特，或者说通过虚拟技术来到这里，盼望着解开全球最大的谜：到底有没有来生？

嘣——嘣——嘣！

沙利呆住了。他望向门口。

嘣——嘣——嘣！

他的腹部抽紧了。

“你在等人吗？”埃利亚斯轻声说。

沙利摇摇头。他挪到门镜那里，靠过去，感到一阵战栗从双脚直达头顶。一种令人反胃的、熟悉的感觉包围着他，一种走出监狱那天他向自己保证不会再有的感觉。“我是塞勒斯警长，”沙利开门时，穿着制服的人说，“我要你跟我走一趟。”

*

凯瑟琳与艾米站在一座俯瞰着足球场和硕大主席台的小山上。天寒地冻，凯瑟琳拉紧了她的围巾。

“测试……测试，测试……”

声音洪亮，一位音效师正在测试麦克风。主席台被一层灯光点亮了，看上去仿佛一轮烈日高悬上空似的。

“你觉得怎么样？”艾米问。

“规模很大。”凯瑟琳回答。

“你还是可以退出的。”

凯瑟琳勉强笑笑。“这已经由不得我了。”

声音又轰鸣起来。“测试……一——二……测试……”

艾米望见至少六家电视摄制组正在拍摄最后的准备工作，强壮结实的男人穿着风雪大衣，摄像机扛在肩上，像巴祖卡火箭筒似的对准主席台。她感到一阵不公的隐痛，她不在下面，报道最新的新闻。然而，她必须承认，她也感到些许如释重负，好像一个免于参加考试的学生。

“我可以跟他们说说。”凯瑟琳主动开口。

“什么意思？”

“我可以说除非你回来报道，否则我就不参加。”

艾米笑了。“可那不是真的。”

凯瑟琳耸耸肩。“我还是可以这么说的。”

“为什么要为了我这么做？”

“别傻了，”凯瑟琳笑了，“就因为是你我才这么做啊。”

从她认识凯瑟琳·耶林以来，这是第一次，艾米真的能设想她姐姐戴安的模样，她们的姐妹亲情，为什么凯瑟琳会感到如此强烈的失落。忠诚支配着这个女人的灵魂，但忠实需要同伴。

“谢谢，”艾米说，“我没关系。”

“你试过再给里克打电话吗？”

“他没接。他不想和我说话。”

凯瑟琳低下了头。

“怎么了？”艾米问。

“我只是在想。”

“想什么？”

“你没法让别人接你的电话，而我没法让别人打来。”

*

在电话被发明出来后的十年中，亚历山大·贝尔不得不保卫他的专利六百多次。竞争对手的公司。贪婪的人。六百次。贝尔被官司搞得不胜其烦，他躲到了加拿大，在那里，据传他会在夜晚坐上独木舟，抽着雪茄，举目观天。他很伤心，因为人们竟指责他盗走了对他而言最宝贵的东西——他的创意，还有律师的盘问，话中之意也是一样。有时候，质疑比侮辱更加伤人。

沙利·哈丁坐在科德沃特警察局的后屋里。杰克·塞勒斯对他发问。

“对这些电话你了解多少？”

“什么电话？”

“天堂打来的那些。”

“人们宣称从天堂打来的那些？”

“你和这事有什么瓜葛？”

“我的瓜葛？”

“你的瓜葛。”

“我没有任何牵连。”

“为什么你和罗伊先生在一起？”

“我们是朋友。”

“朋友。”

“新交的朋友，没错。”

“他接到这种电话吗？”

“问他。”

“为什么你今天在《公报》？”

“我在那里上班。”

“你是广告销售人员。”

“对。”

“为什么你要翻旧报纸？”

“为什么你要问我这个？”

“我想知道你和这事的干系。”

“什么干系？”

沙利头晕目眩。埃利亚斯在外面的什么地方，另外一间办公室里。警察来的时候他似乎很害怕。那之后两人谁也没和对方说过话。

“你是要以什么罪名逮捕我吗？”

“我只是问几个问题。”

“我非回答不可吗？”

“不回答也不会改善你的处境。”

“我的什么处境？”

“你说你和这事无关。”

“没有。”

“你为什么去戴维森的殡仪馆。”

“他们是客户。”

“你为什么去足球场？”

“等等，你怎么会知道这些——”

“你为什么要跟踪埃尔伍德·朱佩斯？”

沙利浑身颤抖。他怎么知道的？

“你坐过牢吗？”

“一次。”沙利嘟囔着。

“因为什么？”

“做了件错事。”

“跟踪？”

“我从来没跟踪过任何人。”

“你为什么要跟踪埃尔伍德·朱佩斯？你和这件事有什么牵连？对这些电话你知道多少？”沙利咽了咽口水，随后，尽管明知不妥，他还是脱口而出：“我觉得那些电话可能是他打的。”

杰克挺直了身子。他仰起了头。

“这就怪了。”他说。

他走到一扇边门旁，把门打开，埃尔伍德·朱佩斯露了面，拿着一本笔记本站在那里。

“他也是这么说你的。”

*

杰克不看警匪电视剧。大多数真正的警察都不浪费这种时间。当你生活在那个世界里的时候，虚构的戏剧就显得很傻。不管怎么样，事情的发展从来不会像电视上演的那样。

杰克清楚自己对沙利文·哈丁的问话充其量只是信口开河。他没有真正的理由来审讯他。他只是在两小时前接到了投诉——埃尔伍德，《公报》的，杰克对他非常熟悉，因为任何一个小镇的警长，都会认识镇上唯一的记者。

埃尔伍德带着一种推测而来。这个叫哈丁的人，现在是个广告推销员，和自从宣称接到电话之后就销声匿迹的埃利亚斯·罗伊混在一起。什么原因？这两个人有什么共同点？而且哈丁一直在问埃尔伍德各种问题。他说起讣告。他努力搜寻旧报纸。很可疑，不是吗？

换个时间，换种情况，杰克会说，不，埃尔伍德，这不可疑，不要理会这整件事情。然而他说不出口的是——却也拼命想知道的——这会是真的吗？这一切会是一场骗局吗？这太重要了。对他。对多琳。对苔丝。对镇上的每一个人。他的儿子回来了。苔丝的妈妈回来了。这些感情不该被人玩弄。杰克觉得，在某种程度上，这是一种任何记载中都不曾有过的犯罪。

因此他把沙利带进了警局，根据一个站不住脚的假设，还拷问他——直到他意识到沙利和埃尔伍德想的都是一回事。这变成了一场近乎滑稽的相互指责。

“你为什么在殡仪馆里？”沙利说。

“我在问他们关于你的事，”埃尔伍德回答，“图书馆关门之后你在里面干什么？”

“我在调查你啊。你为什么去足球场？”

“我在看你有没有到那里去过。”

如此循环往复。最终，杰克搔搔头，打断了他们，说，“够了。”他听得疲惫不堪。显然，两个人除了怀疑再无其他。

与杰克如出一辙。

“闯进你家里我很抱歉。”他说。

沙利叹了口气。“没关系。”

“通常我们在科德沃特不是这么做事的。”杰克补充道。

“科德沃特不再是科德沃特了。”沙利说。

“让你说对了。”埃尔伍德附和道。

“我儿子以为他会接到电话。”沙利瞅着自己的双脚。他吓了自己一跳。为什么他刚才要说这话？

“他去世的妈妈打来的？”埃尔伍德问。

沙利点点头。

“这可真不好受。”

“就因为这我才想证明这是不对的。”

“不想让他空欢喜？”

“正是。”

“有个鬼魂打电话来说一切都是阴谋诡计——”

“不是这样的，”杰克插话，“听见你以为已经失去的人的声音……感觉……就像是松了一口气。好像不幸的事情从来没有发生过。我是说，一开始很奇怪，打量着电话，以为是个笑话。可你会大吃一惊的，重新与他们说话是多么的平常……”

他发觉那两个人正定睛看着自己。

“多琳告诉我的。”他撒了个谎。

“你太太？”沙利问。

“前妻。”

有那么一会儿，谁也没说话。终于，埃尔伍德合上了他的笔记本。他望着沙利。

“唔，你说不定错过了理想的职业。”

“什么？”

“你本来可以当个记者的。”

“为什么？”沙利似笑非笑。“因为我把情况搞错了？”

埃尔伍德也笑了。忽然间他们都累坏了。杰克看了看手表说，“我们走吧。”他打开办公室的大门，他们走到外面，埃利亚斯从一张桌前站起身来，与看守他的两名州警察交换一下眼神。

片刻之后，他们都上了自己的车。杰克在苔丝家停了一下，她一见他就笑了。埃尔伍德去“泡菜”酒吧喝了一杯啤酒。埃利亚斯握了握沙利的手说，“我们先停一会儿吧。”然后去了他哥哥家，睡进客卧。

沙利静静地开车回家，凝望着窗外足球场的亮光，还有两盏高大的聚光灯，仿佛擦到了天堂。

*

ABC 新闻

星期五，十二月二十二日

主持人：今天稍晚些时候，密歇根的科德沃特小镇将成为全球关注的中心——还有世界上的各个教派——它将试图解决与天堂联络的难题。阿兰·杰里米正在现场。阿兰？

（阿兰在雪中）

阿兰：是的，正如你们能在我周围看到的，科德沃特已经获得了一份来自上苍的投递，由大湖效应①引发的暴风雪在夜间降临，在地面上倾泻下五英寸的积雪。由于到处都停满了车，铲雪机无法通过。学校已经停课。许多商家都关了门。小镇不折不扣地陷入了停顿，等待着，与世上的许多人一起，等待着一个女人声称的她已故姐姐的灵魂从天堂与她联络。

主持人：对这位女士我们了解多少，阿兰？

（凯瑟琳的画面）

阿兰：她名叫凯瑟琳·耶林，一位四十六岁的房产经纪，离异，有两个孩子。她与姐姐显然非常亲密。戴安·耶林两年前死于动脉瘤。凯瑟琳说她从九月起就定期与姐姐交谈——通过电话，据她所称，是从往生打来的电话。

主持人：其他人也有类似的声明，对吗，阿兰？

（其他人的画面）

---

① 干燥冷空气经过较暖水域时，在湖的下风侧下的雪。

阿兰：对。另有六人，从日托中心主任到牙医都有。他们中的大多数都将参与今天全国性节目的播出。不过焦点将在耶林身上，她的姐姐，还有从“另一个世界”来的声音听上去会是什么样。耶林会被实时追踪，她收到的任何联络都将得到现场直播。自从亚历山大·格拉汉姆·贝尔在1878年向英国女王演示电话以来，全世界还未曾如此翘首以待一个电话。

主持人：这个电话或许会有更大的影响。

阿兰：确实如此。在科德沃特，我是ABC新闻的阿兰·杰里米。

*

“就不能再找几辆铲雪机吗？”兰斯吼道，隔着嘈杂的送风机和工业规格的发电机。

“我在努力！”杰夫大叫着回答。“我已经给五个镇打过电话了！”

兰斯厌恶地摇摇头。他们本该在准备节目，可是，他举目四顾，大家都在除雪——志愿者清扫看台，或是用毛巾擦拭布景。杰克·塞勒斯警长，正领着数十名警官穿过雪堆，踩着彼此的靴印。杰夫·雅各比镇长，正在努力找到铲雪机，好为预料中千人上下的观众辟出道路。

偏偏昨晚来了暴风雪，兰斯心想。他按下步话机上的按钮，然后说，“克林特，代表们出发去接嘉宾了吗？”

他听见静电声。随后，“我们告诉他们……嗞嗞嗞……”

“再说一遍？”

“我们……嗞嗞嗞……点钟。”

“什么？”

“……嗞嗞嗞……什么？”

“他们出发了吗，克林特？”

“……他们十点钟。”

“不行。十点钟不行！马上！你看到这么大的雪了吗？让他们提早！”

“……嗞嗞嗞……他们现在？”

“对。现在。现在！”

静电声。“……收到……”

兰斯猛地把设备扔进一个雪堆里。开什么玩笑？他自忖。再过四个小时，他们就打算播出从另一个空间打来的电话，可他们甚至都不能让自己的步话机正常工作。

*

沙利为儿子倒了一碗麦片。他把牛奶泼在上面。

“我还能加点糖吗？”朱尔斯问。

“这里面的糖已经足够了。”沙利说。

他们坐在窗边，窗口能看到银装素裹的溪谷。地面宛如一块块冻住的奶油。树上结了霜的枝条弯弯地垂下。

沙利喝了一大口咖啡，格外的浓，努力振作一点精神。他都记不起何时感觉那么累过。他追着自己的推测走；他的推测错了。他觉得自己像个傻瓜。一个精疲力竭的傻瓜。要不是为了朱尔斯，他今天会睡上一整天的。

“听好，今天学校停课了，所以我会带你去爷爷奶奶家里，好吗？”

“我们能先去雪里玩吗？我们能堆个斯塔德利吗？”

沙利笑了。这是吉赛尔给雪人取的花名——一个有肌肉的雪人。“我们来堆斯塔德利吧！”她会这么喊着，拉着朱尔斯的手冲出门口，穿着冬靴抬高了腿。沙利打量着他们的儿子，觉得心潮起伏，仿佛他欠了他一份大大的道歉。这么久以来，追踪埃尔伍德、玛丽亚、埃利亚斯，那些讣告，走火入魔一般要证明奇迹是假的，而每天每日，他的儿子却始终爱着他，这本身就是一个小小的奇迹。

“好啊，”沙利回答，“我们堆个斯塔德利。”

“太棒了！”朱尔斯说，接着猛地塞了一大勺麦片到嘴里，牛奶顺着他的脸颊滴下来。沙利拿了一张餐巾，他一边嚼，一边搽他的脸。

“爸爸？”

“唔。”

“别伤心。妈妈会打电话给你的。”

沙利放下了餐巾。

“我们堆个雪人吧，好吗？”

“一个斯塔德利。”儿子纠正道。

*

一小时后，他们家前面的门廊边，有了一个三层的、叠满肌肉的雪雕，用一根木棍当鼻子，椒盐卷饼块做的嘴巴和眼睛。沙利的父亲，弗雷德，停下卡车，笑着走下来。

“这是你们的新保安吗？”他问道。

“爷爷！”朱尔斯嚷着，费劲地蹚过雪地去抱他的腿。

“谢谢您来接他，”沙利说，“他想先堆这个。”

“没问题。”弗雷德说。

沙利擦掉手套上的雪，吸了吸鼻子。“花了点时间啊。车很多吗？”

“太离谱了，”弗雷德说，“到处都是州警察，不知道他们在干什么。全世界的拖车都不够清理那堆乱停的车。”

“你和妈妈要……”

“什么？去电视节目现场？”

“他们是这么叫的吗？”

“你会怎么叫呢？”

“电视节目听上挺贴切。”

“你妈妈想去。”

沙利叹了口气。他朝着朱尔斯扬了扬头。“我不想让他参与进去，行吗？”

“我会让他和我一块待在家里，”弗雷德说，“要是天堂想和我们说话，我猜我们会在自己家里听见的。”

沙利哼了一声，记起了自己的愤世嫉俗是从哪里遗传来的。

“我得去工作。”

“今天还有人工作？”

“收钱。得去殡仪馆拿一张支票。”

“戴维森家？”

“嗯。”

“好地方。”

“算你说对了。老板真是够可以的，嗯？就像在和管家勒曲①说话似的。”

---

① 1938 年出现在美国漫画家查尔斯·亚当斯（Charles Adams）为《纽约客》绘制的漫画《亚当之家》中的形象，身材高大，忧郁，声音低沉，经常用含糊的呻吟声代替语言。

“山姆？”

“唔？”

“山姆·戴维森？他有点矮矮胖胖的。不太像管家。”

沙利顿了顿。

“山姆是谁啊？我说的是贺瑞斯。”

“哦，那个人啊。不是。他不是老板。他买了那里的一点股份，好让山姆退休。”

沙利盯着他的父亲。他思索了一阵。

“那是什么时候？”

“可能是两年前？他让我心里发毛。谁会想经营殡仪馆啊？”

“贺瑞斯不是科德沃特人？”

“我想这样的人我们会记住的。不是。他从州外来的。怎么了？”

沙利打量着壮硕的雪人，它的椒盐卷饼眼睛回瞪着他。

“我得走了。”他说。

*

凯瑟琳做完了晨祷，化好妆。她听见艾米进了厨房，穿着浴袍跑去和她打招呼。

“早上好。”

“早。你觉得怎么样？”

“很紧张。”

“是啊。”

艾米注意到她握着她的电话。

“我帮你做点早餐吧？”凯瑟琳问。

“不必了。”

“他们说早餐——”

“是一天里最重要的一餐。”

“好吧，他们是这么说的。”

艾米露出笑容。“我受不了那些卡路里啊。这个行业对胖子可不太客气。”

“你？你不可能胖的。”

“哦，让我吃一个月试试。”

她们都笑了。

“你知道，等——”

门铃响了。

凯瑟琳看看手表。脸色一沉。“他们说他们会十点钟来。现在才九点二十分！”

“让我来应付吧，”艾米说。

“真的？”

“穿好衣服。别出来。”

“谢谢你！”

她冲回自己的卧室。艾米走向门口。

“什么事？”她对门廊上的三个男人说。

“我们是节目组的。”

“凯瑟琳还没准备好。”

“我们想给她戴上话筒，把电话接好。”

“她十点钟会准备好的。”

他们面面相觑。三个人都很年轻，深色头发，身上的风雪大衣有电视网的贴花。在他们身后，沿着坎宁安路，都是漆着标识的新闻采访车，“目击者 7 台”，“本地新闻 4 台”，“行动 6 台”。一小队摄像师正在人行道上，行刑队一般将镜头瞄准了屋子。艾米蓦然觉得，这些与她的生活相去甚远。

“我们能现在就帮她接好吗？”其中一个男人发问，“越快越好。雪这么大。”

艾米双臂交叉。“你告诉过她十点钟，她十点钟会准备好的。你不能一直逼她。她是个人。”

男人们用嘴做出奇怪的样子，用各种方法咬着舌头。

“等等，最初的报道难道不是你做的吗？”其中一个问道。

“对啊，对啊，”另一个接口，“艾米·佩恩，‘九行新闻’。我把你的报道都看了。”

“她不该给其他媒体——”

“我们有她的独家——”

“你和兰斯说过吗？——”

“你知道他们花了多少钱——”

“这是违规的——”

“你最好别——”

艾米关上了门。

*

沙利的别克在车流中挪动。他从没见过科德沃特的街道堵成这样。没人见过。车辆龟速爬行。许多路口还没清理过，积雪及膝。面包车与公共汽车，排气管吹出白烟，缓缓地运送着前往足球场朝圣的乘客。

等沙利到达“戴维森和子孙”的时候，已经十一点半了。九十分钟后节目就会开始。他迅速下车，跨了两步，笨手笨脚地在一块结了冰的地上滑倒，向前摔进雪坡里，撞得脸上又冷又湿。他费劲地推自己起身，擦去鼻子和脸颊上滴落的雪水。他跌跌撞撞地朝前门走去。

室内的走廊空无一人，轻柔的音乐正在播响。沙利的裤子和外套全湿透了。他绕着屋角走了一圈，看见玛丽亚在她的办公室里。她穿着外套。

“哈丁先生，”她望着他说，“你怎么了？”

“在雪地里滑了一跤。”

“哦，天哪。您都给冻红了。给。”

她从盒子里抽出纸巾。

“谢谢你。玛丽亚，贺瑞斯呢？”

“哦，上帝呀，你和他又错过了。”

“啊。”沙利脱口而出。

“嗯，起码他不是去吃午饭。”

“他到节目现场去了？”

“那是我要去的地方。老实说，我其实不知道他在哪里。”

“他没告诉你？”

“星期五他从来不告诉我的。”

“为什么？”

“他星期五不上班。”

沙利吞咽得那么用力，仿佛有只鸡蛋正从喉中落下似的。

“从什么时候开始的？”他问，声音几不可闻。

“噢，到现在有一段时间了。今年夏天开始的，反正是。”

星期五。所有那些电话都是星期五打来的。

“玛丽亚，我得问你件事。可能会有点奇怪。”

“好啊。”她慎重地回答。

“贺瑞斯什么时候开始在这里工作的？”

“哦，我记得。是一年前，去年四月份。我孙女的生日。”

一年前，去年四月？沙利坠机一个月之后？

“他从哪里来的？”

“弗吉尼亚州的什么地方。这件事他一直不太声张的，因为，嗯……你会明白的。”

“为什么我会明白？”

“军人就是这样的，不是吗？”

“谁告诉你我在军队待过？”

“他说的。我以为你们两个谈过这个。”

沙利咽了咽口水。“贺瑞斯做什么的？在军队里？”

“我其实不知道。他和戴维森先生说过……弗吉尼亚。弗吉尼亚的贝沃什么的。”

“贝尔沃堡？”

“对。哇哦。你怎么知道的？”

沙利用一只手按住前额。贝尔沃堡是部队的军事情报指挥中心。线路窃听。电话拦截。

玛丽亚瞧了瞧手表。“喔。我得去足球场和女儿碰面了。”

“等等。还有一件事。”

“好吧。”

“还记得你告诉过我，那些你采访家属的笔录，写讣告用的？”

“嗯——嗯。”

“贺瑞斯……看吗？”

她似乎困惑不已。“为什么这么问——”

“他看吗？”他厉声喝道。

他的语气让她后退了一步。

“我……我猜他可以看吧。不过没多大意义。”

“为什么没有？”

“因为那些会面他都旁听的。”

“什么？”

“这是他的规矩。他什么事都旁听。他和每个人交谈。他拿到所有的报纸。”

沙利的眼神飘忽起来。他想起自己第一次与贺瑞斯见面。很温馨的仪式。贺瑞斯参与了一切。他读到了一切。他了解在科德沃特举行过葬礼的所有人——尼克·约瑟夫，露丝·拉弗提，罗比·塞勒斯。

吉赛尔。他知道吉赛尔的事。

沙利朝玛丽亚迈了一步。

“他住在哪里？”他压低声音问。

“哈丁先生，您吓到我了。”

“他住在哪里？”

“为什么这么问……”

“拜托了，”他说着，牙关紧咬。“就告诉我……他……住在……哪里。”

她瞪大了眼睛。

“我不知道。他从来没告诉过我。”

*

到了中午，看台上座无虚席。发电机加大了热风机的功率。明亮的灯光，让主席台足够暖和，不用穿外套。

杰克已经向警队简要介绍了情况，与州警察见了面。现在他护送着苔丝穿过高中的大门，走到教员休息室，这里被用作节目嘉宾的等候区。苔丝紧紧抓着手提包，包里有一部全新的手机，苔丝家里的电话会被转接到上面——萨曼莎的主意——以防她母亲在她不在家的时候来电联络。

“你仍然不是非这么做不可。”杰克轻轻地说。

“没关系，”苔丝说，“我不怕回答问题。”

杰克明白这是真的。他观察过她好几个早晨，与坐在她家客厅里的追随者们待在一起，解答他们想要知道的一切。

“我会一直在台上的。”杰克说。

“太好了。”苔丝说，露出笑容。

昨晚，与哈丁、朱佩斯还有埃利亚斯·罗伊受完整场折磨之后，他到她家去了一次。他需要放松。他把事情告诉她的时候，她聚精会神地听着，偶尔把她长长的金发推到耳后。

“这么说没有阴谋诡计。”他说完之后她开口。

“只是两个人互相怀疑。”他回答。

她似乎很高兴。从某种意义上说，他也是。天堂电话经受住了一次考验。这不知怎的让它们更可信了。

之后，苔丝给他冲了热巧克力，加了真正的牛奶，他们坐在沙发上，谈了一会儿电视节目，这种狂热情绪，以及今天会发生什么事。在某一刻，杰克肯定是打起了瞌睡，因为他睁开眼睛，自己还在沙发上，身上却盖着一条毯子。屋里漆黑一片。他想要在这睡到早上，目送着苔丝下楼梯，体会昔日那种像一对爱侣那样开始一天的感觉，可他知道，发生了这么多事，这样做很不明智。他叠好毯子，把它留在沙发上，开车回家，冲了个澡，然后出门去了高中，之后就一直待在那里。

此刻他陪着苔丝到了贵宾区，她走近一个拿着写字板的女人。“你好，我是苔丝·拉弗提。”

“太好了。”那个女人说，在她的名字旁边打了个钩。

“那里有咖啡和小食可以自取。另外我们有些东西要您填。”

她递过来一块写字板和一支笔——

“早上好，苔丝。”

苔丝抬起头，看见了卡罗尔神父，教士服外面穿着一件厚重的羊毛外套。在他身边的是希宾主教。

“神父，”她喊道，吃了一惊，“早上好。早上好，主教。”

她瞥了杰克一眼。他做了自我介绍，接着后退一步说，“好了，”把双手插进他的警用大衣。“我有一大堆事情要做。你准备好了？”

“我没问题。”苔丝说。

“我们外面见吧。”

她笑了笑，杰克离开了大楼，努力赶走他的个人情绪，专心于他所面对过最大的后勤挑战。他走近那座巨大的主席台，整场节目期间他都会驻扎在这里。人潮鱼贯而入，有人已经坐到了看台后面的小山坡上。在雪地里？杰克寻思。谢天谢地，暴风雪业已过去，太阳居然探出了云层。节目的工作人员在摄像机、灯光、控制台和演播车之间奔走。他想着这座小镇明天会是什么样，更好还是更糟？

杰克接近主席台台阶的时候，他的手机响了。

“喂，塞勒斯警长。”他说。

“爸爸……我是罗比……”

他呆住了。

“儿子？”

“把我的事告诉他们，爸爸……告诉他们我在哪里……”

*

沙利联系上了丽兹，让她在图书馆和自己碰面，尽快。他跑着穿过雪堆，他的车在科德沃特拥挤的街道上毫无用武之地。他喘着气，冰冷的空气让他的肺叶感觉像是从里面给刮伤了一样。

“出什么事了？”丽兹推开图书馆后门的时候说。

“我要……一个地址……”他拼命稳住呼吸，“得找到……贺瑞斯住在哪里……”

“贺瑞斯是谁？”

“殡仪馆……那里的。”

“好的，好的。”她说，朝电脑挪去。“有公开记录，房屋抵押贷款的东西，不过我们得先有些基本资料。”

沙利弯曲双膝，气喘吁吁。

“先从‘贺瑞斯’开始……该死的，他姓什么？……输入殡仪馆，看看会出来些什么。”

她迅速敲击键盘。

“一大串‘戴维森和子孙’的东西……‘戴维森和子孙’……贺瑞斯·贝尔芬，馆长……”

“查家里的地址！”

“我觉得没有……等等……没有……查不到……”

沙利看看手表。快十一点半了。

“在这个镇上我们怎么找到别人的住址？”

丽兹继续飞快地打字——然后停了下来，抬起头。

“或许有更快的办法。”她说。

*

十分钟后，他们推开科德沃特房产集团叮叮敲响的前门。接待处的桌前空无一人，但后面的一张桌旁坐着一个男人。

“有什么能帮你们的吗？”路问道。

“说不定有，”沙利回答，喘着气。“听上去会有点怪。”

“科德沃特什么怪事没有啊？只要别告诉我你想要间房子，能让你去世的亲友打电话给你。我这里刚刚都卖完了。”

沙利瞅了一眼丽兹。

“你怀疑这件事？”他问。

路瞻前顾后一番，仿佛可能有人偷听。

“呐，我不应该反驳伟大的凯瑟琳·耶林，我们深受喜爱的销售同仁，不过没错，我是——你说什么来着？——怀疑。这是我们这里发生过最糟糕的事情。实际上，我一点也不相信，不过别告诉别人。”他轻蔑地说，“无论如何，你们是要找房子吗？”

“是的，”沙利回答，“一幢或许能证明你的怀疑没错的房子。”

路探出下巴。

“继续说下去。”

*

差五分钟到一点的时候，节目主持人从有暖气的帐篷里出来，接受观众的热烈掌声。她穿着紫红色的外套，黑色高翻领衫，及膝裙，黑色紧身裤袜和齐膝高的靴子。她在一张凳子上就座。从舞台的另一边，走来了苔丝·拉弗提、阿奈什·伯鲁阿、艾迪·邓肯斯与杰·詹姆斯。他们同样坐到凳子上，排成笔直的一行。最后，凯瑟琳·耶林出现了，穿着一套普鲁士蓝的裤装，是艾米帮她选的。她把粉色的电话拿在左手里。人群爆发出一阵嘈杂的尖叫、鼓掌和激动的交谈。她被领到一张椅子前，远远地摆在一边，身侧立着——根据兰斯最后时刻的提议——科德沃特警长，杰克·塞勒斯，他一脸目瞪口呆的表情，刚刚与去世的儿子通过话。

“谢谢大家前来！”镇长杰夫·雅各比对着麦克风吼道。“我们就要开始了。记住，大家，我们会现场直播，实时在全球播出。因此拜托诸位，无论发生什么事，让我们保证科德沃特形象良好，好吗？”

他转向右侧，向白发的牧师做了个手势。

“卡罗尔神父，在我们开始前，您能祝福大家吗？”

*

沙利的别克在积雪的草坪上颠簸而行，抄近路穿过停放着的车辆，努力开上八号公路。每次碰撞都震得他前仰后合，有些几乎让他撞上了仪表板。他在街沿上上下下，底盘砰砰地发出抗议。他别无选择；要是放慢速度，车子说不定就会陷进雪里。

他有了一个街道地址，匆匆在一张信纸上画下了地图。根据不动产记录，贺瑞斯十五个月前在莫斯希尔郊区购置了一栋房屋，一处大型房产，有一栋老旧的农舍和一个谷仓。他付的是现金。由于交易是在他们的办公室里进行的，地契的一份副本放在了科德沃特的档案集里。路欣然把它交给他们，强调说：“我从来没有相信过凯瑟琳，就算是她在这里收到电话的时候也一样。”

沙利把车拐出草坪，开上一条尚可通行的街道，车碰上铲平的积雪，上下摇晃。贺瑞斯拉长的、憔悴的面容始终在他眼前，他在脑中把两人有过的每一次对话都寻思了一遍，寻找他牵涉其中的线索。

“是个很温馨的仪式。我猜家属已经告诉你了。”

“我就是家属。”

“当然。”

沙利的胃里翻江倒海。他猛地驶上八号公路，积雪已经清理过了，别克的轮胎令人欣慰地抓牢了路面。沙利使劲踩油门。在他的左手边，是缓缓前行的车流，通往科德沃特的方向，拥堵了一英里。出城方向的路面空空荡荡。

“您怎么样啊，哈丁先生？”

“不太好。”

“我明白。”

他瞥了一眼手表。

一点十分。

节目已经开始了。

*

应皇室的要求，亚历山大·格拉汉姆·贝尔答应举办一场具有全球意义的活动：为维多利亚女王演示电话。那是在一八七八年的一月，她位于怀特岛上的私人宫殿里，距离巴西皇帝惊叹“我的天哪！它会说话！”不到两年。电话已然大有改进，而女王将看到在当时最为精致的表演。四个地点将被连接起来，好让女王陛下通过听筒听见以下的一切：附近小屋中的人声，考斯镇[①]的四位歌者，南安普顿的一名号角手，以及伦敦的一位风琴师。

报纸的记者们将依序记录下这场活动。众所周知，倘若能打动女王，电话必将在整个不列颠帝国拥有不可限量的未来。然而，预定开始前的刹那，贝尔发现四条线路中的三条没有运转。来不及处理这个问题了，他抬起头，看见皇室一行走进了房间。他被介绍给维多利亚女王陛下，她的儿子，康诺特伯爵，以及她的女儿，比翠丝公主，他微微地鞠躬。

女王通过皇室的侍从问道，可否恳请教授“向我们说明一下这台叫作电话的仪器？”

---

① 澳大利亚菲利普岛的一个主要小镇。

贝尔提起听筒，深吸一口气，暗暗祈祷剩下的一路连接还在。

*

县医院里，电视轻轻地播着，埃利亚斯·罗伊把他的手放到了沃伦牧师纤瘦的手腕上。

“开始了，牧师。”埃利亚斯柔声说。

沃伦睁开眼睛。

“嗯……好的……”

埃利亚斯顺着医院的走廊投去一瞥。那里几乎空无一人，因为许多职员都不在，去参加节目了，其中有一些，宣称这一天是出于宗教理由，允许缺席。整个科德沃特——以及全国大部分地区——都有一种不言而喻的感觉，历史上的这一天，圣诞节前的三天，或许将为我们所知的生活带来改变，正如重大选举的清晨，或是人类登月的夜晚。

埃利亚斯来看望牧师，是因为在经历了昨晚与沙利和埃尔伍德的荒唐事之后，他需要清醒一下头脑。两人一同做了祷告。此刻埃利亚斯坐在沃伦床边，一张摆了靠垫的椅子上，随着主持人介绍“被选中的各位”以及凯瑟琳·耶林，他们一起观看着生命中最离奇的四个月的最高峰。摄像机一直切给观众中的人，其中有不少手牵着手，闭目祈祷。

“凯瑟琳，”主持人问道，“你已经请求姐姐戴安在今天与我们联络了，对吗？”

“对。”凯瑟琳回答。

她看上去很紧张，埃利亚斯自忖。

“你向她解释过理由吗？”

“嗯。”

“你是如何解释的呢？”

“我告诉她——我问她——上帝是否希望全世界都知道，天堂是真实存在的，她能否证明……我想，是向全世界证明。”

“她说她可以？”

凯瑟琳点点头，望了一眼她的翻盖电话。“对。”

“你有一份全球民众投票选出来的问题——大家最渴望得到解答的有关天堂的问题？”

凯瑟琳用手指碰了碰他们给她的写字板。

“对。”

“还有这里的其他诸位，”主持人说道，转向其他人，“你们都带来了你们的电话，据我所知。你们能向我们展示一下吗？”

他们每个人都拿出了自己的电话，把它们放在大腿上或是举在胸前。摄像机推近他们，一个接一个。

“呐，异世来声的现象并不新鲜，”主持人说道，转过身念着提词器。“我们想要有请一位专家，专攻超自然交流的萨罗米·德帕斯那博士。她将从休斯敦，通过卫星加入我们。德帕斯那博士，很感谢您。”

巨大的屏幕上出现了一个中年女人的画面，头发花白，坐在一幅休斯敦天际线的背景之前。

“很高兴来到节目中。”她开口。

“您能否告诉我们，博士，在过去，有没有其他人能够联络到——”

丁零零。

主持人停了下来。嘉宾们环顾左右。

丁零零。

在主席台上，苔丝低下头去。

她的新电话在响。

“哦，天哪。”她喃喃道。

丁零零。

接着……卜零零……

接着……欧蕾——欧蕾……

起初是一个，继而是另一个，每个被选中人手中的每部电话都铃声大作。他们面面相觑，怔在自己的位置上。

“你好？……”德帕斯那博士在屏幕上说，“我是断线了吗？……”

观众们意识到发生了什么事，开始喊了起来。“和他们说话呀！”“接电话！”苔丝望着阿奈什，他望着杰，杰望着艾迪。主席台对面，杰克·塞勒斯，站在凯瑟琳身边，看见一个惊愕的表情出现在她的脸上，随后转向了自己。

因为他的电话也在响。

*

沙利在一条未经铺砌的、没清过积雪的道路尽头找到了那栋房子。他从车上跨下来。一圈高高的铁丝网围栏绕在屋外，农舍建在院落深处。谷仓更在农舍之后。沙利见到一扇正门，可他不想让人知道他的到来。他吸了一口气，然后冲向围栏，一跃而上，把手指缠在铁丝网上。十年的军旅训练让他清楚如何攀上障碍；退伍多年则让他完成得上气不接下气。他成功到达顶部，沉下一条腿绕开突出的铁丝栅栏，接着让自己猛地向上，翻了过去，然后松开手，做好准备落向地面。

“您记得我吗？”

“哈丁先生。”

“叫我沙利吧。”

“叫我贺瑞斯。”

沙利向前跋涉，设想着两人的遭遇。积雪很厚，他迈出的每一步都像是在用膝盖举重。他冻得流泪。直淌鼻涕。快到农舍的时候，他发现一个巨大的箱形建筑物立在谷仓边，一根高柱向上凸出，至少有六十英尺，还有看起来像是打破的钢制枝状吊灯的东西附在上面。柱头附近荡着树枝和绿叶，仿佛有人试图让它看上去像棵大树。可周围其他的树都光秃秃的，而这些叶片则比常青的松树还要鲜艳。对于伪装，沙利一看便知。

那是一根电话线杆。

*

“阿奈什？你女儿说什么？”

“我们在这……”

“苔丝？您的母亲？”

“我们在这……”

“杰？你的搭档？”

“我们在这……”

“艾迪？你的前妻？”

他点点头。是同样的话。

“那警长塞勒斯呢？”主持人望向杰克，他尴尬地立着，舞台中央，在凯瑟琳与被选中的人们之间，像个被拉出队列的人一样。“那个声音对你说了什么？”

“那是我的儿子。”杰克听见自己放大了的声音在人群中回响，仿佛刚刚对着炮筒喊了一声。

“你的儿子叫什么名字？”

杰克踌躇片刻。

“罗比。”

“他是什么时候去世的？”

“两年前。他是个军人。”

“他之前打过电话给你吗？”

杰克抬起下巴。他思忖着多琳在哪里，她会如何看待这一切。他想要道歉。他一时哽咽。他越过主席台凝望着苔丝，她轻轻地点了点头。

“打过。他一直在和我通电话。”

一阵清晰可闻的惊呼传遍人群。

“那他刚才说了些什么？”

杰克咽了咽口水。“死亡并非结束。”

主持人直视着主摄像机，双手交叠在大腿上，因为刚刚播报了历史而容光焕发。所有的电话一同响起？每个天堂之音传来一句简短的话语，然后归于寂静？她努力保持此刻的庄严，相信这段录像会被世代观赏。

“那么，让我们回顾一下刚刚在这里见证的……”

“我们什么也没听见！”

吼声从看台上传来。主持人拼命确定源头。她把一只手搭到额头上，遮挡明亮的灯光。

“我们什么也没听见！我们怎么能知道呢？”

人们东张西望，低声嘟囔，伸长了脖颈。一位摄像机操作员旋动机器，推近一个站在露天看台第一排的男人，一头白发，穿一件长大衣，一件夹克，戴着领带。他的形象出现在大屏幕上。

“他们可能都在说谎！” 埃尔伍德·朱佩斯嚷道。他左右侧转，伸出双手，恳请镇民。

“我们什么也没听见，不是吗？”

*

沙利把戴着手套的手按到谷仓的外墙上。他把耳朵贴到上面。他听见含混的杂音，什么都辨不清。高大的正门就在二十英尺外，但沙利还不至于笨到去敲门，暴露自己。倘若贺瑞斯果真是这一切事件的幕后之人，除了当场抓个正着，其他都不行。

谷仓的底部为石料，房顶是锡制的，侧面用的是杉木板。没有窗户。沙利从南侧绕到背后。他浑身打战，精疲力竭，肺部灼痛不已。只有当他想象着朱尔斯，他的儿子，拿起听筒，听见一个贺瑞斯假装打来的电话，令人毛骨悚然的贺瑞斯，冷漠无情的贺瑞斯，鬼魅一般的、形容枯槁的贺瑞斯的时候，他才找到继续前进的力量，步履艰难地在雪堆中穿行，直到到达北面，在那里他见到一段大约十英尺高的金属围栏。

而围栏之下，是一扇滑门。

*

“那您说的是什么意思？”此刻主持人问道，站在主席台边缘。“所有这些人都在瞎编？”

“说不定是呢。”埃尔伍德回答，对着递给他的麦克风说话。他的质疑在人群中引发了不安。他们是来见证天堂之音的，他提醒他们，可他们所目睹的只是五个人接了电话，然后告诉他们自己听见了什么。

“您住在这里吗？”主持人问。

“住了一辈子了，嗯？”

“您做什么工作？”

“我是本地报纸的记者。”

主持人扫了一眼她的主管。

“为什么您没和其他的媒体在一块？”她问。

“因为在这里工作之前，我首先是这里的居民。我在这里上的学。我在这里结的婚。我在这里养大了我的女儿。”

他顿了顿。“她也死在这里。”

人群中传来一阵含混的咕哝。埃尔伍德的声音哽咽了。

“这里的人都知道。她在一座桥上结束了自己的生命。她是个好孩子，得了不好的病，她不想再活下去了。”

主持人振作精神。“我非常难过——”

“不必了。你既不认识她也不认识我。不过几个月前，我接到了一个这样的电话，嗯？”

“等等。您接到了一个电话……您去世的女儿打来的？”

“是她的声音。”

众人又是一阵惊呼。

“您怎么做的？”

“我告诉那个人，不管是谁，不要胡闹，下次我会录下来然后报警。”

“后来呢？”

他低下头。

“后来……她再没有打来过。”

他用一块手帕抹了抹脸。“所以我想听见，仅此而已……我想听见另一个真正的声音……说说天堂……让这里的每一个人当评判。让他们决定。这样我就会知道……”

他的声音越来越小。

“您会知道什么？”主持人问。

埃尔伍德放低下巴。

“我是不是错了。”

他又擦了擦脸。他把麦克风还了回去。众人一片沉默。

“嗯，我们就是为了这个来这的。”主持人说，走回她的椅子。“凯瑟琳·耶林……”

她转向凯瑟琳的座位，一位专职摄像师就守候在几英尺远的地方。

“我们就指望你了。”

凯瑟琳攥紧姐姐从前的翻盖电话。她觉得仿佛整个星球的目光都集中到了自己身上。

*

沙利顶住大门的边缘，在大雪中绷紧身体。他所做的一切，都汇聚到了这一握之中。他清楚自己只有一次机会让贺瑞斯措手不及，而且他必须动作迅速。他呼了三口气，随后，毫不犹豫——就如他拉下弹出手柄的瞬间——他猛地用力打开门，冲了进去。

里面非常昏暗，他的眼睛花了一点时间适应。有庞大的机器、小小的红灯、电源、蛇状的线路。设备都安放在机架上，可他看不出来是什么。有一张宽大的金属桌面和一把空着的椅子。他听见的杂音是一台平板电视机。正在播着卡通片。

“贺瑞斯！”沙利喊道。

他的声音一路飘上了谷仓的椽木。他缓缓地在机械背后巡视，时刻戒备。

“贺瑞斯·贝尔芬！”

没有反应。他走到桌边，桌上整齐地摆放着成堆的纸张，黄色的荧光笔插在一只咖啡杯里。沙利按下台灯的开关，照亮了桌面。他拉开其中一个抽屉。办公文具。又一个抽屉。电脑线缆。再一个抽屉。

沙利眨了眨眼睛。

里面是他从前见过的东西。玛丽亚的资料。她那些不同色彩的标签。在最前面，他看到了熟悉的名字。

伯鲁阿。拉弗提。塞勒斯。耶林……

“哈丁先生！”

沙利转过身。

“哈丁先生！”

声音是从外面传来的。沙利的双手忽然剧烈颤抖，他没法合上抽屉。

“哈丁先生！请出来吧！”

他循着声响来到谷仓的入口，吸了一口气，接着从门后向外窥看。

“哈丁先生！”

贺瑞斯立在屋旁，一身黑西装，挥着手。

“这里！”他喊道。

*

凯瑟琳生第一个孩子的时候，戴安就在产房里，正如戴安的第一个女儿出生的时候，凯瑟琳也在一样。宫缩加剧的时候，两姐妹手拉着手。

“就一会儿，”戴安抚慰地说，“你能行的。”

汗珠顺着凯瑟琳的脸庞滚落。两个小时前，戴安开车送她到了医院——丹尼斯在上班——速度飞快地在车流中穿梭。

“我真不敢相信……我们没给……拦下来。”凯瑟琳在呼吸的间歇说。

“我还想被拦哪，”戴安说，“我一直就想对警察说，‘不是我的错，这位太太要生孩子了！’”

凯瑟琳差点笑了出来，继而感觉到了迄今为止最尖锐的疼痛。

“我的天哪，戴安……你是怎么忍过来的？”

“很简单，”戴安笑了，“我有你啊，记得吗？”

凯瑟琳回想起了那个瞬间——分娩时抓紧戴安的手——在她握住她粉色的电话，凝望拥挤的足球场看台的时候。节目正在广告插播时间，灯光已经调暗，而她忽然很希望自己能悄悄溜走，回到家里，独自一人，等着戴安的声音传来，而不是现在这样；这片人山人海，这堆摄像机，那些作响的电话，那个阴阳怪气的家伙，埃尔伍德·朱佩斯！此刻，所有这些眼睛都抬起来紧盯住她，等待着，等待着。

她环视主席台。一位化妆师正在给主持人的脸上补妆。制片助理们把小型取暖器推近嘉宾。杰克·塞勒斯站在几英尺之外，瞪着自己的脚。

凯瑟琳端详着他。她见过他一两次，在科德沃特，大家都还是用姓名和职业被人所认识的时候，“杰克，警察局长”，“凯瑟琳，房产经纪”——在镇上的居民被区分成接到和没接到电话的两拨之前。

“不好意思……”她轻声说，“杰克？”

“嗯？”杰克回答，抬起了头。

“你觉得他说的是什么意思？”

杰克摇摇头。

“谁？”

“你儿子。他说，‘死亡并非结束’的时候。你觉得他是什么意思？”

他耸耸肩。“天堂吧，我猜。天堂，但愿是。”

他眺望人群。

“我没打算告诉任何人。”他说。

她追随着他的视线纵目人海。

“现在太迟了。”她说。

话音刚落，她的电话响了。

*

沙利小心翼翼地走进农舍，先碰了碰前廊上的门框，随后才穿过去。贺瑞斯招手让他进来——“这边！”——接着就消失了。假如这是个什么圈套，沙利自忖，他可准备不足。他一边步步向前，一边寻觅着或许能拿来自卫的东西。

走廊狭窄，地板陈旧磨损，墙面漆着晦暗的色彩，每间房间看上去都很小，仿佛是源自一个人类也更加矮小的时代。沙利经过厨房，铺着花朵图案的墙纸，摆着浅色橡木柜子，一壶咖啡摆在桌面上。他听见声音从下方传来，还在过道的尽头发现了一段通往地下室的栏杆。他既有些想转身就跑，也有些想查出真相。他脱去厚重的大衣，任凭它悄然滑落到地板上。至少现在他能自如地行动了。

他走到栏杆边。

他想着吉赛尔。

守着我，宝贝。

他开始下楼。

*

在他发明电话九年之后，亚历山大·贝尔正在进行声音复制的实验。他透过一片振动膜说话，从而录下自己的声音，膜片推动一根唱针，在一张蜡质唱碟上刻下纹路。他背诵了一组数字。最后，为了证明录音的真实，他说道："特此证明，听听我的声音……亚历山大……格拉汉姆……贝尔。"

一个多世纪以来，这张唱碟原封不动地放在一只盒子里，被一家博物馆收藏——直到最终依靠包含电脑、灯光与一台 3D 照相机在内的科技，才得以从蜡质中提取出声音。研究人员第一次听见了故人之音；他们留意到他念出自己名字的方式，带着一丝淡淡的苏格兰口音，"亚历士-安-大·格雷-阿汉姆·贝尔。"

今天，人们日日创造数不清的声音印迹——最常见的是通过电话留言。贝尔珍贵的发明，曾一度在一根短短的电线上传递的人际交谈，如今能借由它通过卫星输送，还能把我们的言语转化成数据资料——可以保存、复制，或者，如果需要的话，可以操纵的数据。

沙利踏进地下室的时候，还不知道自己正直视着这样的技术。他只见到贺瑞斯坐在一把高背椅上，被一排播放着科德沃特足球场主席台的电视屏幕围绕着。周围是许多电脑显示屏，几块电脑键盘，还有至少一打装在金属箱子里的电子仪器。电线，有几十条，捆在一起，爬上墙头，从朝着谷仓的一个开口通到外面。

“随便坐，哈丁先生。”贺瑞斯开口，没有转身。

“你在干什么？”沙利轻声问。

“你不知道的话，就不会在这了。”他敲了几下键盘。“开始了。”

他按下最后一个按钮，在屏幕上，能看见凯瑟琳·耶林望向自己的电话。它响了一下。它响了第二下。电视摄像机向她推近，她打开了翻盖。

“喂……戴安？”她说。

她的声音在地下室的喇叭里轰然作响，让沙利情不自禁地往后退。他见到贺瑞斯在浏览屏幕上的一张表单。他按下几个键。

“对，凯斯……是我。”

那是戴安·耶林的声音。

沙利在地下室里听见了。凯瑟琳在她的耳畔听见了。观众在看台上听见了。全世界的人们在他们的电视或者电脑上听见了——因为一个信号，从贺瑞斯的设备发出，由一部手机接收，经扩音板反射，再通过电视网的音频供给系统传扬出去。

亚历山大·贝尔让人们从千里之外说出话来的梦想，绕了异乎寻常的一圈，又回到原点。

一个已故女人的声音得以再现，此刻正在与生者交谈。

“戴安，真的是你……”凯瑟琳说。

贺瑞斯迅速地打了几个字。

“我在这里，凯斯……”

“这里有人在听。”

继续打字。

“我知道……我看见了……”

“戴安……你能……和全世界的人说说天堂吗？”

贺瑞斯唰地一下抬起双手，犹如一位钢琴师完成华丽的乐音。“多谢了，凯瑟琳·耶林。”他低声道。

他按下一个键，一块显示屏上就填满了词句。他转过身，直视着沙利。

“知道问题会来的时候就容易多了。”他说。

*

接下来，全世界所听到的，是一段九十四秒的关于来生的说明——全部来自一位已故女士的声音。它可以被誊写、被熟记、被打印出来，复述的次数任谁都数不过来。

它是这么说的：

“在天堂里，我们能看见你们……我们能感觉到你们……我们知道你们的痛苦，你们的眼泪……这里没有躯体……这里没有年纪……来到这里的长者……与孩子别无二致……没有人感到孤独……我们都沐浴在光明之中……那光芒即是恩典……宽恕让我们自由……我们是一件伟大事物之中的……一部分。”

声音停了下来。凯瑟琳抬起头。

“那件伟大的事情是什么？”她喃喃道。

在地下室里，贺瑞斯微微点头，这个问题在他的意料之中。他按下另一个按钮。

“爱……我们生于此……我们归于此……”

在屏幕上，凯瑟琳正在哭泣，捧着电话，仿佛那是只颤抖的小鸟。

“戴安……？”

“妹妹……”

“你会想我吗……就像我想你一样？”

贺瑞斯在键盘前顿了顿，接着开始打字。

“……无时无刻……”

凯瑟琳泪如泉涌。主席台上的其他人只能一片静穆地望着她。凯瑟琳低头，看向她大腿上那张写着问题的纸。她开口朗读，浑身颤栗。

“上帝听得见……我们的祈祷吗？”

“……始终如此……”

“我们何时才会得到答案？”

“……你们已然拥有答案了……”

“你们在我们之上吗？”

“我们就在你们身边……”

沙利走近坐在椅子上的贺瑞斯。他能看见，在他瘦削、憔悴的脸上，泪珠肆意地沿着面颊流淌。

“这么说天堂真的在等着我们吗？”凯瑟琳问道。

贺瑞斯吸了一口气，打出最后一行字。

“不……亲爱的妹妹……是你们在等着……它。”

*

跟着在地下室发生的事情激烈又迅速。沙利只是后来才记起那些细节——他从电源插座上扯下的缆线，他从台式机上拖走的显示屏，他用一个橄榄球的拦截动作撞过去，把它打倒在地的设备。怒火让他失去了理智，仿佛眼前蒙上了一层薄翳，脑中响彻一片嗡嗡声，非得让它停下不可。他扑向一切可能的目标，大口喘着气，肌肉与电线一样绷紧。设备机架倒下来的时候，他转过身，看见贺瑞斯正注视着自己——没有愤怒，没有责骂，甚至都看不出惊讶。

“停下！停下！”沙利大喊大叫。

“已经完成了。”他柔声说。

“你是谁？为什么要对别人做出这种事？”

贺瑞斯似乎吃了一惊。

“我什么都没做啊。”

“你做了！坏透了！”

“真的吗？”他指指电视屏幕。“看上去不坏嘛。”

尽管在沙利的暴怒行径之下，声音已经听不见了，但显示器上的图像还在：人们欢呼雀跃，互相拥抱，双膝跪地祈祷，在彼此肩头落泪。凯瑟琳被其他人拥抱着。主持人笑逐颜开，在众人之间穿梭。在一片静默中观看使一切变得越发离奇。

“这真是疯了。”沙利小声说。

“为什么？”

“这是个弥天大谎。”

“天堂？你确定吗？”

“你给了他们不真实的希望。”

贺瑞斯双手交握，放在大腿上。

“希望有什么不真实的？”

*

沙利撑在一张桌上，让自己平静下来。他的咽喉抽紧了，极力喘气。双眼背后一阵剧烈的疼痛，几乎让他失明。

贺瑞斯转动一个旋钮，屏幕蓦地一片空白。

“现在我们等着瞧吧。”他说。

“你不能就这么得逞。”

“别这样，哈丁先生——”

“我要告诉所有的人。”

贺瑞斯噘起嘴唇。

“我觉得您不会的。”他说。

“你阻止不了我的。”

贺瑞斯耸耸肩。

“想也别想。我警告你。”

“哈丁先生。您误会了。我对您并无恶意。力量也不及您。我不是一个健康的人。”

沙利使劲咽了咽口水。在那一刻，注视着贺瑞斯近乎瘦骨伶仃的身形，他憔悴苍白的神情，发黑的眼窝，他意识到，千真万确，他一定是病了。直到这一刻，沙利都把他略显苍白的脸色和虚弱的外表与丧葬工作联系在一起。

沙利揉了揉脸。他审视着成堆的设备。

“这么说……怎么？你以前是做军事情报的？”

贺瑞斯笑了。“这些词能连在一起用吗？”

“电话？截听？入侵系统？”

“不止这些。”

“跨国？秘密监视？”

“不止。”

“是因为这样你才做成这件事的吗？”

贺瑞斯抬起一边的眉毛。“这些？”他朝设备打了个手势。“这已经不是很难的事了。”

“告诉我！说清楚，该死的！”

“好吧……”

接下来的几分钟里，贺瑞斯详细说明了一套过程，让沙利被科技进步的程度震得目瞪口呆。死者遗下的电话留言。某家保存了多年以来大量留言的服务商。通过非法入侵系统获取。声音识别软件。编辑程序。人们每天都会留下大量的留言，贺瑞斯提到。有这么多材料可用——从而，有这么丰富的词汇——几乎可以造出任何句子。有时它们显得断断续续，支离破碎，因此保持对话简短便是关键。不过了解说话的人，他们的经历，他们的家庭问题，他们的昵称——全都近水楼台地得自“戴维森和子孙”的讣告访谈——让这项任务轻松不少。

等贺瑞斯说完的时候，沙利的了解已足够让他看出这天大的骗局是如何能够实现的。他所不了解的是原因。

“你想达到什么目的？”

“让这个世界深信不疑。”

“为什么？”

“若有信，则行直。”

“这对你有什么好处？”

“赎罪。”

沙利吃了一惊。

“赎罪？”

“有时候不该坐牢的人坐了牢，哈丁先生。”他转开了视线。“有时候正相反。”

沙利不知所措。“为什么是这些人？”

“也可以是其他人的。这些就够了。”

“为什么是科德沃特？”

“这难道不是显而易见的吗？”

他抬起手掌。

“因为你。”

沙利吞了吞唾沫。

“我？这和我有什么关系？”

贺瑞斯第一次显出了惊讶。

“你真的不知道？”

沙利挺起身体。他攥紧拳头作为防备。

“对不起，”贺瑞斯说，“我还以为到了现在这已经很清楚了。”他的目光飘向别处。“你怎么找到我家的？”

沙利做了解释——玛丽亚，图书馆，房产中介办公室。

“那你看过房契了？”

“对啊。”沙利回答。

“再看一遍。”

他深深地叹了口气，把手搁在桌上，如晕眩的拳手离开帆布拳台一般站起身来。他看上去似乎比从前更加虚弱。

“你哪都不许去。”沙利说。

“这您说了可不算。”

“我会报警的。”

“我想您不会的。”

他朝后墙走去。“您的妻子，哈丁先生。我很抱歉您始终没能和她告别。我明白您的感受。”他用力拉上黑色西装外套的下摆。指节从瘦削的、青筋暴露的手上凸起。“是个温馨的仪式。”

“不许你说吉赛尔，你这可恶的家伙！”沙利粗声嚷道。“你一点也不了解她！”

“我不久就会了解了。”贺瑞斯回答。

他合起双手，祈祷似的。“我现在要去休息了。请原谅我。”

他按下墙上的一个按钮，房间坠入一片黑暗。

*

古时候，故事口口相传。一位信使奔跑着翻山越岭。一个人在马背上骑行数日。即使是最令人惊叹的事情也需要一遍又一遍地述说——从唇边到耳畔，从唇边到耳畔——传诵得如此缓慢，几乎都能听见整个星球的交谈。

如今，我们一同注视着世界，七十亿人燃起同一堆篝火。科德沃特足球场主席台上发生的事情，已被播送到文明最为偏远的角落——不是几个星期或几个月，而是几小时之内。而地球上的这一夜，天堂的信念从未这么靠近过。

“证据！”几条标题如此写道。**“天堂发声！”**其他的这么说。从迈阿密到伊斯坦布尔，人们拥上街头，欢呼、拥抱、高歌、祈祷。基督教堂、犹太教堂、清真寺和庙宇被渴望忏悔的信徒淹没。公墓挤满了新来的访客。罹患不治之症的病人，阖上双眼的时候，有了别样的呼吸。是有怀疑的人——怀疑的人总是有的——然而在这一夜，一篇报道，胜过了新闻自收集之初以来的任何一条，成了这个星球上几乎每场对话的开端。

“你听说了吗？”

“你怎么看？”

“你相信吗？”

“是奇迹吗？”

只有一个人，在一条两车道公路上驾驶着一辆老旧别克急行的人，知道真相，并且正计划将它揭开。他握紧方向盘，与疲劳搏斗。他发觉自己从昨晚到现在粒米未进。他的两腿大腿以下完全湿透了，在雪堆中艰难跋涉，徒劳地搜寻贺瑞斯，不知怎么消失了的贺瑞斯的结果。

沙利花了一段时间才从地下室的黑暗中逃脱。贺瑞斯不知用了什么办法，让整栋房子都断了电。没有一盏灯能亮。沙利一路跌跌撞撞，直到找到楼梯为止，他还搜了一遍房子，随后是谷仓。他在附近的树林中游荡。丝毫不见老人的踪影。午后的日光渐渐褪去，一种绝望将他裹挟住了——一种把自己的所见与人分享的渴求，在什么事或者什么人能阻止他之前。他从房里退了出来，重重地踏过雪地，直走到栅栏旁边，又翻了过去，完全是肾上腺素让他越过了顶端。他的车冻透了，试了好几次，发动机才转了起来。

此刻他在傍晚的暮色中行驶，车头灯与一场已然降临的浓雾奋战。拐过一道弯，向故乡的郊外靠近的时候，他看见一排红色的尾灯，绵延一英里。

“啊，不，”他轻声自语，“上帝啊，不，不，不。”

电视节目引发了一场前往科德沃特的大型朝圣，入口车行缓慢，水泄不通。沙利感到茫然自失，孤立无援。他忽然那么强烈地想要拥抱儿子，他的眼中溢满泪水。他想起口袋里的手机。他脱下手套，找到了手机，然后拨了他父母的号码。电话响了两声，接着……

“妈妈？……”朱尔斯的声音说道，接起了电话。

沙利的心沉了下去。这孩子也被愚弄了。他看到了什么，听到了什么，别人告诉了他些什么。沙利的声音哽在喉头。

“妈妈？……”朱尔斯又说了一遍。沙利隐约听见了父亲的声音，说着，“朱尔斯，快把电话给我……”

沙利按下红色的按钮，断开了电话。

“我想您不会的。”贺瑞斯这么说过。

他会是对的吗？知晓一场天堂的骗局，就如天堂的证据本身一样让人动弹不得吗？沙利能听见自己呼吸加速。他瞪着尾灯的长龙。他裸露在外的手猛地拍向仪表板。不。不！他才不会输给这个让人寒毛倒竖、满脑袋妄想的疯子。他打开车内灯，翻阅叠在乘客座位上的资料，直到找到一个号码，继而，十指颤抖着，拨通了它。

“朱佩斯？”有人应声的时候，他问道。

“你是谁？”

“沙利·哈丁。”

“哦。你好。我没有——”

“听我说。这是场骗局。整件事情。我有证据。”

一阵长长的沉默。

“你还在吗？”沙利说。

“洗耳恭听。”埃尔伍德回答。

“是电脑。软件。去世的人留下的电话留言，被用来重现他们的声音。”

“什么？”

“从头到尾都是假的。”

“等等——”

“你一定得告诉他们——”

“喔，喔，慢点。谁干的？”

“是……”

沙利停了下来。他咽了一下口水。他想着自己即将说出口的话。一句会改变一切的句子。他想象着成群结队的媒体冲向殡仪馆，警察也是，也意识到在他们这么做之前，他得找到一件东西。

“等我们见面的时候我把一切都告诉你，”沙利告诉埃尔伍德，“我正要进镇上来。路上堵得简直是——”

“听着，哈丁，我这里没多少可做的。我们一直到下星期都不出版。如果你说的是真的，你得找个现在就能报道的人。我认识一个在《论坛》的人。”

“哪里？”

“《芝加哥论坛报》。我们几年前共事过。你可以相信他的。我能打电话给他吗？他能打给你吗？”

沙利把电话压在耳边。他一生中从未感到如此孤独。

“可以，”他说，“让他一个小时之后打给我吧。我有点事情得先去处理。”

*

科德沃特几乎户户都挂着圣诞彩灯，此刻门廊上的灯也亮了起来。街上洋溢着热烈的气氛，狂欢的人们，裹在冬衣里，从一家去到另一家，不顾刺骨严寒。谁都不是陌生人。倘若你在镇上，你就是奇迹的一部分。大门敞开。美餐端上。笑声此起彼伏，汽车喇叭鸣响，许多街道都飘荡着圣诞节的音乐声。

尽管节目几个小时之前已经结束，足球场仍然沐浴在灯光中，成百上千的人在户外徘徊，不愿返家。那位著名的主持人正在接受采访，镇长杰夫·雅各比也是。凯瑟琳·耶林身旁立着不下十名州警察，因为人群将她团团围住，喊着她的名字，或是连珠炮似的对她提问。她一眼瞥见了艾米·佩恩，从主席台下抬头仰望。

“艾米！”凯瑟琳大呼。“拜托！能来个人让她上来吗？……”

同时，杰克·塞勒斯找到了苔丝，她与萨曼莎紧紧靠在一起，人潮也向她们席卷而来，从“上帝伟大！”到“祝贺你！”，喊什么的都有。尽管他穿着制服，大家还是想抓住杰克，握握他的手，擦擦他的外套。有人嚷道：“塞勒斯警长，请为我们祝福吧！”杰克感到一只手按住了他的肩膀，他转过身，见到了雷，戴森立在他身旁。

“找到您了。”他说。

他们一人站到一边。

“我得回家。”苔丝说，靠着杰克。“拜托你了？我受不了了。”

“来吧，”他说着，挤过人群，雷和戴森则喊道，“让开路，请大家……让开路！……”

县医院里，埃利亚斯坐在沃伦牧师身边。戴安·耶林的天堂传音之后，他们几乎没怎么说话。有那么一刻，电话突然挂断以后，埃利亚斯问牧师，“这能证明我们所信仰的东西吗？”沃伦则轻轻地说，“假如相信，就不用证明。”在那之后，埃利亚斯就没多少可说的了。

一位护士又换了一袋静脉注射液，议论了一下“这美妙的消息”。她走的时候面带微笑。两人目送着她离去。心脏监护仪传来一阵轻轻的轰鸣。

“握住我的手好吗，埃利亚斯？”沃伦问道。

埃利亚斯把宽大的手掌滑到牧师瘦骨嶙峋的手指上，紧紧捏住。

“你是个很出色的建筑人。”沃伦柔声说。

“您也是。”埃利亚斯回答。

沃伦望向天花板。

“我要错过圣诞礼拜了。”

“也许不会，”埃利亚斯说，“也许那时候您就离开这里了。”

沃伦虚弱地微笑。他的眼睛闭上了。

“我会的。”

*

沙利依旧困在向科德沃特进发的车辆长龙之中。已经过了一个小时，他只前行了半英里。《芝加哥论坛报》的人还没打电话来。

沙利打开收音机。几乎每个频率都在回顾这场活动，重播戴安的话语。无处不在。一个电台。下一个电台。旋钮上上下下，都是一个死去女人的声音。

“我们能看见你们……我们能感觉到你们……”

沙利关上收音机。他感觉自己被无可奈何地冻结住了——冻在这辆车里，这拥堵的交通里，一件世上余下的人都不知道的事情里。他回想贺瑞斯在地下室说过的每句话，搜寻线索。为什么他会挑选科德沃特？这件事和他有什么关系？

“那你看过房契了？”

“对啊。”

“再看一遍。”

有什么可看的呢？是一份法律文件，满是复杂的行业术语，跟任何人买房时会签的东西一模一样。

他想过打电话给丽兹。她说不定可以把房契念给他听。可某种保护欲却让他迟疑，仿佛一旦他告诉了她自己了解的事情，心存歹念的人就会设法从她口中打探出来。

于是他拿起电话，给她发了一条短信。

你在吗？

几秒钟后，手机振动。

在。担心死了。你还好吗？你在哪里？

我很好。契书在你这吗？

房契？

对。

几秒钟过去了。

我给你了。

沙利愣住了。他又看了一遍那些字眼。然后他抓过身旁座位上的那堆纸。他一张一张地把它们翻过来，扔到一边，一边浏览标题。不是这张。不是那张。不是那张……

这就是了。

房产契约。他把它举起来。在车内灯下阅读小号的印刷字体很困难。赘述列举的段落、规定条款、房产描述、地段号码。这里面怎么可能有重要的东西？他扫视底部，卖家的一行在左边，买主的一行在右边。

沙利眯起眼睛察看买主的签名。

他又看了一遍。

一阵颤栗传遍全身。

签名写着，“埃利奥特·格雷”。

*

他身后的汽车按响了喇叭，沙利差点从座位上掉下来。他咒骂一句。他又读了一遍房契。内心千头万绪。埃利奥特·格雷？不可能！那个自从坠机之后就一直令他不得安生的名字？埃利奥特·格雷，那个空管员，那个只因为一次疏忽，就将沙利生命中最美的部分摧毁的空管员？埃利奥特·格雷死了！为什么贺瑞斯要这样玩弄他？为什么——

他的电话响了。他看看屏幕。一个他不认识的号码。沙利按下绿色的按钮。

“喂？”

“你好，我是《芝加哥论坛报》的本·吉森。我要找沙利文·哈丁？”

“我就是。”

“啊，我收到一个老朋友打来的有点古怪的电话，埃尔伍德·

朱佩斯。他给科德沃特的一家报纸写稿——”

“我知道——”

“好，那就好。嗯，他说您有关于电话这事的消息？他说很重要。到底发生什么了？”

沙利顿了顿。他压低了声音。“你觉得发生了什么？”

“我？”

“对。”

“我不是打来说想法的。我只是打来听听您有什么要告诉我的。”

沙利呼出一口气。他无法把埃利奥特·格雷从脑海中抹去。埃利奥特·格雷？

“我该从何说起呢？……”沙利嘀咕。

“想从哪说就从哪说，”那个人回答，“不如——”

电话断了。

“喂？”沙利说。“喂？”

他瞅了瞅电话。

“该死的。”

他朝着小灯把屏幕举高。电池还有电。

他把它在手里翻了个身。

他等待着。

他等待着。

旋即，电话又响了。

“对不起，”沙利说，接起电话，“你不在了吗？”

“一直都在。”一个女人的声音，温柔地说。

他屏住了呼吸。

吉赛尔。

*

死者重生时该怎么办？这是人们最恐惧的事情——然而，在某些情况下，也是最渴望的。

他听见自己的妻子说，“沙利？”声音划过他的身体，将他开膛破肚，涌出悲伤和喜悦。她的声音如此清晰。来自她的唇齿，她的身躯，她的灵魂。她的声音。

可是。

“我知道这不是你。”他咕哝道。

“宝贝，不要。”

“我知道这不是真的。我知道是贺瑞斯在这么做。”

“拜托了。如果你爱我的话。不要。”

沙利咽了咽口水。他无法抑制自己的眼泪。他不想进行这场对话，然而他是如此渴望一场倾谈。

“不要什么？”他终于低声地问。

“告诉他。”她回答。

电话再次静默无声。

*

随后的几分钟，对沙利·哈丁是一场个人的煎熬。他把脸埋进双手。他高声大吼。他把手指压进发际，狠狠地抓住，拉到他觉得发根都痛得嚎叫。他抓着电话。把它扔到地上。又抓起来。他喊着妻子的名字，嗓音从车窗上反弹回来。这残忍的怪兽！这阴森的谎言！他感觉自己受到了侮辱，气愤又恶心，好像有什么东西正从脏器中油然而生，倘若他不把它咽回去，就会噎住似的。

电话重又响起的时候，他浑身一震——他抱住手肘，仿佛快要冻死了——电话又响了两声，他才用勉强能听见的轻微声响回应。

"……谁？……"

"我是本·吉森……哈丁先生？"

他浑身都泄了气。即使明知是一场骗局，他还是想再听见吉赛尔的声音。

"喂？……我是本·吉森？我们的电话断了？"

"不好意思。"沙利嘟囔道。

"那，没关系，继续吧，您刚才是有什么话要对我说？"

沙利目不转睛地望着前方的汽车，他的双眼重新聚焦，仿佛从睡梦中苏醒。他望见后座上脑袋的轮廓。孩子？少年？他想着朱尔斯。他推想着科德沃特那些受到操纵的人们，就如贺瑞斯此刻企图摆布他一样。某些险恶的东西浮上心头。

他对本·吉森说，"您能亲自来一趟吗？在电话里说我不放心。"

"你真的有证据证明这是假的？我不可能大老远到这里来就为了——"

"我有证据，"沙利斩钉截铁地说，"所有你需要的证据。"

"我在芝加哥。要好几个小时——"

可沙利已经挂断了电话。他把车从路面上开走，在雪地里来了个一百八十度大转弯，朝相反方向开去。

埃利奥特·格雷，我要杀了你，他心想。

他猛踩油门。

*

杰克打开警车门，扶苔丝下车。

"小心路上的冰。"他开口，挽着她的手臂。

“谢谢。”她说。

驶往她住处的车程格外安静，每个人偶尔摇摇头，或是叹口气，“天哪”或是“难以置信”，与人们在灾难中生还之后会做的一样。路上有数不清的陌生人，在蓝色的街垒背后高歌欢庆。车头灯短暂地照亮了他们的脸庞——缩在大衣风兜或是滑雪帽子里——随后又将他们留在黑暗中。

“从前科德沃特的每个人我都认识。”苔丝说。

“从前我知道他们每个人都住在哪。”杰克接口。

此时此刻，他们朝她家门口走去，让人感到奇怪的倒是那份镇定与静谧。他们来到门廊上。杰克的步话机刺耳地响了。

“杰克，你在吗？”一个男人的声音说道。

杰克按下一个按钮。“在。”

静电声。“方便说话吗？”

摁住按钮。“稍等一会儿。”

杰克把设备挂回到他的皮带上。他叹了口气，望着苔丝。仿佛有什么事情即将结束。

“我太累了。”她说。

“是啊。”他说。

“你肯定更辛苦。上帝啊。你起床到现在多久了？”

他耸耸肩。“不记得了。”

她摇摇头。

“怎么了？”

“我只是在想……明天。”

“明天会怎样？”

她望向别处。“没错。”

杰克明白她的意思。他整晚都有种挥之不去的感觉，把罗比的事情公之于众以后，某种程度上，他的任务已经完成了。

“你母亲不是说过这件事不会持续很久的吗？”

苔丝点点头，闭上了眼睛，似乎是筋疲力尽。她探身靠向他的肩头，在那里休息了一会儿，接着睁开眼睛，轻轻地吻了吻他的嘴唇。他的步话机又响了。

“这些事情发生之前我们在做什么呢？”他埋怨了一句。

“我没事。谢谢你送我回家。”

她进了屋，关上门。杰克回到车里。他明白他得打电话给多琳。解释一下罗比的电话，为什么他之前一直秘而不宣。这才是应该做的事情。他先按下了步话机上的按钮，这种无线装置，就算是伟大的亚历山大·贝尔也会钦佩万分。

“我是杰克，”他说，“我现在可以说话了。”

静电声。“您得尽快去莫斯希尔。”

揿下按钮。“为什么？出什么事了？”

静电声。“您得亲眼看看才行。”

*

愿望拨动了我们的罗盘，而现实生活却指引了我们的航向。凯瑟琳·耶林只不过想要缅怀她的姐姐。艾米·佩恩只不过想要事业有成。埃利亚斯·罗伊只不过想要做他的生意。沃伦牧师只不过想要侍奉上帝。

愿望拨动了他们的罗盘，可过去十六个星期的事情却将他们远远地带离了轨道。

于是，在星期五的晚上，凯瑟琳被人从宽大的主席台上带走，一边纳闷为何她以前从没听戴安叫过她“亲爱的妹妹”。

艾米·佩恩跟在她身后，直勾勾地盯着那些媒体，似乎正从某种异教中脱身。

埃利亚斯·罗伊眼下感到自己对尼克·约瑟夫的儿子负有责任——一个他素未谋面的男孩。

而沃伦牧师，他的教堂已经拥挤到无法布道的沃伦牧师，将独自与上帝相见，在星期五的深夜，在医院的病床上，咽下了最后一口气。

沙利·哈丁也有一个愿望：要杀掉一个名叫埃利奥特·格雷，或是贺瑞斯·贝尔芬的人，不管他是谁都好，要让他为自己的生活所造成的痛苦付出代价。他怒火中烧地疾驶了四英里，肌肉绷紧，双手已准备好行动，肺叶里的每一次呼吸都充入了复仇的氧气。

可当他的别克车停在街上的时候，现实生活改变了他的人生轨迹。他狠狠地踩下刹车。他瑟缩了一下。红色的车灯无声地闪烁着。住宅被警察包围了。州警官在四周巡逻，还有一排黑色的、没有标记的车辆，沙利推测是政府部门。

“天哪。”他喃喃道。

愿望拨动我们的罗盘，而现实生活指引航向。沙利·哈丁今晚不会杀死任何人。

他把别克车倒了出去。

午夜之后

科德沃特的庆祝一直延续到夜里，莱克街上人头攒动，俨然一条游行路线。酒厂一杯杯地端出免费的热苹果酒。整盘整盘的馅饼和曲奇放在桥牌桌上。一个教堂的唱诗班立在银行门前，哼着一首古老的赞美诗：

无上至高，永恒的上帝，

您的恩慈荣光闪耀……①

小镇两英里之外，沙利·哈丁，再度被入城的车流挡住，他放弃了最后的一丝耐心，粗暴地将轮胎向右甩去。他把别克开出了长长的车龙，踩下油门，沿着公路与密歇根湖之间崎岖的路肩飞速行驶。他一定要回家。一定要赶到朱尔斯身边。一定要找到答案。

那么多警车在那间房子那里做什么？警察知道他去过那里吗？一切都要真相大白了吗？他们接下来会来找沙利吗？

“为什么是科德沃特？”

“因为你。”

“我？这和我有什么关系？”

“你真的不知道？”

贺瑞斯是谁？埃利奥特·格雷还活着吗？不可能是埃利奥特·格雷！沙利努力集中精神，可他的脑袋嗡嗡作响，顶多只能把两个念头串在一起。汽车急驰，他开始出汗。他的脖颈酸痛。他的喉头发干。他在自己的脑中听见了“你该减速”的话语，但它们却像是从千里之外喊出来的。

他用力眨眼，随后又眨了一次。他的车颠了一下，一颗石子飞起来，敲碎了挡风玻璃，发出尖锐的“唰”的一声。沙利一时失神。道路向左弯曲，他顺着向左行驶，他的车头灯光射到三个人的身上——男人、女人、小孩——下了他们自己的车，来看看拥堵的情况。他们转过身，呆若木鸡。沙利惊得瞪圆了眼睛。他一边猛打方向盘，一边拼命踩刹车，车突然失控，急急地拐向右侧，飞越湖岸，从积雪中冒出来的灌木顶上呼啸而过。有那么短暂又静谧的一刻，它悬在半空中，更像是飞机而不是汽车。就在它坠落到封冻的湖面上之前，沙利的本能反应是双手举过头顶，执行弹出。

继而——撞击！车砸了下来，向后转去，他的身体被抛过前座，摔向了乘客座位一侧的车门，他的脑袋撞在车窗上，让他眼前一黑。车在冰上转个不停，仿佛有人在用它来抹平冰面，一圈又一圈，最后终于吱吱嘎嘎地停了下来，四千磅重的钢铁，落在几英寸厚的冰冻水面上。

而沙利，头上鲜血直流，倒在了座位上。

*

有生之年，有什么是爱无法穿透的呢？梅布尔·哈伯德，自幼失聪，送给亚历山大·贝尔一台钢琴当作结婚礼物，让他每天为自己演奏，仿佛他的音乐能刺破她的寂静。几十年之后，贝尔弥留之

---

① 《无上至高，永恒的上帝》（High in the Heavens Eternal God），英国基督教圣歌作者、神学家伊萨克·沃特（Isaac Watt，1674—1748）创作于1719年。

际，是他的妻子发出声音，说出话来，“别离开我”，而他，再也无法言语，用手语回答，“不行。”

有生之年，有什么是爱无法穿透的呢？沙利的意识陷入一片昏沉；人世间本无任何音响能让他脱身。然而超乎万物之外，就在车下的冰面开始坍塌的时候，他听到了有史以来第一通电话里所说出的字眼。

到这儿来。我想见你。

*

接下来发生的事情始终无法解释。但一切清晰而又真实，且仍将是沙利余生中最不可磨灭的记忆。他听见两个词语。

驾驶飞机。

他感觉到自己从撞毁的汽车中起身。

确定航向。

他迅速漂过黑暗。

保持沟通。

他忽然置身远地，在他的公寓里，朱尔斯卧室的门口，在那里他看见他的妻子，坐在男孩的床沿，吉赛尔，正值芳华，容光焕发，一如往昔。

“嗨。”她说。

“嗨。”声音从他的唇间传出。

“就这么一会儿。你得回去。”

沙利只感觉到光芒、温暖和彻底的放松，仿佛十岁时躺卧在夏日的草坪上。

“不。”他说。

“你不可以这么固执，”她笑了，“这样是不行的。”

沙利望着她欠身靠向朱尔斯。

“真美。”

“你该看看他。”

“我看啊。一直看的。”

沙利感到自己的内心正在哭泣，但却没有眼泪，表情没有变化。她转过身，仿佛察觉到了他的悲伤。

“你不可能在这。”他轻声说。

“我一直在这。”

她指指一个架子，装着她骨灰的天使瓮如今就放在那里。“这样做很感人。但你不需要这个。”

他目不转睛，死死盯住她的模样。飓风也无法让他眨眼。

“我真的很抱歉。”他低语。

“为什么抱歉？”

“你去世的时候我不在。”

“那不是你的错。”

“我一直没说过再见。”

“爱一个人的时候，”她回答，“这个词语是如此多余。”

沙利颤抖不已。

“我很羞愧。”

“羞愧？为什么？”

“我当时在监狱里。”

“不。”她忧伤地注视着他。“你现在还在。”

随后她向他走来，近得能感觉到一丝光芒从她的脸庞洒落，而在她的眼中，他窥见了两人一起度过的每一天。

“足够了，”她耳语，“宽恕一切。我知道你还活着的时候，我很高兴。”

"什么时候？"

"一开始。"

"什么一开始？"

"我死的时候。"

"那是结束。"

她摇摇头。"不，不是的。"

话音未落，沙利感到自己被拉向后方，仿佛有人抓住了他上衣的后襟。喜怒哀乐开始回归。一阵悲伤攫住了他。

"别告诉他。"她轻声道。

之前他曾听过她这么说。

"别告诉谁？"

她望向朱尔斯，他翻过身侧卧，露出了那只窝在他肩膀底下的蓝色玩具电话。

"别告诉他没有天堂。他需要信仰。他也需要相信你同样有信仰。"

"我有。"沙利说。

他加上一句，"爱你。"

"我也是，"她笑着重复一遍，"爱你。"

接着他感到她在他的身旁，在他周围，在他身后，包裹他的全身，如同一个哭泣的孩子完全投入母亲的怀抱之中。房间在一片光明和黑暗中变得影影绰绰，他匆匆后退，在一片最为突兀的声响底下，是两个词语"拉动"，"把手"。

等他反应过来，他正摔出车外。冰冷的空气让他精神一振。他硬撑着让自己沿积雪覆盖的冰面向前，直到离岸几码的地方，然后挣扎着，摇摇晃晃地，站起身来。他的头部血流不止。他举目望天，搜寻妻子的蛛丝马迹。他只听见风声和一阵远远的汽车喇叭响。

就在那时，冰面发出巨大的碎裂声，随即垮了下去，沙利满脸惊愕地呆望着，别克落进幽深的水中，开始下沉。

第二天

ABC 新闻

主持人：密歇根州科德沃特的故事有了惊人的进展。阿兰·杰里米发来报道。

（阿兰在贺瑞斯的住宅前）

阿兰：没错。一切都是在过去的一个小时内获知的。根据当地警方所说，一个名叫贺瑞斯·贝尔芬的人，在本地担任殡仪馆的馆长，可能涉嫌制造这些在昨天吸引了全世界目光的电话——许多人相信是从往生打来的电话。贝尔芬星期五夜里被发现死于家中。死因尚不清楚。杰克·塞勒斯是科德沃特警察局长。

（杰克·塞勒斯的画面）

杰克·塞勒斯：看起来贝尔芬先生似乎参与了某种通讯截听活动。我们仍在厘清细节。我无法告诉你究竟发生了什么。只能说有不少设备。

阿兰：据说联邦机构也参与其中。为什么？

杰克：这您得问他们。

阿兰：警长，您收到了去世的儿子打来的电话。这件事对您有什么影响——

杰克：我的事情并不重要。目前我们正在努力查明到底发生了——如果确有其事的话——发生了些什么。

（阿兰站在抗议者身旁）

阿兰：从未相信过这个故事的人们迅速做出反应。

抗议者：我们告诉过大家了！这些人怎么想的？你能就这么拿起电话和死人说话？显而易见是场骗局。从来就是！

（贺瑞斯的住宅特写）

阿兰：贝尔芬居住在这片五英亩的农场住宅里。他不到两年前购买了“戴维森和子孙”殡仪馆的股份。他没有结婚，而且，根据政府机构的档案，没有家人。眼下我们所知道的就是这些。之后我们会发回更多此地人们的反响。不过此时此刻，“科德沃特奇迹”看起来可能有些疑问……

两天后

圣诞节

圣诞节清晨落下纷纷扬扬的新雪。科德沃特四下可闻铁铲在教堂台阶上的刮擦声，处处可见烟囱中飘出的缕缕青烟。“收获希望”教堂举行了一场假日礼拜，同时也作为沃伦牧师的悼念仪式。卡罗尔神父和其他教士前来吊唁，自起立发言的那天以来，埃利亚斯·罗伊第一次出现在圣殿里；他再次起立，此番是为了宣布，“不管别人怎么说，我知道牧师今日已身处天堂。”凯瑟琳·耶林与艾米·佩恩一起参加了礼拜，引见的时候她只说她是“我的朋友”。四个月以来的第一次，凯瑟琳把她的电话放在包里，没有隔几分钟就查看一次。其他教友体谅地拍拍她的肩，轻声说，“你会没事的。”

苔丝·拉弗提招待了满屋的访客，比母亲曾经召集来过节的人数还要多。不过气氛有些冷清，他们一起端薄饼出去的时候，杰克发现苔丝瞥了一眼厨房里的电话，在她眨着眼睛忍住眼泪的时候，对她露出了笑容。

在父母家的客厅里，沙利·哈丁望着朱尔斯打开他的最后一盒礼物——一捆涂色书，丽兹送的，她就坐在他身边的地板上，那一绺粉色的头发现在染成了圣诞节的绿色。

“你感觉还好吧？”弗雷德·哈丁问儿子。

沙利摸了摸头部一侧的绷带。“不去想它就不会疼。”他回答。

片刻之后，朱尔斯完全沉浸在礼物中了，沙利便走进儿时的卧室，关上了门。他的父母将它改成了一间客房，不过墙上依然保留着他印着校队首字母的荣誉证书，以及几张打橄榄球的照片。

沙利把手伸进口袋，拿出一个皱巴巴的信封。正面打印着他的名字。他的思绪回到几个夜晚之前的湖上，汽车的大回旋，别克缓缓消失在冰面之下的时候，他摇摇晃晃地奔向岸边，一路踉跄的样子。他摔进一个雪坡里，筋疲力尽，就躺倒在那里，直到听见救护车的鸣笛。有人打了911，沙利被送进医院，缝了针，诊断为严重的脑震荡。急诊室的医生不敢相信他及时恢复了知觉，免于随汽车一同沉没。会有多久呢？一分钟？

沙利留院观察了一晚。第二天一大早，仍然虚弱无力的他，睁开眼睛，看见了警长杰克·塞勒斯，走进病房，随后关上了门。他穿着制服。

“你会没事的吧？”他问。

“我想是吧。”

“关于他你知道些什么？”

“谁？”

“贺瑞斯。”

“不多。”沙利撒了谎。

“他干的活可不少，”杰克说，“他的有些设备我见都没见过。我们到那二十分钟之后，来了十几个联邦调查局的人。他们叫我们什么都别说。东西他们全带走了。”

“你们怎么找到他的？”

“他打电话给我们的。”

“他打给你们？”

“打到警察局的。星期五下午。他说他的房子里有人死了。等我们到的时候，我们在地下室背面，一间隐蔽的‘安全’室[1]里找到了他。他躺在地上。”

杰克顿了顿。“死的人就是他。”

沙利向后靠到枕头上。他感觉天旋地转。这一切都说不通。死了？贺瑞斯——埃利奥特·格雷？——死了？“听着，”杰克说着，把手伸进他的口袋。“我这么做犯法犯得没边了。不过在其他人发现之前，我在他的桌上找到了这个……嗯……我把它拿走了，因为要是我不拿，他们就拿了。我拿了它是因为，不管他对你做了些什么，他或许也在对我，还有另外一些我在乎的人，做同样的事情，我想知道，而且我也不想让全世界和我一块知道，你明白吗？这已经够难熬的了。”

沙利点点头。杰克递给他一个信封。他把它对折起来。

“不要让别人看见。等你回到家再读。读完之后……”

“什么？”沙利问。

杰克呼出一大口气。

“打个电话给我吧，我想。”

*

沙利一直等到圣诞节上午都过了。他不停地在脑海中见到吉赛尔，在那张床上，坐在他们的儿子身边，笑容满面。

---

① 指谍报人员或秘密警探藏身用的安全屋。

“真美。”

“你该看看他。”

“我看啊。一直看的。”

从那时起，他每时每刻都想和朱尔斯在一起，似乎在他身边，就能让三口之家重聚。他婉拒了《芝加哥论坛报》的记者和埃尔伍德·朱佩斯，告诉他们他搞错了，他一时糊涂，被节目搞得心烦意乱。最终他们放弃了，转而去追逐其他线索。而现在，朱尔斯的笑声正从另外一间房里传来，还有他信任的新玩伴，丽兹，陪在他身边，沙利觉得不管这个去世的人的信封里有什么，他都准备好了，说不定会是对笼罩他数月的疯狂阴影的一个解释。

他把信封撕开。

然后他读了起来。

*

“亲爱的哈丁先生，

我请求您的原谅。

我的真名，您现在可能已经知道了，是埃利奥特·格雷。我是小埃利奥特·格雷的父亲，他是我唯一的孩子，不幸的是，您对他也很熟悉。

您坠机的那天，是我破坏了林顿机场的飞行语音记录，对于有我这样背景的人来说，这是相对简单的任务。

我这么做是为了一次愚蠢的尝试，试图保护我的儿子。我们已经疏远多年。他母亲很年轻的时候就去世了，而他并不赞同我的职业。事后想来，我并不怪他。那是暗中进行的、有欺骗性的工作，经常让我长时间不在他身边。我是代表国家和政府工作的，令人惊讶的是，我写下这些的时候，这两者对我几乎毫无意义。

那天早晨，因为他不接我的电话，我没打招呼就去了埃利奥特的家里。我是去找他解决问题的。我六十八岁了，还被诊断出得了无法治愈的癌症。是时候结束我们的不和了。

遗憾的是，埃利奥特对我并不欢迎。我们吵了架。最终总能让一切好转是一个父亲天真的信念。我做不到。相反，他情绪激动，满腔怒火地冲了出去。一小时之后，他给了你那个错误的降落许可。

生命正是在这样的时刻发生转折。

我相信，是我的出现将他置于一种注意力涣散的状态。我了解我的儿子。他有他的弱点。可他的工作，和我一样，是无可挑剔的。当时我开车去塔台，要交给他一封写着我遗愿的书信。我本可以把信留在他的家里，可我猜想，内心深处，我是渴望再见他一面。我抵达的时候，正赶得及听见远处您的飞机坠毁的声响。

任何言语都无法形容那一瞬间。我接受的训练让我有所准备，在纷杂局面下做出冷静克制的举动。但恐怕我的儿子惊慌失措了。我发现他独自一人待在塔台的控制室里，喊着，“我做了什么？我做了什么？”而我吩咐他锁上门，让我来处理，同时迅速行动，擦除了所有数据——心里就像一个情报人员一样想着，没有飞行录音，就无法证明是他的过错。

出于某种原因，我这么做的时候，他逃离了现场。直至今日我也不知道为什么。身边的人猝然离开的时候就会如此，不是吗？我们总会有那么多疑问。

在随之而来的混乱中，我神不知鬼不觉地离开了塔台，又是一件我训练有素的事情。然而在埃利奥特车祸身亡、您的妻子情况如此危殆之后，我悔不当初。我来自一个制约与平衡的世界。我的儿子，我有责任。您和您的妻子是陌生人，遭到殃及。我极力渴望做出补偿。

一个星期之后，在埃利奥特的葬礼上，我见到了他的朋友们，我与他们素昧平生。他们深情地说起他的信仰，来世会更加美好。他们说他相信天堂慈悲。我从来不知道他是这么想的。

生命中第一次，我为我的孩子潸然泪下。

我到科德沃特来还清我的债——欠他的和欠你的。由于能看到您的军队履历，我得以研究您的背景。我追查到您回到了这里，让儿子搬去与您的父母一起住，同时尽职尽责地去医院看望您的妻子。听说您面临的指控时，我深感忧虑，我清楚任何能为您的行为辩护的证据都无法被找到。仍在调查中的案件意味着埃利奥特的死讯不断在新闻中出现。我的良心不得安宁。我一直是个实干派，哈丁先生。我明白自己的生命即将终结，便买下了一栋附近的住宅，采用了一个全新的身份（同样，对拥有政府背景的我来说，是很容易的事）。然后，一次偶然的机会，我遇见了山姆·戴维森，他正想从工作了一辈子的殡仪馆退休。行将就木之时，死亡的神秘呈现出一种令人感伤的吸引力。我在他的公司购入了一些股份。沉浸在悲痛之中的我，发觉他人的悲痛能够带来宽慰。我倾听他们的故事，倾听他们的痛惜。几乎所有人都有唯一的一个愿望——在我看来，也是同样的愿望，在那一天把我带到了机场：与所爱的人再交谈一次。

我决定，为他们中的几个人实现这个愿望。让我的最后一举充满体恤，同时，或许能在您的妻子去世之后，给您和您的儿子一点希望。

余下的事情——我是怎么做到的，八个人的声音、时间、细节——我非常肯定，到了这个时候，您已经心中有数。不要寄望找到多少证据。我从前的雇主们会隐去关键的痕迹。做我这个工作这么长时间的人，永远不会真正地退休；因为我的身份可能会令他们难堪，所以他们会降低我的重要性，确保我基本上依然是个谜。但是我把这些告诉你，哈丁先生，因为对你，我的罪孽永远无法偿还。你或许会认为，像我这样背景的人不会信仰上帝。这并不正确。这么多年以来，正是带着上帝支持的强烈信仰，我才认定自己的行为是正当的。我在科德沃特的所作所为是一种赎罪。我将死去，就如所有凡人一样，无从知晓我的工作所带来的结果。但即使有人揭穿了我的手法，人们还是会相信他们自己愿意相信的东西。而倘若有更多的灵魂，因为这些电话而进入信仰的怀抱，或许上帝会待我有洪恩。

无论如何，等你读到这些的时候，对我而言，天堂的秘密将已经解开。假如我真的能与您联络，告诉您它的存在，我会的。这将是我所能偿还的罪业之中最渺小的一部分。

然而，我的结尾与开头相同，请求您的原谅。或许，不久之后，我也能从我儿子那里求得同样的东西。

再见。

大埃利奥特 · 格雷（即贺瑞斯 · 贝尔芬）。”

*

如何忘却愤懑？如何释放一股在其上立足已久，要是猛然抽走都会让人绊一跤的怒气？沙利坐在他从前的卧室里，拿着信，感到自己从痛苦中升华，犹如一个人在梦境中翱翔。埃利奥特 · 格雷，这么长时间以来的敌人，此刻有了改观，他犯下的错误情有可原。消失的飞行录音得到了解释，连同几个月来吞没了科德沃特的难以捉摸的骗局。即使是贺瑞斯也变得更有人性，一个伤心的人，想要弥补过错。“有时候不该坐牢的人坐了牢，哈丁先生。有时候正相反。”

沙利又把信读了一遍。他的视线落到了“八个声音”这几个词上，他本能地在脑海中揣摩一遍。阿奈什·伯鲁阿的女儿，一个。艾迪·邓肯斯的前妻，两个。杰·詹姆斯的生意伙伴，三个。苔丝·拉弗提的母亲，四个。杰克·塞勒斯的儿子，五个。凯瑟琳·耶林的姐姐，六个。埃利亚斯·罗伊从前的雇员，七个。埃尔伍德·朱佩斯的女儿，八个。

八个。

那吉赛尔呢？贺瑞斯孤注一掷尝试的最后一个声音。他没把她算进去吗？他是故意把她排除在外的吗？沙利抓起他的电话，滚动屏幕查看星期五晚上的通话记录。他找到《芝加哥论坛报》记者打来的那个。上面写着下午七点四十六分。他又向回滚动一个号码，标着“**未知**”的那个。这就是有吉赛尔声音的那个。

时间是下午七点四十四分。

他在口袋里翻来翻去，找到了杰克·塞勒斯在医院里给他的电话号码。他飞快地拨了出去。

“你好，我是塞勒斯。”他听见一个声音说。

“我是沙利·哈丁。”

“哦。你好。圣诞快乐——”

“嗯。你也是，圣诞快乐——”

“不好意思，我正和朋友在一块儿——”

“啊，没事，我和家里人在一起呢——”

“你想找个地方说吗？”

“我只想问你一件事。”

“……好吧。”

“贺瑞斯。死亡时间。”

“我们找到他的时候他已经咽气了。雷是第一个进去的，所以他得记录时间。下午六点五十二分。”

“什么？”

“下午六点五十二分。”

沙利感觉自己浑身上下都在颤抖。

下午七点四十四分。

“你肯定吗？”

“肯定。”

沙利觉得头晕目眩。

你不在了吗?

一直都在。

他挂了电话，冲进客厅，把朱尔斯抱在怀里。

两个月后

小镇有自己的心跳，不管多少人进进出出。接下来的几个星期和几个月里，心跳又回到了科德沃特，货车开走了，货摊拆除了，访客像洋葱外皮一样一层层地剥离。弗里达的餐厅有了空位。清除了积雪的路上，停车位众多。在银行的后面，能看见行长——兼镇长——正在桌上轻叩着一支铅笔。

再没有人接到电话。圣诞节过去了。新年也是。凯瑟琳·耶林再没收到姐姐的消息，苔丝·拉弗提也再没收到母亲的，杰克·塞勒斯再没收到儿子的，其他被选中的人也没有收到来自任何人的消息。仿佛奇迹就这么随风而散，像蒲公英的种子似的。

贺瑞斯·贝尔芬的故事在几天之内引发了五花八门的猜测。许多人认定这些电话是一场精心设计的骗局，策划人是这个古怪的老者，根据军方发言人所说，在确诊罹患无法通过手术治疗的脑癌之后，已经从弗吉尼亚一个办事处的低级文职岗位上退休了。

不过也有屈指可数的几条珍贵细节。政府没收了他家里的设备，发布了一份报告说只找到了毫无规律可言的数据。有那么一阵，媒体强烈要求进一步的信息，但没有了天堂之音，对这个故事的兴趣逐渐消退，他们最终转向了其他事情，犹如一个孩子，把读了一半的书留在桌上。

过了一段时间，敬拜者们离开了草坪和空地。而没有了抗议的内容，抗议者也走了。希宾主教和天主教会终止了对这件事情的调查。世界消化了科德沃特的奇迹，如同雪花水晶球[①]里的白色碎片沉入底部。不少人记下凯瑟琳·耶林的话语，把它当作《福音书》研读；其他人不屑一顾，认为只是虚妄。就像时过境迁之后，所有奇迹的遭遇一样，相信的人带着惊叹不已的神情加以复述。不信的人，就是不信。尽管小镇在很大程度上，为天堂之声的消失而感到难过，但似乎没有人察觉，这些电话，用它们自己的方式，指引人们找到了各自的所需。

凯瑟琳·耶林，在戴安去世后那么孤单寂寞，交到了艾米·佩恩这个情同姐妹的朋友。而艾米·佩恩，曾经满心想着在电视行业的前途，离开了电视台，在镇上租了一间小屋，每天在屋里与凯瑟琳喝杯咖啡，写一本关于她在密歇根州科德沃特所见所闻的书。

苔丝·拉弗提与杰克·塞勒斯在彼此身上找到了安慰，修补起爱人离世所留下的心灵空洞。卡罗尔神父和其他神职人员见证了前往教堂的人数增长，一件他们曾为之祈祷多年的事情。埃利亚斯·罗伊，遵守他对沃伦牧师说出的话，对尼克·约瑟夫的家人做了补偿，为他们建造了一幢小房子，还给了小尼克在建筑行业的第一份暑期工作，几年之后，他赚到的钱将足够为自己支付大学的学费。

沙利·哈丁把他妻子吉赛尔的骨灰从公寓里移走，移到了墓地的一座壁龛里。

他回到家，睡了多年以来的第一个安稳觉。

---

① 一种圆形玻璃球，内部装有白色泡沫塑料小颗粒及迷你布景，摇晃球体能产生飞雪漫天的效果。

*

据说电话最早的灵感火花出现在亚历山大·贝尔还是少年的时候。他注意到，如果他站在一架开放式钢琴旁边，唱出一个乐音，那个乐音的琴弦就会振动，仿佛是在应和他的歌声。他唱了一个啦，啦弦一震。用金属线将声音相连的主意便诞生了。

然而这种想法并不新鲜。我们发出呼唤；我们得到回应。从信仰之初即是如此，一直延续到此时此刻，夜深人静，在一个名叫科德沃特的小镇，一个七岁的男孩听见一点声响，睁开了眼睛，把一只蓝色玩具举到耳畔，随后露出了笑容，证明天堂始终，并且永远在我们身边，没有一个得到铭记的灵魂会真正离去。

图书在版编目(CIP)数据

天堂来的第一个电话/(美)阿尔博姆(Albom, M.)著;钱思文译.
—上海:上海译文出版社,2015.7
书名原文:The first phone call from heaven
ISBN 978-7-5327-6880-6

Ⅰ.①天… Ⅱ.①阿… ②钱… Ⅲ.①长篇小说—美
国—现代 Ⅳ.①I712.45

中国版本图书馆 CIP 数据核字(2015)第 003163 号

图字:09-2014-956 号

天堂来的第一个电话
[美]米奇·阿尔博姆 著 钱思文 译
策划/黄昱宁 责任编辑/杨懿晶 装帧设计/任凌云

上海世纪出版股份有限公司
上海译文出版社出版
网址:www.yiwen.com.cn
上海世纪出版股份有限公司发行中心发行
200001 上海福建中路 193 号 www.ewen.co
浙江新华数码印务有限公司印刷

开本 890×1240 1/32 印张 9.5 插页 5 字数 138,000
2015 年 7 月第 1 版 2015 年 7 月第 1 次印刷
印数:0,001-15,000 册

ISBN 978-7-5327-6880-6/I·4165
定价:40.00 元